AF567501

Die Geisterlinde

Von fernen Inseln

Stefan Seitz, geb. 1972 in München, studierte Innenarchitektur und ist Hochschuldozent für CAD und 3D-Animation. Mit seiner Vorliebe für Geheimnisse und rätselhafte Geschichten hat er eine außergewöhnliche Spukwelt erschaffen, die nicht zuletzt durch ihre eindrucksvollen Grafiken begeistert. Er lebt mit seiner Familie im malerischen Voralpenland, das ihn immer wieder aufs Neue für seine Geschichten inspiriert.

Die Geisterlinde im Internet: **www.geisterlinde.com**

Stefan Seitz

Die Geisterlinde®

Von fernen Inseln

CLEON VERLAG

1. Auflage 09/2018

Lektorat: Dr. Ulrike Schimming
Druck und Bindung: GGP Media GmbH, Pößneck
ISBN 978-3-9813-1717-6
Printed in Germany

Alle Bücher im Internet: www.cleon-verlag.de

Inhaltsverzeichnis

N
W
O
S
Das Unkrautland
Westliche Sümpfe
Der Finsterwald
Kräutersteig
Distelpfad
Mondwassersee
Nebelfelder
Schneckenbach
Bleigebirge
Schwefelzinnen
Primus
Plim
Hohenweis
Krötenfels
Klettenheim
Ginsterklause
Lichtung

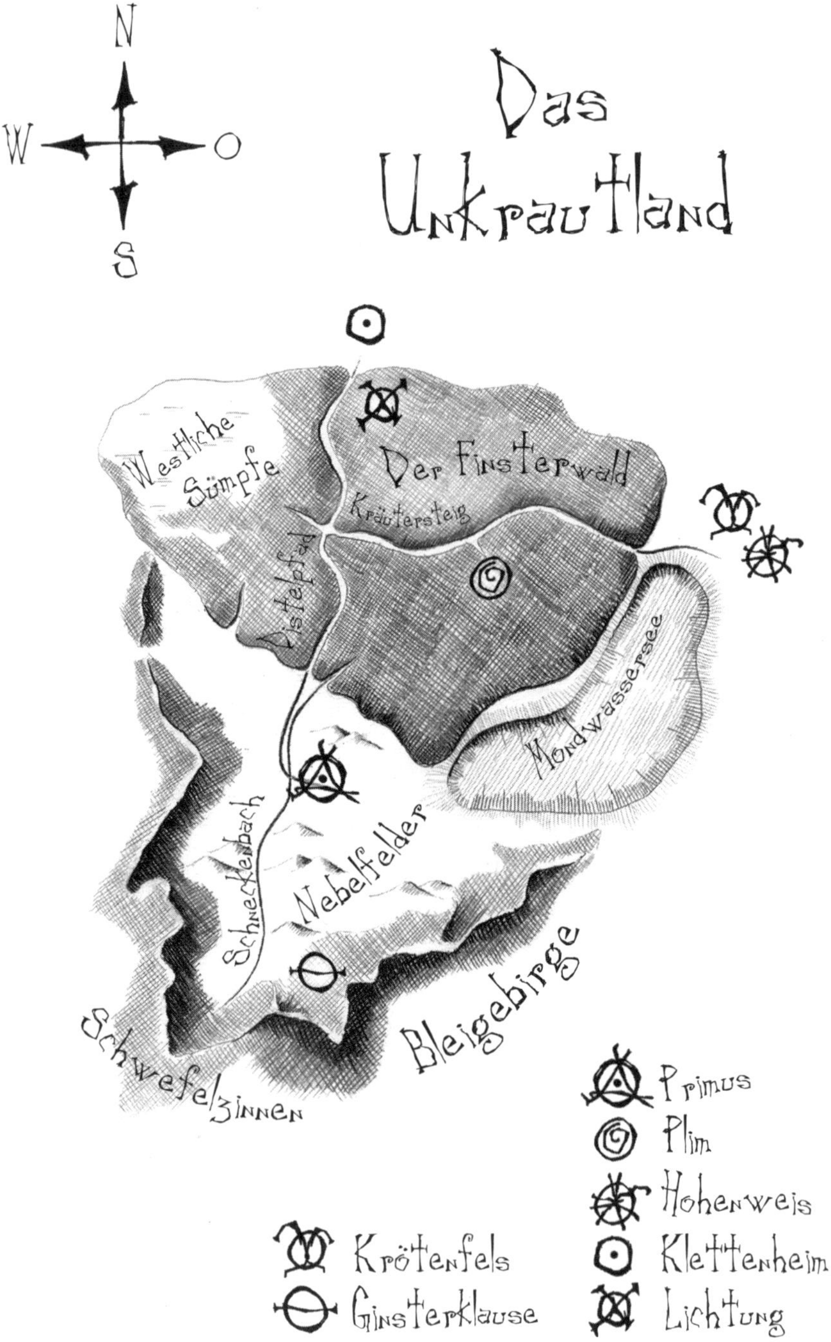

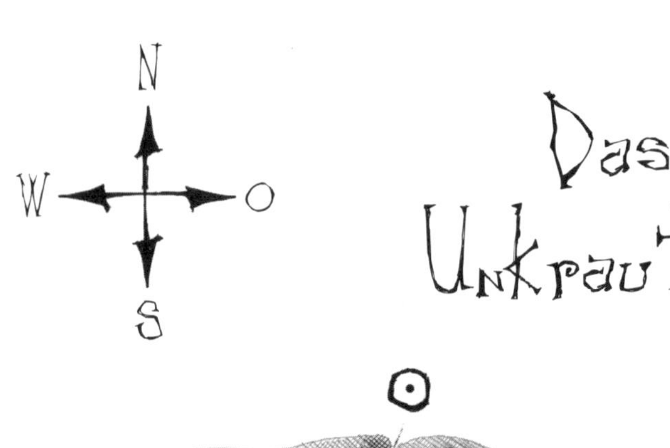

Prolog

Lange vergessen waren die Verse von einem Baum, von einem Licht und von rätselhaften Inseln.

So lauschet still der alten Mär,
von fremden Orten, lange her,
vom Reich, worin die Bäche münden
und das schwerlich ist zu finden.

Einst war es, dass ein Mägdelein,
versteckt bei blassem Mondenschein,
im Inselreich am Fenster stand
und wartend sah zum festen Land.
Die Nacht war klar, nichts regte sich,
verheißungsvoll und wunderlich.

Ergriffen trat das Mägdlein vor
und sah zum Firmament empor.
Wo fern am großen Himmelsdom,
die Sterne nahmen Position.
Das Herz ihr schlug, die Augen weit,
kein Zweifel mehr, jetzt war die Zeit.

Und siehe da, ein Licht erschien,
gar bläulich hell, so wunderschön.
Das magisch einen Baum umgab,
umringt von sieben Mädchen, zart.
Sie standen still unter der Linde,
hielten sich beherzt die Hände.

Die Haare lang, die Kleidchen weiß,
mit bloßen Füßen, stets im Kreis,
verweilten sie im Lichte blau,
bis von den Zweigen tropfte Tau.
Ein Regen, klar wie Sternenlicht,
fiel auf der Mädchen Angesicht.

Und lieblicher als ehedem,
ihr Antlitz nun ward anzuseh'n.
Ein leises Sprüchlein, hörbar kaum,
drang übers Wasser. Nur ein Traum?
Da schwand das Licht, in dunkler Nacht,
die Zeit war um, es war vollbracht.

Das Mädchen hoch im Kämmerlein,
seufzt leise auf zum Mondenschein:
»Hach, könnte ich doch sein wie sie,
für immer Kind, alt würd' ich nie.
Und könnt' auch ich bei ihnen steh'n,
im Kreis der Elfen, das wär' schön.«

So ging das Jahr, der Frost zog auf,
und Unheil trat an seinen Lauf.
Denn bald schon kam herbei der Tag,
als flüsternd jemand Ratschlag gab.
Und ihr gar trügerisch verriet,
worin der Elfen Zauber liegt.

Da war das Mägdlein wie entfacht,
in Sehnsucht nach der einen Nacht.
Sie schlich hinaus, verbarg sich fein,
bis endlich kam der blaue Schein.
Und als der Tau fiel auf das Land,
lief sie herbei mit off'ner Hand.

Die Elfen vor Entsetzen schrien,
bleich vor Angst, bereit zu fliehen.
Sie riefen laut und inniglich:
»Oh, Mädchen, trink das Wasser nicht!«
Zu spät! Das Licht erlosch im Nu.
Zu Furcht kam Wehgeschrei hinzu.

Als aus der Finsternis hervor
ein Schrecken trat wie nie zuvor.
Von dunklen Kräften, mächtig, groß,
der Schaum ihm von den Lefzen floss.
Und schauderhaft das Brüllen klang,
bevor er auf die Inseln sprang.

Die alten Mauern, dick und schwer,
zerbarsten, stürzten tief ins Meer.
Es brachen Brücken, Türme wankten,
bebend unter seinen Pranken.
Erst im Schein der Sonne pur
verschwand das Tier, gar ohne Spur.

Es schläft, so sagen es die Sterne,
auf den Inseln, in der Ferne.
Wo nur noch die Person verweilt,
die einst dem Kind hat Rat erteilt.
Doch selbst die Sterne wissen nicht,
was noch fand statt, im blauen Licht.

Und wo das Mägdlein war verblieben,
stand nie im Sternenglanz geschrieben.

Von Bildern im Pfeifenrauch

Es geschah in den alten Tagen, in einem längst vergangenen Sommer vor sehr langer Zeit. Ein warmer Lufthauch strich durch das Land und ließ den Wetterhahn auf dem Dach der Dorfschule tänzeln. Hin und her drehte er sich im Schein der Mittagssonne. Mit leisem Quietschen von links nach rechts und wieder zurück. Kurz darauf wurde er langsamer. Er blieb stehen, und das Geräusch verstummte. Zumindest so lange, bis der nächste Lufthauch kam. Dann ging das Quietschen wieder von vorn los. Sonst aber regte sich nichts in der drückenden Hitze. Es war absolut still … damals, im Juli des Jahres 579*.

Vieles hatte es seinerzeit nicht gegeben, erzählte man sich in den kommenden Jahrhunderten. Und vieles war anders gewesen. Etwa die Minen der Hügelkobolde. Sie hatten sich noch nicht so geräumig präsentiert, und ihre weit verzweigten Stollen hatten auch noch nicht bis unter die Hauptstadt geführt. Wahrlich, alles war ein wenig kleiner gewesen, und das Leben im Unkrautland war langsamer verlaufen.

Von Klettenheim, dem verschlafenen Weiler am Nordrand des Finsterwaldes, war damals noch fast nichts zu sehen. Gerade einmal acht kleine Häuser zählte das Dörfchen, und die Klettenheimer waren mächtig stolz auf dieses Ergebnis. Als *Kreisstadt* bezeichneten sie ihr winziges Dorf oder gar als *Kulturzentrum.* Welch eine Anmaßung. Dabei kam die besagte Anzahl der Häuser einzig und allein

* nach Zeitrechnung des Unkrautlands

dadurch zustande, dass man den Hühnerstall und das verlassene Wespennest gleich neben dem Ortseingang dazurechnete. Aber um ehrlich zu sein, in Klettenheim gab es um diese Zeit überhaupt nichts, was erwähnenswert gewesen wäre. Selbst die Kirche mit dem spitzen Turm sollte erst in den kommenden Jahren errichtet werden. Und von einer schummrig leuchtenden Straßenlaterne oder einer duftenden Konditorei hatte man in Klettenheim noch nicht einmal zu träumen gewagt.

Anders war es dagegen in Krötenfels, einem verwinkelten Fachwerkdorf nordwestlich der Hauptstadt Hohenweis. Der beschauliche Ort mit seinen sechs Dutzend Häusern lag in geringer Entfernung zur Stadtmauer von Hohenweis und besaß in diesen frühen Jahren sogar schon ein Rathaus. Da konnte nicht jedes Dorf mithalten, gar keine Frage. Und das war bei Weitem nicht alles. Es sollte noch besser kommen. Denn abgesehen vom Rathaus mitsamt dem alten Nachtwächter, verfügte Krötenfels auch über einen Marktplatz. Es gab dort mehrere Läden, ein Wirtshaus mit Herberge und als Krönung sogar eine Schule. Das war nun wirklich etwas Außergewöhnliches. Besonders, weil es sich bei dieser Schule um eine Grundschule der staatlichen Alchemisten- und Hexengilde handelte. Das war ein Qualitätssiegel, das sich durchaus sehen lassen konnte. Von nahezu allen Höfen der näheren Umgebung kamen die Kinder hierher, um sich später einmal an der ehrwürdigen Akademie der Hauptstadt bewerben zu können oder um, nach einer erfolgreichen Ausbildung, ihr eigenes Geschäft zu eröffnen.

Und genau dort in Krötenfels, auf dem Dach der kleinen Dorfschule, brütete nun der rostige Wetterhahn in der Hitze der Mittagssonne.

Da ertönte plötzlich ein Klingeln. Die Schulglocke fing an zu läuten, und mit der angenehmen Ruhe, die kurz zuvor noch geherrscht hatte, war es erst einmal vorbei. Schlagartig setzte reges Geplapper ein, das durch die Fenster der Klassenzimmer nach außen drang. Es wurde geredet und geträllert. Türen wurden zugeknallt, und in den Gängen des Schulhauses breitete sich nach allen Seiten das Tappen von Schritten aus. Die letzte Stunde würde gleich beginnen, und bald wäre der Unterricht für heute vorüber.

Das galt natürlich auch für die vierte Klasse, ganz hinten am Ende des Korridors. Dort stand für die kleinen Hexen und Alchemisten lediglich noch das Fach *Kräuterlehre* auf dem Programm, bevor es für alle nach draußen ins Freie gehen sollte.

Schnell füllten die Kleinen ein letztes Mal ihre Tintengläser auf. Sie zückten die Schreibfedern, breiteten die Pergamentrollen aus und legten die Lehrbücher auf die Tische. Dann blieben sie sitzen. Der Einzige, der jetzt noch fehlte, so stellten sie fest, war der Lehrer.

Es war ein sehr kleines Klassenzimmer mit gerade einmal zehn altertümlichen Schulbänken und einem Lehrerpult. Dieses war schmal und überaus hoch, weshalb es an der Rückseite zusätzlich noch mit ein paar hölzernen Stufen versehen war. Gleich daneben befand sich die Tafel. Zudem gab es noch einen wurmstichigen Schrank, zahlreiche Bilder von Kräutern und Giftpflanzen an den Wänden sowie ein komplexes mechanisches Gerät zum Erklären der Himmelskörper. Alles in allem ein ganz gewöhnliches Klassenzimmer für die vierte Jahrgangsstufe. Gar nichts Besonderes. Und in diesem harrten die Kinder geduldig aus und warteten auf Meister Silbertiegel.

Wenig später näherten sich auch schon Schritte.

Knarzend bogen sich die Dielen im Gang, bevor kurz darauf die Tür aufging. Ein bärtiger Kobold mit kugelrundem Bäuchlein und glänzender Halbglatze betrat das Klassenzimmer. Dieser war so klein, dass ihn viele der Schüler zunächst gar nicht bemerkten. Meister Silbertiegel kannte das schon seit Jahren. Daran ließ sich leider nichts ändern.

Würdevoll richtete er sich auf. Er stellte sich auf die Zehenspitzen, streckte seine knorrige Nase in die Höhe und stieß ein Räuspern aus. Na also, jetzt hatten ihn auch die Kinder in den hinteren Reihen wahrgenommen. Das Gebrabbel im Raum verstummte, und alle Blicke richteten sich auf ihn. Zufrieden schloss Silbertiegel die Tür. Er verzog das Gesicht zu einer möglichst strengen Miene und stolzierte mit erhobenem Kinn durch den Raum. Meister Silbertiegel hielt sich schließlich für eine Respektsperson.

Allerdings sahen das nicht alle so.

»Der Alte schreibt bestimmt eine Prüfung«, flüsterte ein Junge in der ersten Reihe. »Das bemerke ich schon an seinem komischen Gang.«

Der Kobold fuhr herum. »Wie war das?«

Blitzschnell streckte Silbertiegel den Finger aus und deutete auf den Jungen.

»Was hast du gesagt?«

Seine Stimme klang irgendwie verschnupft. Beinahe so, als würde er sich die Nase zuhalten.

»Gar nichts«, erwiderte der Junge. »Ihr habt Euch getäuscht.«

»Ich hab's genau gehört.«

Silbertiegel legte den Kopf zur Seite und zog die Augen zu zwei Schlitzen zusammen.

»Wie ist dein Name?«

Der Junge zuckte mit den Schultern.

»Aber das wisst Ihr doch«, entgegnete er. »Ich bin seit *vier* Jahren in Eurer Klasse.«

»Aha«, sagte der Kobold und winkte ab. »Na gut. Äh, ich meine. Na dann. Ich, äh …«

Und er stolzierte weiter. Der gute Meister Silbertiegel war immer leicht aus dem Konzept zu bringen. Das wusste mittlerweile jeder.

Er ging auf das Lehrerpult zu, kletterte die Stufen empor und glättete seinen Bart. Dann spitzte er die Lippen.

»Seid gegrüßt«, verkündete er.

Das Echo folgte sofort.

»GUUU-TEN MOOOR-GEN MEIIIS-TER SIL-BER-TIIIIE-GEL«, schallte es im Chor, wenngleich es auch schon nach Mittag war.

Silbertiegel nickte. Ein hastiges Grinsen überflog sein Gesicht, worauf der Kobold schnell seine Brille aufsetzte. Anschließend ging es los.

»Wir haben in der letzten Stunde über die Wurzeln der Schattendistel gesprochen«, drang es nasal vom Pult herunter. »Ist euch dieses Gewächs denn gut in Erinnerung geblieben?«

»JAAAAAA«, tönte die Klasse.

»Schön«, frohlockte Silbertiegel, »das erquicket mich gar sehr. Dann bin ich mir sicher, dass sich meine Schüler bestens mit der Wirkung dieser Wurzeln auskennen.«

Der Junge von vorhin beugte sich zu seinem Banknachbarn hinüber.

»Siehst du?«, flüsterte er. »Ich habe dir doch gesagt, dass er eine Prüfung schreibt.«

Silbertiegel lugte über seine Brillengläser.

»Und ich bin mir auch sicher«, fuhr er fort, »dass ihr mir schriftlich einige Fragen beantworten könnt, sobald ich euch die Pflanzen zeige.«

Bei diesen Worten hielt Silbertiegel einen Schlüssel in die Höhe. Er zuckte mit einer Augenbraue, wobei er gleichzeitig auf den Schrank verwies, der an der Wand gleich neben der Tafel stand. Darin lagerte bekanntlich das Unterrichtsmaterial für die einzelnen Schulfächer. Und natürlich waren darin auch die Töpfe mit den Gift- und Zauberkräutern eingeschlossen.

Mit einem Mal wurde es mucksmäuschenstill in der Klasse. Die Schüler hielten den Atem an, und jeder biss sich auf die Lippen. Tatsächlich, so ging es den Kindern durch die Köpfe, jetzt war es eindeutig: Meister Silbertiegel plante eine Klassenarbeit.

Flugs ließ er den Schlüssel wieder in seiner Tasche verschwinden. Er lupfte die Robe und stieg die Stufen vom Podest herunter. Unten angekommen begann er, den Raum für die anstehende Prüfung vorzubereiten. Das ging sehr schnell, und das tat er jedes Mal. Nie und nimmer hätte Meister Silbertiegel es sich nachsagen lassen, dass man bei ihm während einer Prüfung hätte abschreiben können. Nein, nicht bei ihm.

Mit rücklings verschränkten Händen schlenderte der Kobold durch die Bankreihen und sorgte für die nötige Ordnung.

»Hier rutschen wir einmal ein wenig auseinander«, säuselte er. »Und auch dort drüben. Ein wenig mehr Abstand, wenn ich bitten darf. Was ist das hier für ein Zettel, hm? Weg damit, aber sofort.«

So ging es von einer Schulbank zur nächsten. Bei einem schlanken Jungen mit kurz geschnittenen blonden Haaren blieb er stehen.

Der Knabe schien sich dem Ernst der Lage offensichtlich überhaupt nicht bewusst zu sein. Gänzlich unbeteiligt und mit aufgestütztem Kinn ließ der Junge seinen Federkiel schweben und drehte ihn dabei in der Luft. Hier musste Silbertiegel einschreiten.

»Schau an, schau an«, sagte er und nickte, »das ist ja typisch. Der werte Herr Ulme hat natürlich wieder einmal etwas Besseres zu tun.« Er stemmte die Hände in die Hüften. »Diesen Zauber-Hokuspokus lassen wir jetzt aber schön bleiben, ja? Wir haben schließlich Kräuterlehre.«

Der blonde Junge blickte auf.

»Oh, ich bitte um Verzeihung«, entgegnete er ruhig. »Tut mir leid. Ich war nur gerade noch so vertieft in das Thema der vorherigen Stunde.«

»Sehr lobenswert, Magnus«, näselte Silbertiegel, während er sich durch den Bart fuhr. »In der Tat, sehr lobenswert. Aber mit Kräutern und Wurzeln hat diese Wissenschaft rein gar nichts zu tun. Mein Thema ist schließlich auch interessant, möchte ich meinen.«

Schnell hob Silbertiegel die Hand. »Nein, äh, ich muss mich verbessern«, warf er ein. »Mein Thema ist sogar noch viel interessanter. Also Schluss mit der Spielerei und gut zuhören.«

Er klatschte in die Hände.

»Das gilt übrigens für alle«, rief er, wobei er in seine Tasche griff. »Schreiten wir zur Tat. Ich werde euch jetzt gleich einige Pflanzen zeigen, und ihr schreibt mir auf, welche Wirkung …«

Silbertiegel verstummte. Überrascht runzelte er die Stirn und wühlte in der Tasche. Anschließend sah er auf den Boden.

»Wo ist denn mein Schlüssel?«

Er bückte sich und schaute unter die Schulbänke. Nichts zu sehen. Da hörte sich doch alles auf.

Verdutzt wandte er sich an ein kleines Mädchen, das an der Bank gleich neben Magnus Ulme saß.

»Smill«, fragte er, »sag mal, liegt hier vielleicht irgendwo mein Schlüssel herum?«

Die kleine Smill hieß eigentlich Esmilana. Sie war ausgesprochen hübsch, hatte langes silbriges Haar und grüne Augen. Für gewöhnlich wirkte das zarte Mädchen immerzu ein wenig unsicher, ja beinahe ängstlich. Aber wahrscheinlich war sie mit ihren neun Jahren einfach noch viel zu klein für die vierte Klasse.

Das war jedenfalls die Meinung, die die Lehrer vertraten. In Wahrheit aber, und das wusste ansonsten die ganze Schule, hatte Smill es faustdick hinter den Ohren. Das war eine Eigenschaft, die offenbar in ihrer Familie liegen musste. Denn ihre Mutter und ihre Großmutter sowie die ganze Sippschaft von Smill waren ausnahmslos aus dem gleichen Holz geschnitzt. Von ihnen war eine wie die andere. Da beißt die Maus keinen Faden ab.

Brav und artig legte Smill die Hände in den Schoß.

»Einen Schlüssel?«, entgegnete sie leise. »Was denn für einen Schlüssel?«

»Na, der Schlüssel für den Dings ... äh, Dings ... Unterrichtsschrank«, antwortete er. Meister Silbertiegel war mittlerweile wieder einmal völlig verwirrt. »Den habe ich doch gerade noch in der Hand gehalten.«

Nach allen Seiten sah er sich um.

Smill aber schüttelte den Kopf. »Ich habe keinen Schlüssel gesehen«, beteuerte sie mit einer sagenhaften Unschuldsmiene. »Seid Ihr Euch da auch wirklich sicher, Herr Lehrer? Vielleicht habt Ihr ihn ja gar nicht dabeigehabt. Das könnte doch sein, oder?«

Sie legte den Kopf zur Seite und klimperte mit den Wimpern.

Silbertiegel stand der Mund offen.

»Oben auf dem Pult habe ich diesen Schlüssel hervorgeholt«, beteuerte er. »Und ich habe ihn der Klasse gezeigt. Das habe ich doch nicht geträumt.«

Da riss Smill plötzlich die Augen auf.

»Stimmt!«, rief sie. »Den habe ich gesehen.«

»Wunderbar«, freute sich Silbertiegel. »Ich habe es doch gewusst.«

Doch Smill wedelte bereits mit dem Finger.

»Aber das war beim letzten Mal«, wandte sie ein. »Das war nicht heute.«

»Wie bitte?« Silbertiegel traute seinen Ohren nicht. »Was sagst du da?«

»Aber gewiss doch«, nickte Smill. »Vor genau einer Woche war das. Da habt Ihr uns einen Schlüssel gezeigt. Ich erinnere mich noch ganz genau, weil ich Euren Unterricht ja immer soooo spannend finde. Aber wo dieser Schlüssel jetzt ist?« Sie hob ratlos die Schultern. »Da kann ich Euch wirklich nicht helfen.«

Silbertiegel war sprachlos. Mit hängenden Armen stand der Kobold da und starrte ins Leere.

»Das gibt es doch nicht«, brummte er. »Wie kann denn das sein? Ich könnte schwören, dass ich vorhin … also wirklich. Ich bin doch nicht …«

Er drehte sich um.

»Ach, was soll's«, winkte er ab. »Nicht so schlimm. Dann eben ein anderes Mal.«

Und er stieg die Stufen zum Lesepult empor.

In der Klasse breitete sich indessen spürbar Erleichterung aus. Ohne Schlüssel – keine Prüfung, hieß es für die Schüler. Das Thema hatte sich dann wohl erledigt. Was für ein Glück.

Der blonde Junge aber richtete seine Augen auf die kleine Smill. Schmunzelnd sah er sie an und schüttelte dabei seinen Kopf. Magnus Ulme wusste ganz genau, *wo* der gesuchte Schlüssel steckte. Und *wer* ihn Meister Silbertiegel aus der Tasche gezogen hatte, das wusste er auch.

Mit einem herzerweichend treuen Blick saß die kleine Smill an ihrer Schulbank. Sie lächelte Magnus Ulme zu und faltete fromm die Hände. So, als könne sie kein Wässerchen trüben.

Eine halbe Stunde später war die Schule aus.

Wolkenlos blau präsentierte sich der Himmel, als die Kinder aus dem Schulhaus strömten. Die Hitze lag noch immer schwer über dem Land, und von den Wiesen und Feldern breitete sich der Duft des Sommers aus.

Smill hatte ihren kleinen Lederranzen auf den Rücken geschnallt, während sie sich mit den anderen Kindern durch die hohe Eingangstür zwängte. Dieses Szenario war ohrenbetäubend und lief nahezu jeden Tag auf dieselbe Art und Weise ab. Sobald die Schulglocke geläutet hatte, ging es hier zu wie beim Schlussverkauf für Hexenbesen.

Unter lautem Gekreische wurde gedrückt, geschubst und sich gegenseitig auf die Füße getreten. Das war völlig normal. Und ganz besonders bei so einem Traumwetter wie heute wollten natürlich alle so schnell wie möglich nach draußen.

Wenig später hatte auch Smill es geschafft. Sie rannte über den Pausenhof, hastete mit wehenden Zöpfen am Schulbrunnen vorbei und steuerte schnurstracks auf den großen Torbogen zu. Dahinter erwartete sie ein sonniger und sorgenfreier Nachmittag.

Doch plötzlich wurden ihre Schritte langsamer. Sie reckte den Hals und spähte aus. In der Ecke neben dem Tor standen drei Jungen aus der Nachbarklasse.

Vorsichtig blieb sie stehen.

Das hat gerade noch gefehlt, schoss es Smill durch den Kopf. Diese Trottel hatte sie ja völlig vergessen. So verärgert, wie die drei Gesellen dreinguckten, hatten die gewiss noch ein Hühnchen mit ihr zu rupfen. Möglich wäre es jedenfalls. Vielleicht hatte ja die Zaubermischung, die Smill ihnen während der Pause verkauft hatte, doch nicht so gut gewirkt?

Nervös rollte Smill mit den Augen. Was sollte sie tun? Die Kerle waren schließlich zu dritt und noch dazu viel größer als sie. Klarer Fall, da musste ein Fluchtplan her und zwar hurtig.

Sie schaute sich um. Aber der Schulhof besaß nur *einen* Ausgang, und über die Mauer konnte sie nicht klettern. Herrje, fieberte sie, das konnte jetzt tatsächlich schwierig werden.

Doch für eine Flucht war es ohnehin schon zu spät. Mit einem wütenden Gesichtsausdruck kam der erste der drei Burschen auf sie zugeschritten.

»He, du«, sagte er und sprach dabei mit einer so unfassbaren Piepsstimme, dass Smill sich nur schwer das Lachen verkneifen konnte. »Komm doch mal her.«

Smill hielt die Luft an. Dann atmete sie einmal ganz tief durch und nahm sich zusammen. Die Mixtur für den *Große-Muskeln-Zauber*, die sie den drei Burschen zusammengestellt hatte, besaß offensichtlich Nebenwirkungen. Und nicht nur das. Diese Nebenwirkungen waren geradezu rekordverdächtig. Smill hätte niemals gedacht, dass ein Mensch überhaupt zu solchen Tönen fähig war. Eine Sensation! Das Rezept musste sie sich unbedingt merken.

Aber vorerst gab es Wichtigeres zu tun.

In diesem Moment musste sich Smill erst einmal aalglatt und geschäftstüchtig geben. Jetzt oder nie, dachte sie. Als zukünftige Hexe war dies praktisch die allererste Unterrichtsstunde im Fach *Umgang mit extrem unzufriedenen Kunden*.

Sie zwinkerte den Jungen zu.

»Worum geht es denn?«, fragte sie scheinheilig, wobei ihr unter heftigen Zuckungen beinahe die Tränen kamen.

Die Antwort folgte sofort.

»Das wirst du gleich sehen«, fiepte der Junge und ruderte mit den Armen. »Du miese kleine Hexe, du wirst jetzt dein blaues Wunder erleben.«

Wutentbrannt ging er auf Smill los. Er streckte die Hand nach ihr aus, während auch seine beiden Freunde mit hochroten Köpfen herbeigerannt kamen.

Ach du Schreck, durchzuckte es Smill, jetzt hatte sie den Salat. Bei dieser Sorte von Kunden würde offensichtlich auch kein Gutzureden mehr helfen. Jetzt hieß es für Smill Beißen und Kratzen. Etwas anderes blieb ihr nicht übrig. Aber im Zweifelsfall konnte die Kleine das ganz ausgezeichnet.

Sie ging in Position. Selbstbewusst fletschte sie die Zähne und fuhr die Krallen aus, als die drei Burschen aus ungeklärter Ursache plötzlich stehen blieben. Respektvoll blickten sie über Smill hinweg.

Diese wandte sich um. Hinter ihr stand Magnus Ulme.

»Hallo Smill«, sagte er, »hast du wieder einmal etwas ausgefressen?«

Sie richtete sich auf. Ein wenig überrascht sah sie zu Magnus empor, der sie mehr als einen Kopf überragte. Es war ihr noch nie aufgefallen, dass er so groß war. Und gutaussehend war er auch, das musste sie sich eingestehen. Nun, dachte sie, er war ja auch schon zehn.

»Nein«, trällerte Smill, »alles in Ordnung. Könnte nicht besser laufen.«

Sie warf den drei Jungen einen flüchtigen Blick zu und hob neckisch die Augenbrauen. »Aber wenn du schon hier bist«, sagte sie zu Magnus, »ich wollte gerade zum Tor hinaus. Komm, wir gehen zusammen.«

Sie schaute ihn mit ihren großen grünen Augen an und hakte sich bei ihm ein.

Magnus nickte. »Können wir machen«, sagte er. »Meinetwegen.«

Die anderen Jungen standen unterdessen wie begossene Pudel im Hof und sahen ihnen nach.

»He«, fiepte der größere der drei, »und was soll jetzt aus uns werden?«

»Ein Schluck Seifenlauge wird helfen«, rief Magnus über seine Schulter. »Schmeckt zwar grässlich, aber dann kommt die alte Stimme wieder zurück.« Und er fügte hinzu: »Irgendwann zumindest.«

Das waren ja Aussichten.

»Moment mal«, riefen die Jungen. »Woher willst du denn das wissen?«

»Weiß ich eben«, kam es als Antwort.

Er lächelte und ging mit der kleinen Smill zum Schultor hinaus.

In der warmen Sommerluft spazierten die beiden Kinder durch die Gassen von Krötenfels. Es war mittlerweile schon weit nach Mittag, und über den Dächern der Häuser lachte die Sonne. Magnus hatte seine weiße Schülermütze tief ins Gesicht gezogen, während er mit beiden Händen die Träger seines Schulranzens festhielt.

Aufmerksam sah er sich um. Er blinzelte unter der Schirmmütze hervor und betrachtete den Weg, der zwischen den Fachwerkhäusern hindurchführte. Das kleine Örtchen hatte seinen Namen wahrlich zu Recht verdient, wie Magnus wieder einmal feststellen musste. Aus allen Häuserwinkeln, Kelleröffnungen oder Mauernischen guckten dicke Kröten hervor, und ständig sprangen ihm diese Viecher genau vor die Füße. Er und Smill mussten mächtig aufpassen, dass sie nicht stolperten oder versehentlich auf einer der Kröten ausrutschten.

Da! In diesem Moment kam auch schon die nächste herbeigehüpft.

Magnus hob die Arme, machte einen großen Schritt und balancierte über die Kröte hinweg. Das wäre geschafft. Er gab ein Brummen von sich und sah zu Smill hinunter.

»Eure Lieblingstiere springen aber auch bei jedem Wetter hier herum«, sagte er. »Sogar bei dieser Hitze. Das hätte ich gar nicht gedacht.«

Entrüstet schaute Smill ihn an. »Was heißt hier *Lieblingstiere*?«, protestierte sie. »Ich habe mit Kröten überhaupt nichts am Hut.«

»Echt?« Magnus gab sich skeptisch. »Das kann ja gar nicht sein, oder?«

»Doch«, bekräftigte sie.

Er schob die Unterlippe vor.

»Glaube ich nicht.«

»Aber, wenn ich es dir doch sage«, rief Smill. »Ganz im Gegenteil. Ich kann diese glibberigen Klöße überhaupt nicht leiden.«

Sie streckte ihre Zunge heraus und schüttelte sich.

»Bäh«, schlotterte sie. »Kröten sind ja sowas von eklig. Und nicht nur das. Die haben auch Warzen«, rief sie. »Genau, eklige, hässliche Warzen … und stinken tun sie auch. Pfui, Spinne.«

»Aber ich dachte, du willst einmal eine Hexe werden«, entgegnete Magnus.

»Natürlich«, kam es entschlossen zurück. »Und das werde ich auch. Das wirst du schon sehen. Ich werde sogar eine *große* Hexe.«

»Na also«, bemerkte Magnus. »Dann brauchst du auch eine *große* Kröte.«

»Warum?«, blaffte Smill. »Wie kommst du denn auf so einen Unsinn?«

Er breitete die Arme aus. »Große Hexe, große Kröte«, erwiderte er. »Das gehört sich nun mal so. Jede anständige Hexe hat eine Kröte zu Hause. Zumindest haben wir das so in der Schule gelernt. Ist für Hexen praktisch eine Standardausrüstung.«

Das sah die kleine Smill jedoch anders.

»Ja, aber das stimmt nicht«, rief sie und lief mit aufgerissenen Augen neben ihm her. »Vollkommener Blödsinn. Meine Mutter ist schließlich auch eine Hexe. Und zwar eine ziemlich gute. Das kannst du mir glauben. Und bei uns zu Hause gibt es keine Kröten.«

»Wirklich nicht?«

»Nein«, keifte sie. »Und wenn ich später einmal Kinder habe, dann kriegen die auch keine Kröten. Das verbiete ich nämlich.«

Sie deutete auf zwei besonders dicke Exemplare, die wie zwei faule Landstreicher in einer Ecke lungerten.

»Da«, sagte sie, »schau doch mal hin. So eine Plage hole ich mir doch nicht ins Zimmer. Mit denen hat man bloß Ärger. Das letzte Mal haben die mir sogar die Zunge herausgestreckt, als ich vorbeigegangen bin. Das muss man sich mal vorstellen.«

Magnus lenkte ein. »Und bei dir zu Hause gibt es wirklich keine Kröten?«, fragte er. »Ehrlich nicht?«

»Äh-äh«, verneinte die Kleine und schüttelte dabei den Kopf, dass ihre Zöpfe wirbelten. »Keine Kröten. Weder meine Mutter hat eine, noch meine Großmutter. Ja, nicht einmal das Kringeltantchen hat so ein Getier. Keine Spur von Kröten. Da haben die uns in der Schule etwas völlig Falsches beigebracht.«

Erstaunt sah Magnus zu Smill.

»Was für ein Tantchen?«, wollte er wissen und zog die Nase kraus.

»Mein Kringeltantchen«, wiederholte Smill. »Die hat auch keine Kröte. Und das will etwas heißen.«

»Aha«, brummte Magnus, »dein Kringeltantchen hat also auch keine Kröte. *Was*, um alles in der Welt, ist denn ein Kringeltantchen?«

»So eine blöde Frage«, schnaufte Smill, »was könnte das wohl sein?!«

»Pfft«, pustete er, »keine Ahnung.«

»Aber das ist doch klar«, erklärte Smill. » Das ist eben eine Tante, die Kringel macht. So einfach ist das.«

Doch damit gab sich Magnus nicht zufrieden.

»Und was sind das für Kringel?«, hakte er nach. »Knabbert man die zum Tee?«

»Nein«, sagte Smill, »das sind Rauchkringel.«

»Bitte was?«

»Pfei-fen-rauch«, betonte Smill.

Sie eilte voraus, drehte sich um und lief rückwärts vor Magnus her.

»Du weißt schon«, verdeutlichte sie, wobei sie mit ausgestreckten Armen Kreise in der Luft formte. »Rauchkringel eben. So dampfende Ringe, die aus einer Tabakspfeife herauskommen.«

»Qualmende, alte Hexen«, schmunzelte er. »Das wird ja immer besser.«

»Ja, ganz gewiss«, rief Smill. »Das sind nämlich ganz tolle Kringel, die meine Tante da macht.«

»Aha«, sagte er, »wer's glaubt. Was soll denn an einem Rauchkringel toll sein, hm?«

»Das kann ich dir sagen«, konterte sie. »Mit denen kann man in die Vergangenheit schauen.«

»Wie?« Erstaunt merkte Magnus auf. »Deine … äh, dein Kringeltantchen kann in die Vergangenheit schauen? Du machst Witze, oder?«

Mit diesen Worten verlangsamten sich seine Schritte.

»Nein, gar nicht«, rief Smill. »Das macht sie ständig. Das ist sogar richtig lustig.«

»Wieso ist das lustig?«

»Na, weil man da zum Beispiel sehen kann, was sie früher einmal alles angestellt hat«, erklärte Smill. »Und mein Tantchen sieht sich diese Sachen ständig an. Das ist wirklich zum Totlachen.«

Sie wippte mit dem Fuß, hob den Zeigefinger und tippte Magnus auf die Nase.

»Jetzt sage ich dir einmal etwas, mein Lieber«, fing sie an. »Gegen das, was unsere Eltern früher ausgefressen haben, sind wir heute richtig anständig«, knurrte sie. »Die Erwachsenen tun nämlich immer bloß so, als wären wir heute so schlecht erzogen. Aber das ist Humbug. Die Großen waren mindestens genauso schlimm, wenn nicht noch schlimmer. In den Rauchkringeln kommt das nämlich alles heraus. Hähä, da sieht man das ganz deutlich.«

Dann zuckte Smill mit den Schultern.

»Mein Tantchen mag es bloß nicht so gerne, wenn man ihr dabei zusieht«, sagte sie.

»Nicht?«

»Nö«, murrte Smill. »Ist ihr irgendwie peinlich.«

Doch schon im nächsten Moment fügte sie mit einem breiten Grinsen hinzu:

»Mache ich aber trotzdem, hihi.«

Sie schwang die Beine und drehte sich im Kreis.

Magnus blieb stehen. Fassungslos betrachtete er Smill und verschränkte die Arme.

»Jetzt mal langsam«, sagte er. »Ich komme da noch nicht so ganz mit. Deine Tante kann also Bilder aus der Vergangenheit auftauchen lassen? Habe ich das richtig verstanden?«

»Mhm.« Smill nickte.

»Und wie macht sie das?« Magnus kam aus dem Staunen gar nicht mehr heraus.

»Oh, das ist ganz leicht«, antwortete sie, »überhaupt kein Problem. Meine Tante stopft sich einfach ihre Pfeife, denkt an etwas, das sie gerne sehen würde, und bläst dann einen Rauchkringel.«

Das war Magnus zu wenig.

»Ja, und dann?«, drängte er. »Was ist dann?«

»Wenn man in diesen Kringel hineinblickt«, fuhr Smill fort, »dann sieht man die Szene, die man sich gewünscht hat, deutlich vor sich. Das ist genau wie bei einem Bild. Nur, dass es sich bewegt.«

Magnus war überwältigt.

»Ist nicht wahr.«

»Doch«, sagte Smill, »ist es. Ein absoluter Wahnsinnszauber, echt. Das geht natürlich nur so lange, wie der Kringel in der Luft bleibt. Sobald er sich aufgelöst hat, ist alles wieder verschwunden. Aber dann pustet man sich eben schnell einen neuen. Das kann man machen, so lange man Lust hat.«

Plötzlich richtete Smill sich auf.

»Du«, sagte sie und schaute Magnus entschlossen in die Augen, »willst du das vielleicht mal sehen?«

»Hä?«

»Na klar«, rief sie und nahm ihn bei der Hand. »Das ist doch *die* Idee. Komm einfach mit. Ich wohne gleich dort drüben. Kringeltantchen sitzt mittags immer auf der kleinen Bank, draußen auf dem Feld. Wenn wir uns beeilen und Glück haben, ist sie noch da. Dann können wir ihr dabei zusehen.« Sie winkte ab. »Ach was«, fügte Smill lachend hinzu. »So, wie ich mein Kringeltantchen kenne, ist die bestimmt noch da. Jetzt komm schon.«

»Gut«, freute sich Magnus und rannte ihr hinterher. »Da bin ich aber gespannt.«

»Wir müssen nur leise sein und uns anschleichen«, rief Smill, während sie mit wehendem Rock die Straße entlanglief. »Wenn Kringeltantchen was merkt, wird sie wütend. Dann müssen wir abhauen.«

»Alles klar«, sagte er. »Ich bin schon vorsichtig.«

Und sie verschwanden in den Straßen.

Es dauerte nicht lange, bis Magnus und Smill den Dorfrand von Krötenfels erreicht hatten. Von der Sonne geblendet ließen sie die Fachwerkhäuser hinter sich und traten ins Freie. Zu allen Seiten breiteten sich grüne Wiesen aus, und nur noch vereinzelt erblickten die beiden ein Anwesen oder ein altes Gehöft.

Begleitet von zahlreichen Libellen ging es dahin. Das kleine Mädchen kannte die Strecke zu sich nach Hause natürlich ganz genau. Und als zukünftige verwegene Hexe kannte sie selbstverständlich auch die besten Abkürzungen. Die beiden sprangen über einen Bach, kletterten über Mauern und Holzzäune und rannten wie die Wilden durch die Grundstücke laut schimpfender Nachbarn. Für Smill schien das alles nichts Neues zu sein, und Magnus hatte einen Riesenspaß dabei. Wenige Minuten später kamen sie endlich im Garten von Smills Eltern an.

Es war ein verwunschenes Gärtchen, voll mit Beeten, Blumentöpfen und Sträuchern. Unter einer Gruppe von Kiefern stand ein schmales Haus. Es war mit Schindeln gedeckt, von Efeu überwachsen und mit einem langen dünnen Schornstein versehen.

Verzaubert schaute Magnus sich um. Nie zuvor hatte er eine solche Idylle gesehen.

Doch dann dachte er wieder an das Kringeltantchen.

»Also«, setzte er an, »wo ist denn deine…?«

Smill wedelte mit der Hand.

»Psst«, tuschelte sie, »ich will nicht, dass meine Mutter uns hört. Die durchschaut das sofort.«

Magnus duckte sich. »Wo … ist … denn … deine … Tante?«, flüsterte er.

»Na, hör mal», zischte Smill. »Die sitzt doch nicht bei uns im Garten. Da könnte ja die ganze Nachbarschaft in die Rauchkringel sehen. Ich habe dir doch erzählt, dass sie um diese Uhrzeit immer auf dem Feld ist.«

Smill zeigte mit dem Daumen über die Schulter.

»Das Feld ist gleich da hinten«, sagte sie. »Auf der anderen Seite von unserer Hecke.«

»Hinter *der* Hecke da?«

Magnus starrte auf eine kurz geschnittene Sträucherhecke, die ihm bestenfalls bis zur Stirn reichte.

»Ja«, sagte sie, »dahinter ist eine große Wiese mit einem Bäumchen. Und dort ist auch eine Bank, etwa hundert Schritte von hier. Da sitzt sie immer und…«

Das letzte Wort blieb Smill im Munde stecken.

Sie riss ihre Augen auf. Dann hob sie die Nase in den Lufthauch und schnupperte.

»Riechst du das?«

Magnus nickte.

»Stinkt nach Pfeifenrauch.«

»Genau«, kicherte Smill, »ich hab's doch gesagt. Sie ist noch hier.«

Endlich wurde es interessant. Das wollte sich Magnus nicht entgehen lassen. Neugierig hob er den Kopf und streckte sich.

Doch Smill zog ihn sofort wieder nach unten.

»Hiergeblieben«, befahl sie, »und Kopf runter. Wir müssen doch in Deckung bleiben. Wenn Kringeltantchen uns bemerkt, macht sie bloß wieder Gezeter. Dann bekommen wir am Ende gar nichts zu sehen.«

Da mochte Smill recht haben. Eine Lagebesprechung war nötig. Wie eine Diebesbande gingen die zwei Kinder in die Hocke. Sie steckten die Köpfe zusammen und bereiteten einen Schlachtplan vor. Und natürlich gab Smill dabei den Ton an.

»Jetzt pass mal auf«, instruierte sie fachmännisch, »wir machen das so: Wir legen unsere Schulranzen hier auf den Boden und kriechen unter der Hecke durch. Ich gehe zuerst, verstanden? Du kommst dann gleich hinterher.«

Magnus verkniff sich ein Grinsen.

»Sobald wir auf der anderen Seite herauskommen«, fuhr Smill fort, »erspähen wir Kringeltantchen schon von Weitem, wie sie auf ihrer Bank sitzt. Sie ist nicht zu übersehen.«

»Alles klar«, bestätigte er. »Und dann?«

»Dann schleichen wir uns von hinten an sie heran«, erklärte Smill, »und schauen ihr über die Schulter. Das ist vollkommen ungefährlich«, räumte sie ein. »So mache ich das immer. Wenn du schön leise bist, dann merkt sie auch nichts.«

»Gut«, sagte Magnus, »verstanden.«

Damit konnte das Abenteuer losgehen. Wie geplant schnallten die zwei Kinder zuerst ihre Schulranzen ab. Sie legten die Taschen dicht bei der Hecke ins Gras und machten sich auf. Magnus betrachtete ein letztes Mal die dichte Blätterhecke, bevor er auch seine Mütze abnahm. Sicher ist sicher. Am Ende würde er damit noch an einem Ast hängen bleiben oder sie würde ihm ins Gesicht rutschen. Flink legte er die Mütze auf seinen Schulranzen und stopfte sich das Hemd in die Hose. Dabei richtete er sich auf. Er streckte sich, wobei sein Blick versehentlich über die buschige Gartenhecke huschte.

Sofort riss Smill ihre Augen auf.

»Bleib bloß unten«, schnaufte sie, während sie ihn zu Boden zog. »Was machst du denn da?«

Magnus knirschte mit den Zähnen.

»Tut mir leid«, sagte er. »Das war ein Versehen.«

»Pah.« Smill verschränkte die Arme.

Dann aber zog Magnus die Stirn in Falten.

»Du«, sagte er verwundert, »das Bäumchen, von dem du vorhin gesprochen hast …«

»Ja?«, fragte Smill. »Was soll denn damit sein?«

»Das ist aber ganz schön groß«, kam es als Antwort.

»Ach, Schnickschnack«, entgegnete Smill, »das ist doch nicht groß.«

»Also, das sehe ich aber anders«, gab er zurück. »Ich finde den Baum sogar gewaltig. Und von einem *See* in dieser Gegend habe ich auch noch nie etwas gehört.«

Smill sah ihn verständnislos an.

»Bitte was?«

»Aber da hinten ist doch ein See«, sagte Magnus, »… ein kleiner See mit einer Insel darin. Davon habe ich ja noch gar nichts gewusst.«

»Ach, was redest du da«, wunderte sich Smill. »Da ist kein See. Wie kommst du denn auf so einen Unsinn? Nun komm schon, wir müssen los.«

Mit diesen Worten duckte sich Smill. Sie ging in die Knie und krabbelte auf allen Vieren unter der Hecke durch. Magnus kam ihr im dichten Abstand hinterher.

Knisternd und raschelnd schob er sich durch das Laub. Er zwängte sich unter störrischem Astwerk hindurch, bog die trockenen Zweige zur Seite und kam wenig später pustend und schnaufend an der anderen Seite der Hecke wieder heraus. Da stieß er mit seinem Kopf auf einmal gegen Smills Beine.

Schnell wischte er sich die Blätter aus dem Gesicht. Er spuckte den Schmutz aus und sah verwundert zu Smill empor. Das kleine Mädchen stand regungslos vor ihm im Gras und starrte geradeaus.

Magnus erhob sich. Stumm ließ auch er seinen Blick über die Felder schweifen, wobei ihm vor lauter Staunen der Mund offenstand. Da war kein Baum, stellte er fest. Und da war auch kein rauchendes Tantchen. Und von einem glitzernden See, den er vor wenigen Minuten noch gesehen hatte, fehlte auch jede Spur.

Es dauerte einen Moment, bis Magnus wieder zu Worten fand.

»Was ist hier eigentlich los?«, murmelte er.

Doch von Smill kam keine Antwort. Gedankenverloren schüttelte sie den Kopf.

Dann rannte sie schreiend los.

»KRINGELTANTCHEN«, rief sie, »WO BIST DU??? HAAAALLO!!!«

Das Mädchen lief kreuz und quer über die Wiese und blickte in alle Richtungen.

»KRINGELTAAAAANTCHEN«, schrie sie. »HALLO, ZEIG DICH!!!«

Doch es war sinnlos. Von ihrer geheimnisvollen Tante war weit und breit nichts zu sehen.

Mitten auf der Wiese blieb Smill schließlich stehen. Sie stemmte die Hände in die Hüften, warf Magnus einen entschlossenen Blick zu und deutete zu Boden.

»Da war die Bank«, beteuerte sie, während Magnus auf sie zugeeilt kam. »Genau hier, wo ich jetzt stehe.«

Anschließend zeigte sie zur Seite.

»Und direkt daneben«, sagte sie mit verbissenem Blick, »da war der kleine Baum. Du glaubst mir doch, oder etwa nicht?«

Aber Magnus wusste inzwischen selbst nicht mehr, was er glauben sollte.

»Tja, also«, stammelte er. »Tut mir leid, aber ich für meinen Teil … also, ich habe hier gerade eben einen See gesehen.«

Jetzt reichte es ihr.

»Ach, du immer mit deinem See«, schimpfte Smill. »Hier hat es noch nie einen See gegeben. Wie kommst du denn auf diesen Unsinn? Der einzige See, den ich kenne, das ist der Mondwassersee. Und der liegt ja nun wirklich nicht vor unserer Haustür.«

»Hm«, grübelte Magnus, »da hast du wohl recht. Der Mondwassersee liegt ganz woanders.«

Dann aber verschränkte er die Arme und wippte unschlüssig mit dem Kopf.

»Und dennoch«, bekräftigte er. »Ich schwöre Stein und Bein, dass hier ein See gewesen ist. Wirklich, das musst du mir glauben. Ich habe ihn mit eigenen Augen gesehen. Das Wasser war klar und hat richtig gefunkelt.«

Nachdenklich ging er in die Knie. Er streckte den Arm aus und strich mit den Fingern durch das dichte Gras. Merkwürdig, so stellte er fest, dieses Gras war ungewöhnlich weich. Ganz anders, als Magnus es von dieser Gegend gewohnt war.

Plötzlich verharrte er.

Er tastete zwischen den Halmen und fing an, im Gras zu wühlen. Als er wenig später wieder aufstand, hielt er etwas Weißes in der Hand.

Smill trat näher.

»Was ist denn das?«, fragte sie verwundert. »Wo hast du das denn gefunden?«

»Das lag hier im Gras«, antwortete Magnus. »Gleich vor meinen Füßen.«

»Ja, und was ist das?« Smill schaute sich das rätselhafte Objekt von allen Seiten an. »So etwas habe ich ja noch nie gesehen.«

Magnus lächelte. Denn anders als Smill wusste er ganz genau, was er gerade in Händen hielt.

»Das ist eine Muschel«, sagte er.

»Hä? Eine was?«

»Eine Muschel«, wiederholte Magnus. »Das ist die Schale von einem kleinen Tierchen, das irgendwo im Meer lebt. Weit, weit weg von hier.«

Erstaunt ließ Smill das Kinn hängen.

»Und was bitte macht diese Muschel direkt neben unserem Haus? Hier gibt es kein Meer. Wer hat die hergebracht?«

Ein guter Punkt.

»Das würde mich auch interessieren«, stimmte ihr Magnus zu. »Genau das habe ich mich auch gefragt.«

Schweigend betrachtete er das seltene Stück im Sonnenlicht. Dann blickte er noch einmal zu Boden. Er runzelte die Stirn und sah sich erneut das sonderbare Gras an, das ihn umgab. Irgendetwas schien hier nicht zu stimmen, beschlich es ihn. Etwas war faul.

»Na komm«, sagte er schließlich zu Smill, »lass uns von hier verschwinden. Vielleicht ist deine Tante ja inzwischen nach Hause gegangen. Das könnte doch sein, oder? Vielleicht war sie ja gar nicht hier auf dem Feld, und wir sind umsonst hergelaufen.«

»Stimmt«, rief Smill, »du könntest recht haben. Herrje, darauf bin ich noch gar nicht gekommen. Ich sehe gleich mal nach.« Und sie rannte los.

»Jetzt warte doch«, schrie ihr Magnus hinterher, »ich komme mit. Wenn dein Kringeltantchen zu Hause ist, dann wird sie dir schon nicht davonlaufen.«

Smill blieb stehen. Sie blickte zu Magnus zurück und wartete auf ihn. Anschließend gingen die beiden über die Wiese, zum Garten zurück.

»Was ist eigentlich mit Meister Silbertiegels Schlüssel?«, fragte Magnus, während sie über das Feld wanderten. »Ich glaube, er wird ihn vermissen.«

Smill gab sich unbeeindruckt.

»Was denn für ein Schlüssel?«

»Na der, den du ihm während des Unterrichts aus der Robe gezogen hast«, erinnerte er sie.

»Ach, der«, summte Smill. »Den hat er längst wieder in seiner Tasche.«

»Wirklich?«

»Aber sicher doch«, nickte sie. »Hat er gar nicht gemerkt.«

Die beiden lachten. Dann krabbelten sie unter der Hecke hindurch, und Smill eilte ins Haus. Doch Kringeltantchen war nicht da.

Auf den Sommer des Jahres 579 folgte der Herbst, und nach dem Herbst kam der Winter. So vergingen die Jahre, während Smill langsam größer wurde. Eines Tages erlangte sie das Hexendiplom – so, wie ihre Mutter und ihre Großmutter viele Jahre zuvor. Und haargenau wie bei diesen, waren die Leute auch bei Smill sehr misstrauisch, ob während der Abschlussprüfung alles mit rechten Dingen zugegangen war. Bei einer Hexe wie Smill konnte man schließlich nie wissen. Aber ganz gleich, was auch geredet wurde, die Antwort darauf sollte für alle Zeiten ein Geheimnis bleiben.

Magnus trat der ehrwürdigen Akademie von Hohenweis bei. Dort wurde er Professor für magische Künste und unterrichtete schon bald Geheimwissenschaften wie Alchemie und Astrologie. Selbst Mythologie zählte zu seinen Fachgebieten, wobei ihn dieses Thema von allen am meisten faszinierte. Er bezog einen Turm inmitten der Nebelfelder, in dem er seine Forschungen betrieb und eines Tages selbst Lehrlinge ausbildete. Vielen Mysterien ging er auf den Grund, und zahlreiche Geheimnisse deckte er auf. Und so entschlüsselte Magnus Ulme auch alte Legenden, die in tiefer Vergessenheit schlummerten und die außer ihm kaum jemand zu deuten vermochte.

Die Zeit verstrich.

Hexenware und alter Krempel

Mehr als zweihundertfünfzig Jahre später blies erneut ein milder Wind durch das Land. Doch diesmal war es ein Wind, der zur endenden Winterszeit wehte und der auch den letzten Schnee binnen weniger Tage zum Schmelzen brachte. Welch eine Freude. Der lange strenge Winter, der das Unkrautland in den letzten Monaten fest im Griff gehabt hatte, war hoch ins eisige Nordland gezogen. Dort schien er zu verweilen, und es gab keine Anzeichen, dass er so bald zurückkehren würde. Wahrlich, die Wettergläser und der ehrwürdige Rat der Wetterhexen sollten recht behalten: Mit dem 1. März des Jahres 833* zog der Frühling ins Land.

Allerorts tropfte nun das Eis von den Dachpfannen. Die Brunnen in den Dörfern begannen zu tauen, und von den Hängen der Bleiberge plätscherte das Schmelzwasser zu Tal. Die Natur erwachte aus ihrem Schlaf. Das war ein Ereignis, das man nicht nur sehen, sondern auch ganz deutlich hören konnte. Es raschelte in den Büschen und brummte in den Wiesen. Und im gespenstischen Finsterwald ging es geradezu drunter und drüber.

Noch nie hatte sich das Dickicht zwischen den Bäumen schneller ausgebreitet, als in den letzten Tagen. Innerhalb kürzester Zeit war der gefürchtete Wald mit Ranken und Gestrüpp derart verwachsen, dass selbst ortskundige Waldgeister keinen Ausweg mehr fanden. Spinnweben spannten

* nach Zeitrechnung des Unkrautlands

sich von einem Baum zum anderen, Wurzeln bohrten sich aus dem Boden, und an allen nur erdenklichen Stellen versperrten Äste die Wege. Der Wald war teilweise kaum noch passierbar.

Folglich war es nicht weiter verwunderlich, dass alle, die auch nur halbwegs etwas mit Magie zu tun hatten, diesen Frühlingsausbruch für sich beanspruchen wollten. Die Alchemisten zum Beispiel, die in ihren rußigen Laboratorien saßen, sie waren die Ersten, die behaupteten, dass sie das Wetter herbeigeführt hätten. Ihrer Meinung nach lag der zeitige Frühling eindeutig an einem ihrer genialen Wetterelixiere. Da gab es für sie überhaupt keinen Zweifel. Und auch die Magier hatten ihre eigene Theorie. Sie machten ihren neuartigen Frühlingszauber dafür verantwortlich, der angeblich jeden Frost das Fürchten lehrte. *Winterkeule* nannten sie die Rezeptur, und sie waren ausgesprochen stolz darauf. Selbstverständlich hatte auch die Hexengilde ihre ganz eigene Erklärung dafür, genauso wie die Druidenvereinigung und die Gewerkschaft der Hausgeister.

Lediglich in einem Punkt waren sich alle Beteiligten einig: Wenn die finstere Winterzeit nun endlich vorüber war, dann konnte auch der alljährliche Frühlingsmarkt in der Hauptstadt wieder stattfinden. Und dieser sollte mit sofortiger Wirkung beginnen.

In Eile und mit wehender Schürze zog Miss Plim ihren Leiterwagen durch das Stadttor von Hohenweis. Die junge Hexe hatte die Wächter an der Pforte noch nie leiden können, da diese Kerle immer die gleichen unangenehmen Fragen zum Inhalt ihrer Handtasche stellten. Pah! Einmal, da wollten die Wächter ihre Tasche sogar aufmachen und nach vermeintlichem Diebesgut untersuchen. Was für eine Frechheit. Miss Plim fühlte sich grundsätzlich zu Unrecht beschuldigt, wenn man sie des Diebstahls bezichtigte, und spielte jedes Mal den Unschuldsengel, sobald man sie zur Rede stellte. Das war etwas, das sie offenbar von ihrer Familie geerbt hatte. Ebenso wie auch die großen treuen Augen und die silbrigblonden Haare.

Doch die Vorsichtsmaßnahmen der Stadtwache erfolgten nicht ohne Grund, und die hübsche Miss Plim hatte in Wirklichkeit einiges auf dem Kerbholz. Denn abgesehen davon, dass sie der geborene Langfinger war, betrieb sie auch noch einen kleinen Spielzeugladen im Finsterwald, in dessen hinterem Teil sich eine dampfende Hexenküche verbarg. Miss Plim besaß jedoch noch kein Hexendiplom, dafür war sie zu jung, aber das störte sie nicht im Geringsten. Wenn zufällig jemand des Weges kam und lästige Fragen stellte, dann sagte sie immer, dass der *schnuckelige* Kessel nie in Betrieb sei und nur zur Dekoration herumstehen würde. Alles völlig legal, versicherte sie stets den Behörden, gar nicht der Rede wert.

So, und ausgerechnet heute, an einem Morgen, an dem Miss Plim es richtig eilig hatte, war die Stadtwache wieder einmal besonders pingelig gewesen. Allerdings hatte das diesmal nicht an Miss Plim und ihrer dicken Handtasche gelegen, sondern an Chuck der Vogelscheuche, den Miss Plim als Gehilfen im Schlepptau hatte. Die Wächter am Stadttor wollten sich davon überzeugen, dass die Vogelscheuche keine Wanzen oder Flöhe nach Hohenweis einschleppte. Ja, war denn das die Möglichkeit?! Chuck war entsetzt von derartigen Verdächtigungen und quietschte wie eine rostige Kellertür, als man ihn vor allen Leuten am Stadttor untersuchte. Chuck war sehr empfindlich. Etwas Peinlicheres war der kränkelnden Vogelscheuche noch nie zugestoßen. Mit hochrotem Kopf und völlig zerknautschtem Hut sprang er hinter Miss Plim durch die Straßen und sprach kein Wort. Er war völlig verstört.

Die Sonne blinzelte bereits über die Stadtmauern, als die beiden Reisenden auf dem Marktplatz von Hohenweis eintrafen. In strahlenden Farben erglühten die kunstvollen Bleiverglasungen der Akademie, während von den Verbindungsbrücken, weit über ihren Köpfen, der Morgentau tropfte. Der Tag war noch jung, und überall roch es nach Tee, Zimt und frischem Backwerk.

Plim blieb für einen Augenblick stehen. So schön hatte sie das Zentrum der Hauptstadt noch nie gesehen. Beeindruckt legte sie den Kopf in den Nacken und ließ ihren Blick an den Mauern der Häuser nach oben schweifen. Von den grimmigen Wasserspeiern, die sich hoch an den Fassaden befanden, hingen noch immer die Eiszapfen herab. Fast sah es so aus, als würden die steinernen Gesichter, mit ihren langen Nasen und spitzen Ohren, den Leuten hier unten die Zungen herausstrecken. Plim blies die Backen auf. Sie verdrehte die Augen und warf den finsteren Fratzen ebenfalls eine Grimasse entgegen. Dann lächelte sie und wandte sich wieder dem Marktplatz zu.

Sehr gut, dachte sie. Der frühe Aufbruch hatte sich wirklich gelohnt. Zu dieser Stunde herrschte auf dem Platz noch keinerlei Trubel.

Plim blickte sich um. Sie hob den Kopf und überlegte, wo sie sich mit ihrem Klapptisch und dem Leiterwagen voller Kinderspielzeug am besten hinstellen sollte. Zwar hatten einige geschäftstüchtige Kobolde ihre Stammplätze offensichtlich schon bei Tagesanbruch reserviert, aber ein Großteil der Fläche war noch immer zu haben. Das lief doch hervorragend.

»Komm schnell«, rief sie der Vogelscheuche zu. »Wir gehen da rüber.«

Chuck stand wie angewurzelt da. »Äh, wie bitte?«, wollte er wissen. »Wohin?«

»Nach da hinten natürlich.« Plim deutete auf den steinernen Brunnen in der Mitte des Platzes. »Die Stelle ist doch vortrefflich für uns. So einen Standort bekommen wir im Leben nicht wieder.«

Das sah die zimperliche Vogelscheuche allerdings völlig anders.

»Aber da ist ja Wasser drin«, jammerte Chuck.

Plim zog die Lippe hoch.

»Was soll denn das nun wieder heißen?«, fragte sie genervt. »Natürlich ist da Wasser drin. Deswegen ist es ja auch ein Brunnen, oder etwa nicht? Dieser Platz ist perfekt. Wenn wir uns dort hinstellen, sieht uns bestimmt jeder.« Sie klatschte in die Hände. »Schnell«, drängte sie, »lass uns keine Zeit verlieren. Da gehen wir jetzt hin, bevor uns jemand zuvorkommt.«

Doch Chuck gefiel das gar nicht.

»Findet Ihr nicht, wir sollten uns ein klein wenig mehr am Rand positionieren?«, säuselte er. »Was ist, wenn es am Brunnen spritzt?« Er zuckte mit den Schultern. »Dann werde ich ja nass.«

Plim stand der Mund offen.

»NA UND?!«, blaffte sie und warf die Hände über den Kopf.

»Also, nein, nein, nein«, protestierte Chuck. »Das tut mir überhaupt nicht gut. Wenn ich hier schon mithelfe, dann muss ich mich an meinem Arbeitsplatz auch rundherum wohlfühlen. Ihr müsst wissen, bei zu viel Feuchtigkeit bekomme ich immer so komische Flecken.« Er deutete auf seinen Hals. »Die kommen hier und hier und da … Bäh, das juckt dann immer ganz fürchterlich. Sagt mal, kennt Ihr das auch, wenn man so kleine rote Pusteln …?«

»Nein, das kenne ich nicht«, wetterte Miss Plim. »Und jetzt stell dich bloß nicht wieder so an. Dir passiert schon nichts. Ich meine, wie stellst du dir das vor? Ich kann doch nicht jede Ecke des Marktplatzes danach überprüfen, ob du dort vielleicht Ausschlag bekommst.«

Aber der liebe Chuck bestand nun einmal auf solche Vorsichtsmaßnahmen.

»Da will ich auf keinen Fall hin«, zickte er. »Das ist ganz und gar unverantwortlich. Schaut mal. Ich finde, da hinten ist es viel besser.«

»Wo?«

»Na, da.«

Er deutete auf eine Stelle, die sich vor einem Laden mit Duftwässerchen befand.

»Das ist doch prima, meint Ihr nicht? Vielleicht darf man dort auch mal hineingehen und ein paar von den Sachen ausprobieren. Da gibt es bestimmt so kleine Pröbchen zum Testen, oder so. Ach, du meine Güte«, schmachtete er, »das sieht ja toll aus. Diese ganzen Fläschchen, so schön rosa, hihi.«

Jetzt saß Miss Plim in der Tinte. Mit dem Burschen an ihrer Seite würde der Ausflug nach Hohenweis gewiss alles andere als einfach werden. Da hätte sie besser ihre beiden Kröten Taddel und Mills mitgenommen, ging es ihr durch den Kopf. Den zwei Landstreichern wäre im Zweifelsfall alles egal gewesen.

Und dennoch, der Vorschlag von Chuck war eigentlich gar nicht so schlecht, musste Miss Plim nach einer kurzen Denkpause zugeben. Zwar gab sie für gewöhnlich nicht allzu viel auf die Sonderwünsche der neurotischen Vogelscheuche, aber für Duft- und Pflegemittelchen hatte Miss Plim schon immer etwas übriggehabt. Prüfend stellte sie sich auf die Zehenspitzen.

»Ja«, summte sie, wobei sie die Auslage im Schaufenster betrachtete, »nicht übel.«

Das war Musik in Chucks Ohren. Sofort riss er seine Knopfaugen auf und strahlte.

»Oder vielleicht gehen wir ja auch hier hinüber«, schrie er. »Seht doch mal, hier gibt es diese modischen Regenschirme. Hach, so einen wollte ich schon immer haben, topmodern. Den kann man bestimmt auch bei Sonnenschein tragen. Der letzte Schrei. Oh, und da drüben! Ich werde verrückt. Todschicke Handschuhe mit Kringelmuster. Das ist ja entzückend.«

Aufgeregt und nach Luft schnappend sprang die Vogelscheuche über den Platz. Man merkte ganz deutlich: Es war das erste Mal, dass Chuck in der Großstadt war.

Als nun aber Miss Plim dabei zusehen musste, wie die Vogelscheuche im Kaufrausch von einem Schaufenster zum nächsten tänzelte, da entdeckte auch sie plötzlich ein Geschäft, das ihre Aufmerksamkeit erregte.

Sie spitzte die Lippen. Dann betrachtete sie den Laden, der gleich neben dem Eingang zur Akademie von Hohenweis lag. Das war doch eigentlich *die* Idee, kam es ihr in den Sinn. Das könnte sie machen.

Sofort winkte Miss Plim der Vogelscheuche zu.

»Jetzt komm mal wieder her«, rief sie, »ich glaube, ich hab's!«

Sie zeigte auf einen Laden, dessen Schaufenster mit drolligen Puppen, bunten Kugeln und hölzernen Pferdchen bestückt war. Ein kunstvolles Messingschild zierte den Eingang, auf dem in großen Lettern zu lesen war: *Spielzeugschmiede von Hohenweis.*

»Da sind wir mit unseren Spielwaren doch in bester Gesellschaft«, sagte Miss Plim.

Sie packte die Vogelscheuche am Kragen und zog sie zu sich heran. »Weißt du, was wir machen?«, raunte sie verschwörerisch. »Ich habe da eine vortreffliche Idee. Wir breiten unsere Sachen direkt vor diesem Laden dort aus. Wie findest du das, hä? Also, da werden die Leute von der Konkurrenz vielleicht Augen machen, sobald sie aufsperren und unser Sortiment erblicken. Ich sage dir, das ist der perfekte Standort für uns.«

Überzeugt zupfte sie an Chucks Leinenhemd. »Und nass wirst du dort bestimmt auch nicht«, sagte sie, »da bin ich mir sicher.«

»Aber, aber ...«

»Nein, nein«, unterbrach ihn Miss Plim, »ich habe da einen verhext guten Plan. Jetzt pass mal auf: Alle Kunden, die dort hineinwollen, müssen zuerst an *uns* vorbei. Das wird ihnen nicht gerade leichtfallen, denn bei uns gibt es viel schöneres Spielzeug, als bei denen da drin. Du wirst sehen, die ganzen Leute werden draußen bleiben und artig bei uns einkaufen.«

Belehrend hob sie den Finger. »Das nennt man geschäftstüchtig, verstehst du?«

Mit diesen Worten versetzte sie der Vogelscheuche einen kräftigen Stoß in die Seite.

»Los«, knurrte sie, »auf geht's.«

Rumpelnd zog sie den Leiterwagen über das Kopfsteinpflaster und besetzte den freien Platz vor der Spielzeugschmiede. Chuck schlurfte mit schmollendem Gesicht hinter ihr her.

Bei allerbester Laune stellte Plim nun ihren Klapptisch auf. Sie hatte sich dicht bei der Türschwelle platziert, sodass jeder, der ins Geschäft wollte, fast schon über sie hinwegklettern musste. Das gehörte natürlich alles zu ihrer Taktik. Gleich neben der Eingangsstufe, kurz vor dem Ende ihres Tisches, befand sich eine hölzerne Luke im Boden. Diese sah aus wie eine Kellerklappe, um die Chuck vorsichtig einen Bogen machte.

Dann konnte es losgehen.

Mit Schwung warf Plim eine karierte Decke über den Tisch. Sie packte ihre Waren aus und fing an, alles fein säuberlich zu drapieren. Plim hatte sich mit ihrem Sortiment wirklich die größte Mühe gegeben, das konnte man schon von Weitem erkennen. Auf ihrem Tisch stapelten sich schillernde Kreisel, Bauklötze mit magischen Bildern, kleine Hexenkessel zum Spielen und natürlich ein riesiger Berg von laufenden Grasbüscheln aus Plüsch zum Kuscheln. Diese waren seit jeher Plims größter Verkaufsschlager und durften natürlich auch heute nicht fehlen.

Allerdings, und das sei erwähnt: Es gab da noch ein paar *andere* Sachen, welche Miss Plim heimlich und ganz nebenbei zum Verkauf anbot, und die mit lustigem Kinderspielzeug rein gar nichts zu tun hatten.

Denn wer genau hinsah, der konnte erkennen, dass der gesamte untere Teil des Tisches mit Zauberzutaten aus ihrem streng geheimen Hexenbeet vollgestopft war – und zwar bis oben hin. Es gab Blechbüchsen mit Teufelspfeffer, Büschel von giftigem Nachtschatten, Drachenstängel und viele andere wirksame Zutaten, die einem Hexenzauber erst die richtige Würze verliehen. Plim war ziemlich stolz darauf. Sie hatte sogar eine Kiste mit fertig angerührten Mixturen dabei, die lästige Hausgeister kräftig das Fürchten lehrten. Keine Frage, Miss Plim war für den Frühlingsmarkt bestens ausgerüstet.

Nachdem sie und die Vogelscheuche alles aufgebaut hatten, gab Plim letzte Anweisungen: »Also«, setzte sie an, »ich würde vorschlagen, du stellst dich an die rechte Seite des Tisches. Da kannst du dich prima um die Leute kümmern, die von der Straße her kommen.«

Sie wedelte mit dem Finger. »Gib aber Acht, dass keiner etwas klaut. In dieser Stadt gibt es Diebespack und Beutelschneider. Ich bleibe derweil neben dem Eingang. Auf diese Weise fange ich jeden ab, der in den Laden will. An mir kommt keiner vorbei.«

Chuck war einverstanden.

Flink packte Miss Plim die Vogelscheuche. Sie schob sie hinter den Tisch, dorthin, wo auch die Luke im Boden war, und stellte sich mit breitem Grinsen daneben. Plim konnte es kaum erwarten, dass es endlich losgehen würde.

Ein wenig unsicher wippte die Vogelscheuche unterdessen auf der hölzernen Klappe umher.

»Was ist, wenn ich durchbreche?«, fragte Chuck.

»Ach, was«, entgegnete Plim, »geht das jetzt schon wieder los? Du bestehst doch nur aus einem Stock und einem Büschel Holzwolle. Du wiegst doch nichts.«

Sie klopfte mit dem Fuß auf die Luke.

»Da«, sagte sie, »fest und massiv. Hier kann man gar nicht durchbrechen. Oder vielleicht klemmst du dich ja einfach mit deinem Stock hier vorn in diese Vertiefung.« Sie deutete auf die schmale Fuge zwischen dem Rand der Klappe und dem Straßenpflaster. »Das scheint mir auf jeden Fall ungefährlich zu sein, meinst du nicht?«

Chuck setzte einen prüfenden Blick auf.

»Also gut«, stimmte er zu. »Das mache ich.«

Er sprang in die Fuge, klemmte sich fest und wippte fröhlich vor und zurück.

»Hui«, jauchzte er, »da steht man ja beinahe von selbst. Das ist fast wie zu Hause im Gemüsebeet. Richtig bequem ist das. Da muss ich aufpassen, dass ich nicht einschlafe, hahaha.«

Damit war Chuck beruhigt und gegen Krankheiten sowie mögliche Verletzungen gesichert. Sehr schön. So standen die beiden nun freundlich lächelnd hinter ihrem Tisch und sahen zu, wie sich der Marktplatz füllte.

Es war genau, wie Plim es vermutet hatte. Denn mit dem morgendlichen Frieden, der hier noch vor wenigen Minuten geherrscht hatte, sollte es bald schon vorüber sein.

Aus allen Richtungen drängten nun die Händler herbei, verstopften die Straßen und kämpften verzweifelt um die wenigen übrigen Plätze. Jetzt gab es keine Gnade mehr. Die Kobolde, die früh morgens schon ihre Stände besetzt hatten, kamen wütend aus den Zelten gerannt und verteidigten mit Händen und Füßen ihr Terrain. Es wurde gepfiffen, geklappert und an allen nur erdenklichen Stellen wurde lauthals geflucht. Der Trubel schien kein Ende zu nehmen. Aus den entferntesten Landesteilen waren die Verkäufer angereist und boten ihre Waren feil. Selbst eine Gruppe von Bergtrollen war zugegen und schleppte Holztröge mit Steinnüssen über den Platz.

Als Plim die mächtigen Ungetüme erspähte, rümpfte sie die Nase. Mit Bergtrollen hatte sie jedes Mal schlechte Erfahrungen gemacht, ganz besonders beim Kartenspielen. Aus irgendeinem Grund hatten die Trolle, wenn sie mit Miss Plim spielten, ständig eine Pechsträhne. Woran das wohl lag? Einmal, da hatten die Trolle ihr sogar Prügel angedroht. Man möchte es nicht glauben.

»Diese Burschen sollen sich bloß nicht einfallen lassen, dass sie zu uns herüberkommen«, sagte Plim. »Die kann ich überhaupt nicht gebrauchen. Wenn sich diese Riesen vor unseren Tisch stellen, dann versperren sie mir die ganze Sicht.«

Miss Plim hatte den Satz noch gar nicht richtig zu Ende gesprochen, als es auch schon passierte. Wenngleich es sich bei dem Besucher, der sich da näherte, auch nicht um einen Bergtroll handelte.

»Holla, schöne Frau«, hörte sie eine Stimme, »ist hier vielleicht noch Platz?«

Plim zuckte zusammen. Sie blickte sich nach allen Seiten um, konnte aber niemanden erkennen. Schließlich schaute sie nach unten. Das hatte ihr gerade noch gefehlt, dachte sie. Heute blieb ihr aber auch gar nichts erspart.

Ein kleiner dicker Hügelkobold, mit breitem Hut und spindeldünnen Beinen, stand neben ihr und blickte sie unter buschigen Augenbrauen hervor an. Seine grüne Nase hatte beinahe die Größe eines Bratapfels. Und sie sah auch genauso runzelig aus. Plim musste zweimal hinsehen, um sich zu überzeugen, dass diese Nase echt war.

Der Kobold hatte eine Pfeife zwischen die Zähne geklemmt, trug einen uralten Frack, ein Hemd mit Fliege und ein Paar hautenge Bundhosen. Außerdem hatte er eine Karre voll des übelsten Trödels dabei, den er genau vor Miss Plims schönen Verkaufsstand stellte. Das bedeutete Ärger.

»Hinfort mit dir«, rief sie entrüstet, »du kannst hier nicht parken. Das ist mein Platz.«

Der Kobold blies eine Rauchwolke in die Luft.

»Aber wertes Fräulein«, hustete er, »wer wird denn meiner Wenigkeit gleich so zürnen? Gestattet mir zunächst, dass ich mich vorstelle.« Er lupfte seinen Hut, unter dem eine spiegelnde Glatze zum Vorschein kam. »Mein Name ist Nesselschaum«, sagte er, »Waldemar Nesselschaum. Vielleicht habt Ihr ja schon von mir gehört.«

»Nein«, giftete sie, »habe ich nicht.«

Waldemar deutete auf seine Trödelware: »*Einkaufstraum bei Nesselschaum*«, fügte er hinzu. »Bei mir findet Ihr alles. Alles … und noch viel mehr.«

»Jaja«, nickte Plim, »sehr erfreut. Und nun gehabt Euch wohl.« Sie wedelte mit der Hand. »Husch«, sagte sie, »weg mit dir. Ich muss arbeiten.«

Doch so einfach wurde man einen Waldemar Nesselschaum nicht mehr los, ganz im Gegenteil.

»Vielleicht rücken wir ja einfach ein wenig zusammen«, schlug er vor, wobei er seinen Karren immer näher vor Plims kleinen Tisch rollte. »Seid gewiss, wir treten uns schon nicht auf die Füße.« Er stellte sich auf die Zehenspitzen. »Äh, vielleicht könntet Ihr den Tisch ja einfach noch ein bisschen weiter nach hinten rücken«, verhandelte er, »da ist doch noch eine Handbreit Platz.«

Plim beugte sich zu dem Kobold hinunter und drückte ihm einen Finger auf die Nase. Diese war auf jeden Fall echt, wie sich nun herausstellte.

»Wir beide rücken überhaupt nicht zusammen«, kam es zwischen ihren Zähnen hervor, »das könnte dir wohl so passen. Du nimmst jetzt sofort deinen Krempel und suchst das Weite, sonst mache ich dir Beine.«

Nesselschaum nahm es gelassen.

»Aber ich bezahle auch«, erwiderte er.

»So?« Plim legte den Kopf zur Seite und sah den Kobold misstrauisch an. »Wie viel?«

»Nicht *wie viel*«, kam es schallend als Antwort, »sondern *was*!« Waldemar streckte sein Bäuchlein heraus und zeigte mit roten Wangen und leuchtenden Augen auf seinen Wagen. »Einkaufstraum bei Nesselschaum«, rief er in einer Lautstärke, dass auch die anderen Leute zu ihnen herübersahen. »Heute ist Euer Glückstag, schöne Frau. Ihr dürft Euch nämlich etwas von meinen Sachen hier aussuchen!«

Er grinste und schnippte mit den Fingern. »Ich gebe euch sogar eine Zugabe, praktisch ein Sonderangebot. Als meine *erste* Kundin heute, dürft Ihr Euch gleich *zwei* meiner Sachen aussuchen. Ist das nicht sensationell? Einkaufstraum bei Nesselschaum«, schrie er und sprang in die Luft. Waldemar war der geborene Verkäufer.

Plim hingegen war sprachlos. Sie betrachtete die Ladung wurmstichiger Möbel und ließ das Kinn hängen.

»Diesen schäbigen Plunder willst du mir andrehen? Was für eine Frechheit. Das kommt ja überhaupt nicht in Frage. Wie kann man nur so einen alten Mist …?«

Da tippte ihr plötzlich Chuck auf die Schulter.

»Also, ich finde die Sachen toll«, plapperte er. »Seht doch, da ist sogar ein Vogelhäuschen dabei. Wie schön. Das ist bestimmt für kleine Spatzen, meint Ihr nicht? Oh, und da hinten, ein Ofen … und da, ein Spinnrad. Da habe ich gleich eine Idee. Ihr könntet doch im Winter …«

»Das brauchen wir nicht«, schimpfte Plim. »Und jetzt ist Schluss. Schlick und Schlabber, dieser Lastkarren kommt auf der Stelle weg, hörst du?!«

Wütend blickte sie sich um. Sie stierte über die Köpfe der Leute und suchte fieberhaft nach einer Möglichkeit, den lästigen Kobold wieder loszuwerden.

Dann hatte sie endlich etwas entdeckt.

»Dort hinten ist doch noch Platz«, rief sie. »Schau mal, da. Die Kobolde von der Bergwerkstruppe fahren gerade ihre Schubkarren weg. Stell dich doch einfach dort dazu.«

Waldemar beäugte die Stelle und zog nachdenklich an seiner Pfeife.

»Ja«, stimmte er zu, »vortrefflich. Das ist ja auch fast nebenan, nicht wahr? Dann will ich nicht weiter aufdringlich sein. Jetzt, wo wir doch beinahe Nachbarn sind.«

»*Nachbarn* …« Plim gab ein Grummeln von sich.

Dann verbeugte sich Nesselschaum und griff nach seinem Karren. »Wir beide kommen bestimmt noch ins Geschäft«, nickte er. »Davon bin ich überzeugt. Und vergesst nicht: Einkaufstraum bei Nesselschaum, heißt es. Also, wenn Ihr etwas braucht, ich bin gleich hier drüben.«

Mit diesen Worten setzte er seinen Wagen in Bewegung und zog von dannen. Chuck blickte dem Trödel wehmütig hinterher.

Der Frühlingsmarkt von Hohenweis erwies sich als ein Erfolg, wie ihn selbst die alten Stadtväter nur selten erlebt hatten. Nicht ein einziges Wölkchen war in der Ferne zu sehen, und der Himmel erstrahlte in leuchtendem Blau. Zahllose Besucher drängten sich inmitten der Straßen, Gaukler trieben ihre Spiele, und in den Zelten der Händler wurde alles feilgeboten, was das Herz begehrte. Die Stadt pulsierte und war mit Menschen, Trollen und Kobolden zum Bersten gefüllt.

Für Miss Plim lief es von Anfang an prächtig. Der Markt hatte noch gar nicht richtig begonnen, da scharten sich schon Trauben von Kindern um ihren kleinen Stand. Mit leuchtenden Augen betrachteten die Kleinen all die reizenden Sachen, die Miss Plim während des Winters gebastelt und geschickt mit ein bisschen Hexerei aufgepeppt hatte. Ganz ohne Zweifel, Plim hatte mit ihrer Vermutung genau ins Schwarze getroffen. Ihre Spielsachen waren wirklich ein Hingucker und die schönsten in der Stadt. Fröhlich ließ Miss Plim schwebende Kreisel tanzen und baute Häuser aus magischen Bauklötzen, während Chuck unter ohrenbetäubendem Kindergekreische die laufenden Grasbüschel aus Plüsch präsentierte. Sie waren wirklich eine Attraktion. Und tatsächlich: In den Spielzeugladen gleich hinter ihrem Rücken ging niemand hinein. So verstrichen die Stunden.

Als aber die Uhr am Rathaus schließlich Mittag schlug und noch immer kein Kunde die Spielzeugschmiede betreten hatte, wandte Plim sich verwundert um.

Oh, dachte sie, das war ja seltsam. Der Laden hatte, selbst zu dieser Uhrzeit, noch immer geschlossen. Wie konnte das sein?

»Machen die etwa erst zur Abendstunde auf?«, fragte sie, wobei sie ihre Nase fest an das Schaufenster drückte. »Wo gibt es denn sowas?«

Chuck deutete auf die Tür.

»Vielleicht hängt das ja mit dem Schild da zusammen.«

»Mit welchem Schild?«

»Tja, mit diesem dort«, antwortete er. »Das Schild, das da hinter der Scheibe klemmt. Das mit der Aufschrift *Heute geschlossen.*«

Plim trat einen Schritt zurück. »Ach *das*«, hauchte sie verdutzt. »Ja, dann ist mir alles klar.«

Spionierend ließ sie ihren Blick ins Innere des Ladens gleiten. Sie betrachtete die vollgestopften Regale, die sie sich, bei genauerer Überlegung, gern ein wenig näher angesehen hätte. Wer weiß, dachte sie, vielleicht hätte sie dabei sogar ein paar neue Ideen für ihre nächste Kollektion bekommen.

Sie griff nach der Klinke und ruckelte an der Tür.

Verschlossen, wie sich herausstellte, und noch dazu mit einem Riegel. Wie ärgerlich. Jetzt, wo sie schon einmal in Hohenweis war, hätte Plim der Konkurrenz gut über die Schulter schauen können. Sehr, sehr schade.

Wortlos stand sie vor dem Laden und überlegte. Da geriet ihr plötzlich die hölzerne Klappe ins Visier.

Aber natürlich, kam es ihr in den Sinn, das könnte funktionieren. Diese Luke war bestimmt der Zugang zum Lagerraum des Spielzeugladens. Verflixt, warum war sie da nicht schon früher draufgekommen? So eine Öffnung stellte für Plim ja fast schon eine Einladung dar. Und noch dazu gab es nicht einmal ein Schloss. Toll. Jetzt musste eigentlich nur noch die redselige Vogelscheuche zur Seite gehen, dann konnte Plim bequem dort hinuntersteigen.

Aber ganz so einfach war es dann doch nicht. Chuck hatte just in diesem Moment eine Kundin bekommen und hielt ein Beratungsgespräch. Dabei ging es beinahe zu wie im Friseursalon. Er und die pausbäckige Frau, die bei ihm stand, lachten, gackerten und schienen sich aufs Beste zu verstehen. Chuck war voll in seinem Element.

Plötzlich drehte er sich um.

»Äh, Plim«, zischte er hinter vorgehaltener Hand, »können wir eigentlich auch etwas *tauschen*?«

»Hä?«

»Na, diese Dame hier«, flüsterte er, »... übrigens eine Hexenkollegin von Euch. Sie hätte Interesse an Eurem Teufelspfeffer. Sie bietet uns zwei Tüten mit zerstoßenen Schneckenhäusern dafür. Ihr müsst wissen, ich habe ihr den Pfeffer ausdrücklich empfohlen. Der ist gut für die Fingernägel, habe ich gesagt. Gerade, wenn man viel Wert auf gepflegte Hände legt, dann ...«

Jetzt reichte es mit dem Geschwafel. Plim hatte es eilig.

»Das geht in Ordnung«, sagte sie rasch. »Immer gerne.«

»Ich darf also tauschen?« Chuck riss die Augen auf.

»Ja, klar«, antwortete Plim und hoffte, dass die Vogelscheuche endlich von der Klappe wegging.

»Oh, gut«, freute sich Chuck, worauf er sich gleich wieder der Kundin zuwandte. »Dann wünsche ich Euch gutes Gelingen, gnädige Frau. Und denkt daran, Ihr müsst den Pfeffer trocken halten, dann wirkt er schneller. Nicht vergessen: Immer schön trocken halten.«

Mit diesen Worten verabschiedete Chuck die rundliche Hexe und warf Miss Plim ein stolzes Lächeln zu. Seine Beratung fand er geradezu *exquisit*.

Plim aber schenkte Chuck keine große Aufmerksamkeit. Dafür war sie viel zu aufgeregt. Verstohlen blickte sie sich nach allen Seiten um, ob auch niemand zu ihnen herübersah. Dann deutete sie auf die Klappe.

»Geh doch mal kurz zur Seite«, sagte sie. »Ich muss da runter.«

»Wo runter?«

»Da«, antwortete sie.

Chuck rollte irritiert mit seinen Knopfaugen.

»Was ist denn da unten?«, fragte er.

»Das weiß ich eben nicht«, tuschelte Plim. »Deswegen will ich ja mal nachsehen.«

Die Vogelscheuche ließ die Arme hängen.

»Ich brauche Euch aber«, jammerte Chuck. »Was soll ich denn hier so ganz alleine machen? So gut kenne ich mich schließlich auch nicht aus.«

Plim winkte ab.

»Ach, papperlapapp«, entgegnete sie ungeduldig. »Du machst das ganz ausgezeichnet. Ich bin auch bestimmt gleich wieder zurück, keine Sorge.«

Sie klopfte der Vogelscheuche ermunternd auf die Schulter und schob Chuck kurzerhand beiseite. Dann hob sie die hölzerne Klappe an. Wunderbar, stellte Plim fest. Sie war nicht verschlossen.

Ein abgestandener Kellermief stieg Plim in die Nase, und im Schein der Mittagssonne erkannte sie eine Trittleiter. Diese schien tatsächlich in ein Lager zu führen, oder war das gar ein Labor? Genau konnte sie es nicht erkennen.

Plim ging in die Hocke. Neugierig steckte sie den Kopf in das Loch und erblickte einen Raum, der voller Ampullen und Glaskolben war.

Aha, dachte sie, so ist das. Die aus dem Laden verzaubern ihr Spielzeug also auch. Das war ja interessant. Doch mehr konnte Plim nicht ausmachen.

»Stockdunkel da unten«, brummte sie. »Aber das haben wir gleich.«

Mit flinken Fingern öffnete sie ihre Handtasche und holte eine braune, faustgroße Kugel hervor. Es war eine Zaubernuss, ein magisches Leuchtmittel, das für mehr Licht sorgen konnte, als eine Öllampe. Miss Plim hatte immer mindestens eine davon in ihrer Tasche. Schließlich konnte man als eifrige Hexe nie wissen, in welche Lage man geriet.

Nachdem sie die Zaubernuss mit einem Sprüchlein zum Leuchten gebracht hatte, wandte sie sich an Chuck.

»Ich mache jetzt Mittagspause«, sagte sie, »der Markt ist ohnehin bald zu Ende. In einer Viertelstunde ist Schluss. Ich bin aber sofort wieder da. Ach ja«, fügte sie hinzu, »und sollte da unten im Keller zufällig etwas verdächtig rumpeln, und jemand stellt dir blöde Fragen, dann sagst du einfach, du hättest nichts gehört, ja? Ich habe mir dann bestimmt nur den Kopf gestoßen. Nicht weiter schlimm.«

»Aber, aber …«

»Jetzt entspann dich doch mal«, beruhigte sie die Vogelscheuche. »Ich habe alles unter Kontrolle.«

Mit diesen Worten zog sie den Kopf ein und verschwand unter der Klappe.

Im Keller der Spielzeugschmiede war es dunkel, wie in einem Tintenfass. Überall standen Kisten mit alchemistischen Apparaturen herum. Destillierkolben stapelten sich in den Ecken, und von der Decke baumelten zahllose Geräte für den Magie-Unterricht. Plim war ein wenig verunsichert. War das wirklich das Lager der Spielzeugschmiede? Wofür brauchten diese Leute nur so viele Gefäße?

Im Schein der Zaubernuss wühlte sie in den Kisten. Da drang plötzlich die Stimme der Vogelscheuche zu ihr in den Keller.

»Drei Büschel Hexenkraut? Gegen ein Paar warme Socken? Hm, ja, also vielleicht …«

Plim traute ihren Ohren nicht.

»DAS IST ZU BILLIG!«, rief sie nach oben. »Mein gutes Hexenkraut gegen ein Paar Socken?! Du bist wohl übergeschnappt?!«

Aber Chuck schien sie nicht zu hören.

»Natürlich«, fuhr er fort, »die Socken sind wunderschön. Gar keine Frage. Na gut, dann gebe ich Euch eben vier Büschel Hexenkraut dafür. So machen wir das. Vielen Dank. Gehabt Euch wohl.«

Und er begann, vor sich hin zu trällern.

Plim saß unterdessen wutschnaubend im Keller. Mit hochrotem Kopf ballte sie die Fäuste und blies sich die Spinnweben aus dem Gesicht.

»Dir werde ich etwas erzählen«, knurrte sie. »Warte nur Freundchen, bis ich nach oben komme. Dann wirst du dein blaues Wunder erleben. Das darf doch wohl nicht wahr sein.«

Grimmig wandte sie sich wieder dem Keller zu.

»Lauter altes Zeug«, murmelte sie vor sich hin, »vollkommen nutzloser Krimskrams. Das braucht nicht einmal dieser Nesselfritze, oder wie der auch immer heißen mag.«

Sie blickte durch den Raum und kratzte sich nachdenklich am Kopf. Bei genauerer Betrachtung glich dieser Keller vielmehr einer Abstellkammer für Unterrichtsmaterialien als einem Labor für Hexenhandwerk. Wer sonst brauchte schließlich so viele Glaskolben?

Aber halt! Dort drüben gab es ja noch eine Tür. Vielleicht ging es durch diese nach oben in den Laden.

Gerade wollte Plim darauf zugehen, als erneut Chucks heiteres Gelächter ertönte.

»Ja, selbstverständlich«, hörte sie ihn sagen. »Drachenstängel hilft garantiert gegen Gicht ... aber nein, wo denkt Ihr hin? Das schadet nicht ... ja, ja ... gegen einen Beutel Wäscheklammern? Gerne ... hier, bitte schön.«

Wie der Blitz fuhr Plim herum. Sie rannte durch den Keller und sprang die Leiter hoch. Dann trommelte sie gegen die Klappe.

»GEGEN WÄSCHEKLAMMERN???!!!«, schrie sie aus voller Kehle. »WILLST DU MICH RUINIEREN???«

Für kurze Zeit herrschte Stille.

»… wie bitte?«, sagte die Vogelscheuche. »Ein Klopfen? Nein, ich habe nichts gehört. Das war bestimmt nur der Wind, hahaha. Hier, bitte sehr. Hat mich gefreut. Auf Wiedersehen.«

Plim lief dunkelrot an. Sie zitterte am ganzen Leib und schnappte nach Luft. Aber da kam auch schon der nächste Kunde.

»Ach, das sieht ja wirklich bezaubernd aus«, hörte sie Chuck sagen, »natürlich, ein sehr schönes Gemälde. Das nehme ich … Ah, ja, wir kennen uns ja bereits … Was für ein Zufall … Was brauchen Sie? … Aber natürlich … Sehr gerne. Das packe ich Ihnen gleich ein. Lassen Sie mich einmal sehen. Als Gegenleistung hätte ich gerne das, und das, und das … und das …«

Jetzt war es genug. Plim drohte zu explodieren. Dieser Tollpatsch dort oben verscherbelte ihre ganzen schönen Sachen, und sie musste auch noch dabei zuhören. Dem würde sie das Fell über die Ohren ziehen. Nun war es ihr auch völlig egal, wenn man sie dabei erwischen würde, wie sie am helllichten Tag aus fremden Kellern gestiegen kam. Kochend vor Wut drückte sie die Klappe nach oben.

Nichts rührte sich.

Sie drückte fester, doch ohne Erfolg.

Plim biss die Zähne zusammen. War die Klappe wirklich so schwer gewesen? Sie drückte mit voller Kraft, während Chuck über ihr mit Freuden seine Tauschgeschäfte betrieb. Er war mächtig in Form. Frisch und fröhlich nahm die Vogelscheuche alles entgegen, was die Leute zu bieten hatten. Von ausgeblasenen Eiern, bis hin zum ausrangierten Teppichklopfer. Chuck fand alles ganz wunderbar.

Anders Miss Plim. Sie war den Tränen nahe. In einer wenig damenhaften Haltung und mit verbissenem Gesicht kauerte sie auf der Leiter und presste mit dem Rücken gegen die Holzklappe. Aber trotz aller Mühe, es hatte keinen Zweck. Egal, wie sehr sie sich auch anstrengte, die Luke bewegte sich nicht um Haaresbreite.

Was, zum Hexenbesen, sollte das? – fieberte Plim. An der Klappe hatte es weder ein Schloss noch einen Riegel gegeben. Warum ging dieses verflixte Ding nicht mehr auf? Hatte sich dort am Ende etwas verklemmt?

Und eben so war es.

Chuck hatte sich, wie zuvor, felsenfest mit seinem Stock in die Öffnungsfuge gequetscht und blockierte damit die Luke. Dabei lehnte er glückselig in der Sonne und bediente die Kunden. Eine Katastrophe für Plim. Das Schlimmste aber war, dass sie ihm diese Stelle auch noch selbst empfohlen hatte.

Kreischend sprang sie von der Leiter. Sie riss die Augen auf und wedelte mit den Händen. Dann ging es in Windeseile durch den Keller, geradewegs auf die Türe zu.

Offen! Na, was für ein Glück. Den Kopf voller Spinnweben und lauthals schimpfend, hechtete sie die angrenzende Treppe hinauf. Chuck konnte sich auf etwas gefasst machen, dachte Plim, na warte. Mit wehendem Kleid und klappernden Pantoffeln rannte sie nach oben.

Nachdem sie in ihrer Hektik zweimal gestolpert war und fast ihre Schlappen verloren hätte, erreichte Plim schließlich das Ende der Treppe. Keuchend blieb sie stehen und blickte sich um.

Wo, zur dampfenden Brühe, war sie hier denn gelandet? – staunte sie.

Ein riesiger Raum tat sich vor ihr auf, der über und über mit Studenten gefüllt war. Lautes Geplapper schlug ihr entgegen und an allen Ecken wurde geschwatzt und gelacht. Jetzt wusste Miss Plim, wo sie gelandet war. Das war der Pausensaal der Akademie, gleich neben der Spielzeugschmiede. Deshalb gab es in diesem Keller auch die vielen Glasgefäße. Das musste das Lager der Alchemistenklasse gewesen sein.

Händeringend zwängte sich Plim durch die Menge.

»Weg da«, schimpfte sie, »lasst mich durch.«

Sie schob die Studenten beiseite.

»Ich arbeite hier«, knirschte sie, »hört ihr? Geht sofort aus dem Weg … bin Professor … muss in mein Büro. Ihr seid übrigens alle durchgefallen. Nur, dass ihr es wisst … ALLE DURCHGEFALLEN! Und jetzt fort mit euch.«

Schritt für Schritt kämpfte sich Plim durch den Trubel. Sie war mittlerweile völlig mit den Nerven am Ende. Hier musste es doch irgendwo einen Ausgang geben, aber wo? Im Schneckentempo ging es voran.

Der Frühlingsmarkt war bereits zu Ende, als Miss Plim fünfzehn Minuten später, staubig und zerzaust, über das Pflaster gelaufen kam. Kurz vor der Spielzeugschmiede blieb sie stehen. Sie traute ihren Augen nicht. Das konnte doch nicht wahr sein, ging es ihr durch den Kopf. Wie hatte das nur passieren können?

Hinter einem riesigen Berg alten Krempels, unter dem sich ihr Tischchen befand, entdeckte sie Chuck. Dieser stand voller Stolz auf seinem Platz und betrachtete die Sachen, die er so erfolgreich eingetauscht hatte.

Plim trottete mit hängenden Schultern auf ihn zu.

»Oh, hallo«, rief Chuck freudig, als er Miss Plim bemerkte. »Wo kommt Ihr denn auf einmal her? Ich dachte, Ihr seid dort unten.« Er blickte auf die Klappe, die er noch immer mit seinem Stock versperrte. »Seid Ihr nicht mehr dort unten, nein? Also, wie ist das möglich? Das habe ich gar nicht gemerkt.«

Fassungslos schüttelte Plim den Kopf.

»Was ist das hier?«, fragte sie, wobei sie auf den alten Plunder deutete.

»Das? Na, das habe ich getauscht«, antwortete Chuck überglücklich. »Toll, nicht wahr? Seht nur, wir haben jetzt sogar einen Brotschieber. Außerdem ein paar alte Nachtkästchen, ein schönes Bild, einen Kratzbaum für Katzen und viele, viele andere Sachen. Ich muss schon sagen, sensationell. Das hat mir alles dieser Herr … dieser Herr …« Chuck schaute über den Platz. »Oh«, sagte er, »wo ist er denn hin? Der ist ja gar nicht mehr da.«

»NATÜRLICH IST DER NICHT MEHR DA!«, schrie Plim und stampfte mit dem Fuß. »Der hat schleunigst das Weite gesucht, nachdem er seinen ganzen Müll bei uns abladen durfte.«

»Müll?« Chuck zuckte zurück. »Das ist doch kein Müll.«

»Ach, nein?«, jammerte Plim. »Und wie nennst du dann *das* hier, wenn ich fragen darf?«

Mit spitzen Fingern hielt sie einen verrosteten Schuhlöffel in die Höhe.

»Also das …«, Chuck senkte den Kopf. »Also ich finde, den kann man sehr gut gebrauchen, oder etwa nicht?«

»Ja, ja«, knurrte Miss Plim, »genauso gut, wie einen Brotschieber.«

Schweigend stand Plim auf dem Marktplatz und sah sich das Zeug an. Dann richtete sie sich auf. Sie rieb sich die Augen und atmete durch.

»Komm«, sagte sie, »lass uns gehen. Der Markt ist ohnehin zu Ende.«

Chuck blickte zur Rathausuhr. »Oh, ja«, sagte er, »es ist ja schon so spät. Hach, wie die Zeit vergeht.«

Gemeinsam sammelten Plim und die Vogelscheuche die noch verbliebenen Spielzeuge und die restlichen Zaubermittel ein. Im Großen und Ganzen hatte Miss Plim ja dennoch ein gutes Geschäft gemacht, wie sich herausstellte. Sie packten die eingetauschten Dinge auf den Leiterwagen und spannten die Decke darüber. Dann zogen sie schweigend aus der Stadt.

Kleinlaut und ein wenig enttäuscht schielte Chuck immer wieder auf die schönen Sachen, die er so erfolgreich ergattert hatte. Trotz allem war er doch ein Spitzenverkäufer gewesen, dachte er … ein erstklassiger Kaufmann. Seine Kunden waren alle mit ihm zufrieden gewesen. Und wer weiß, vielleicht war ja doch etwas unter den Sachen, das Miss Plim gebrauchen konnte. Etwas *Besonderes* vielleicht.

Möglich war bekanntlich alles.

Ein Stock in der Erde

Im hellen Sonnenlicht schlängelte sich der Schneckenbach durch die Nebelfelder. Das sagenumwobene Grasland jenseits des Finsterwaldes zeigte sich weitläufig und dehnte sich nach Süden bis hin zu den Bleibergen aus. Es war ein beschauliches Gebiet, voll von Wiesen, Büschen und Baumgruppen. Hohenweis lag fernab im Osten, weit, weit weg von hier. Und dort, hinter den trutzigen Mauern der Hauptstadt, kümmerte man sich seit alters her wenig darum, was in dieser entlegenen Gegend passierte. Warum auch? Auf den Nebelfeldern gab es nichts, was für die mächtige Stadt mit ihren Bibliotheken und Akademien von Interesse gewesen wäre. Die Nebelfelder waren einsam und verlassen. Sofern man von den Kobolden einmal absah, die tief in der Erde ihre Stollen gruben.

Und dennoch. Obwohl die Nebelfelder als gänzlich unbesiedelt galten, so gab es dort immerhin *ein* Gebäude, von dem die Stadtbücher berichteten, und das halb verfallen am Ende des Distelpfades auf einem Hügel thronte: der alte Turm von Magnus Ulme.

Sonderbar sah das Gemäuer aus, geisterhaft und unwirklich zugleich. Die Herbststürme der vergangenen Jahrhunderte hatten den baufälligen Turm mit seinem runzeligen Fachwerkhäuschen beinahe zum Einsturz gebracht. Vom Dach fielen die Schindeln, der Putz bröckelte von den Wänden, und entlang der Mauern sprossen Büschel von Efeu hervor. Dass Professor Ulme den alten Turm einst erbaut hatte, daran konnte sich, nach zweihundertfünfzig Jahren, niemand mehr erinnern. Viel zu lange war das schon her, und der Name des ehrwürdigen Professors war längst in Vergessenheit geraten. In Hohenweis betrachtete man den alten Turm einfach als eine verlassene Ruine und schenkte ihm keine weitere Beachtung.

Anders war es hingegen in den verstreuten Dörfern am Rande des Finsterwaldes. Hier erregte der verfallene Turm weitaus größere Aufmerksamkeit als in der Hauptstadt. Und die Annahme, er wäre seit Langem verlassen, wurde dort ernsthaft bezweifelt.

Stattdessen erzählte man sich wilde Geschichten über das Anwesen. Dass es dort spukte, wurde getuschelt. Und, dass niemand, der in den verwunschenen Turm hineingehen würde, jemals wieder herauskäme. Besonders die Einwohner von Klettenheim hielten sich von hier fern. Sie machten einen großen Bogen um die Gegend und fürchteten den *dunklen Schatten*, der angeblich in dem alten Turm sein Unwesen trieb.

Die Geschichte über den Schatten war eine Legende, die in Klettenheim ausnahmslos jeder kannte und von der sich die Klettenheimer auch nicht abbringen ließen. Ganz im Gegenteil. Die verschreckten Dorfbewohner waren felsenfest davon überzeugt, dass es den dunklen Schatten wirklich gab und behaupteten, ihn sogar schon mehrfach gesehen zu haben. Als ein garstiges Schreckgespenst beschrieben ihn die Leute. Als eine furchtbare Landplage, die bereits seit mehreren Jahrhunderten ihr schönes Dorf heimsuchte, sie kräftig zum Narren hielt und auf gar schändliche Weise ihr köstliches Backwerk stahl.

Nichts als Ammenmärchen, möchte man meinen. Reine Einbildung und bloße Hirngespinste. Doch so abergläubisch die Leute aus Klettenheim auch waren und so fantastisch sich ihre Geschichte über den Bewohner des Turms auch anhören mochte: Den dunklen Schatten gab es wirklich und tatsächlich.

Primus war sein Name. Er war ein schmächtiges Bürschchen, von hagerer Statur und mit scharf geschnittenem Gesicht. Einst war er bei Magnus Ulme in die Lehre gegangen, um die Kunst der Alchemie zu erlernen. Das war vor vielen Jahren gewesen, lange bevor Magnus Ulme verschwand und Primus all seine Erinnerungen an die alten Tage verloren hatte.

Seither wohnte Primus in den verfallenen Mauern. Er schlich durch die Räume, wälzte die staubigen Bücher und genoss ein Dasein, wie es unbeschwerter nicht hätte sein können. Das rührte vor allem daher, dass Primus aufgrund rätselhafter Umstände nicht älter wurde. Seit jenem mehr als denkwürdigen Tag, an dem Primus sein Gedächtnis verloren hatte, sah er noch immer aus wie ein Knabe. Und das war längst noch nicht alles. Primus verspürte seither auch keinen Hunger mehr. Er hatte keinen Durst, und krank wurde er auch nicht. Diese Dinge waren natürlich sehr praktisch, gar keine Frage. Warum das aber so war und woher diese Fähigkeiten stammten, darüber hatte sich Primus selten Gedanken gemacht. Er nahm es einfach als gegeben hin und hielt es für völlig normal.

Doch es sei erwähnt, da gab es *noch* eine bemerkenswerte Sache an Primus, die wahrscheinlich seine außergewöhnlichste Fähigkeit darstellte: Primus konnte sich verwandeln. Wo und wann immer er wollte, konnte er die Gestalt einer Fledermaus annehmen und durch die Luft fliegen. Das ging blitzschnell und stellte sich als überaus hilfreich heraus. Besonders bei seinen nächtlichen Besuchen in Klettenheim. In der Klettenheimer Backstube gab es einfach die allerbesten Torten, davon war Primus überzeugt. Und selbst wenn er auch keinen Hunger verspürte, von den sagenhaften Torten aus der Klettenheimer Konditorei würde er wohl niemals genug bekommen.

So lebte Primus schon seit über zweihundert Jahren in dem alten Turm, konnte tun und lassen, was er wollte, und wurde von niemandem dabei gestört. Wohlgemerkt, von *fast* niemandem.

»Kannst du mir mal helfen?«, drang es aus der Dachkammer des verwunschenen Gemäuers. »Mich dünkt gar sehr, ich bin in Nöten.«

Diese hochgestochenen Worte stammten von einem kleinen Hühnergerippe, das im Schlafgemach des Turms auf einem der Bettpfosten saß. Sir Bucklewhee war sein Name, und er war ein höchst intellektueller Gockel mit einer Reihe wichtiger Titel. Wobei er sich seine Titel nahezu alle selbst verliehen hatte.

Mit einem kritischen Blick beäugte das Hühnergerippe eine wuchtige Standuhr, die an der Giebelwand neben dem Fenster stand. Bucklewhee war seines Zeichens ein staatlich geprüfter Diplomweckvogel und von sehr gewissenhafter Natur. Neben Primus wohnte auch er in dem alten Turm, genauer gesagt im Uhrkasten, gleich über dem Ziffernblatt. Die Standuhr war für den Weckvogel praktisch so etwas wie ein Arbeitsplatz mit Dienstwohnung. Man hätte auch sagen können *Behördenunterkunft* oder *Amtsbehausung*, denn Bucklewhee nahm seine Zeitansagen überaus wichtig. Der knöchrige Gockel nahm eigentlich alles wichtig, was mit amtlichen Dingen zu tun hatte. Und sich selbst nahm er dabei am allerwichtigsten.

Prüfend hob er seinen Schnabel und schielte zu Primus hinüber, der mit einem dicken Buch neben ihm im Bett lümmelte.

Primus war überaus blass, ja, beinahe ein wenig grünlich um die Nase. Er trug einen schwarzen Gehrock, ein altmodisches Hemd mit steifem Kragen und große weiße Gamaschen über den Schuhen. Es war die typische Schulkleidung der Alchemisten, wie sie einst an der Akademie von Hohenweis in Mode gewesen war. Dazu trug Primus für gewöhnlich auch den schwarzen Zylinder, dessen Stoff nach all den Jahren allerdings schon sehr fleckig und zerschlissen war.

In der Ferne ertönte die Kirchturmuhr von Klettenheim und kündigte den Nachmittag an. Primus schien das jedoch nicht weiter zu stören. Gänzlich vertieft und mit aufgestütztem Kinn betrachtete er die vergilbten Seiten eines Buches, wobei er fasziniert die Stirn runzelte. Primus hatte keine Schwierigkeiten, die altertümliche Schrift zu entziffern. Nach all den Jahren war er darin geübt. Und das, was er gerade las, schien ihn sichtlich zu erheitern.

Da meldete sich Bucklewhee zu Wort.

»Mit Verlaub«, erinnerte das Knochenhühnchen, »es ist dringend. Mir schwant, die Uhr ist aus dem Takt gekommen. Mich beschleicht die Vermutung, das Gerät steht schief.«

Wichtigtuerisch beutelte der Vogel seine Knochen. Ein zeitlicher Verzug wäre für einen Pedanten wie Bucklewhee ganz und gar untragbar gewesen. Dafür war er viel zu penibel. Doch auf der anderen Seite schien ihn das Buch, das Primus gerade las, auch zu interessieren. Neugierig schielte er zum Bett und hob sein Köpfchen.

Primus war geradezu gefesselt, wie Bucklewhee feststellen musste. Wovon dieses Buch wohl handelte? Ach, dachte Bucklewhee, gegen eine kleine Pause war gewiss nichts einzuwenden. Das erlaubte ihm die Pflichtverordnung. Schnell hob er die Flügelknochen und sprang vom Bettpfosten. Dann hüpfte er zu Primus über die Matratze.

»Was liest du denn da?«, wollte Bucklewhee wissen. »Ist das womöglich etwas Technisches? Geht es da vielleicht um Uhrwerke oder um Zahnräder?«

»Nein«, sagte Primus, »ganz und gar nicht. Das ist ein Forschungsbericht über Bergtrolle. Schau mal, den habe ich im Keller gefunden.«

»Tatsächlich?«, fragte Bucklewhee. »Im Keller? Aha, und was steht da drin?«

»Na ja«, antwortete er, »da steht eine ganze Menge drin. Vor allem aber wird berichtet, dass sich Trolle irgendwie eigenartig verhalten.«

»Wieso?«

»Weil diese Burschen angeblich ganz seltsame Angewohnheiten haben«, meinte Primus. »Ich habe ja schon einmal ein paar von ihnen getroffen, oben in den Bleibergen. Aber da konnte ich nicht viel über sie in Erfahrung bringen. Außer, dass sie richtig böse werden können«, erinnerte sich Primus. »Das habe ich ziemlich schnell gemerkt. Die hauen und zanken sich eigentlich die ganze Zeit. Und genau das steht auch hier in diesem Buch.«

»Hui«, sagte Bucklewhee, »hört sich gefährlich an. Und was treiben Trolle, wenn sie sich einmal nicht zanken?«

»Dann machen sie total umständliche Sachen«, erklärte Primus. »Sonderlich schlau scheinen sie mir nämlich nicht gerade zu sein. Jetzt pass mal auf. Ich kann dir ein Beispiel geben.«

Er blätterte ein paar Seiten zurück und suchte nach der passenden Stelle.

»Moment«, murmelte er, »wo ist es denn? Ah ja, hier.«

Primus deutete auf ein Kapitel, das die Überschrift *Hausarbeit für Bergtrolle* trug.

»Hier steht zum Beispiel, dass Trolle zum Stricken immer nur *eine* Nadel benutzen.«

Ungläubig verzog Bucklewhee den Schnabel.

»Zum Stricken?«, gackerte er. »Nur *eine* Nadel? Wie soll denn das funktionieren?«

»Na, ganz einfach«, antwortete Primus. »Man braucht dafür eben *zwei* Trolle, verstehst du? Jeder von ihnen hält eine Nadel in der Hand. Also, umständlicher geht es nun wirklich nicht.«

Primus schüttelte den Kopf.

»Das muss man sich einmal vorstellen«, fuhr er fort. »Anschließend hocken sich die Kerle irgendwo in eine Ecke und pfriemeln mit ihren riesigen Fingern an einer Socke herum. Das ist fast wie bei einem Geduldspiel.« Er grinste. »Spätestens nach fünf Minuten werden sie wütend und fangen an, sich zu prügeln.«

Der Vogel zeigte sich beeindruckt. »Dann dauert es bestimmt Monate, bis so eine Socke fertig wird. Oder vielleicht noch länger.«

»Stimmt«, nickte Primus, »aber dafür ist sie umso schneller wieder löchrig. Bergtrolle haben ja bekanntlich keine Schuhe an.«

Die beiden prusteten los. Sie kugelten sich auf dem Bett und hielten sich vor Lachen die Bäuche. Dann steckten sie gemeinsam die Köpfe über das Buch. Dieses Thema war ja hochinteressant. Kichernd und blödelnd lasen Primus und Bucklewhee den Forschungsbericht, dass man ihr lautes Gelächter bis zum Waldrand hören konnte. Es war seit jeher das Gleiche mit den beiden. Langweilig wurde ihnen eigentlich nie.

Als sich Primus und Bucklewhee nach einiger Zeit beruhigt hatten, fiel Bucklewhee seine Uhr wieder ein. Er hatte doch ein Problem zu bewältigen, kam es ihm in den Sinn. Wie nachlässig von ihm, das musste schleunigst behoben werden. Schnell sprang er zurück auf den Bettpfosten, um die Situation zu beurteilen. Daraufhin folgte die übliche Ansprache.

»Wie ich unschwer feststellen kann«, verkündete er mit erhobenem Flügel, »so neigt sich die Uhr eindeutig zu weit nach rechts. Das kann ich von hier aus genau sehen.«

»Ach, wirklich?« Primus schien das nicht sonderlich zu stören.

»In der Tat«, bekräftigte Bucklewhee. »Daher kommt wahrscheinlich auch die zeitliche Abweichung. Ich gehe wohlweißlich davon aus, dass sich die Federn verzogen haben.« Bucklewhee tänzelte auf dem Pfosten. »Daher schlage ich nach reichlicher Überlegung vor, dass wir die Uhr anders platzieren. Lass sie uns einfach hier rüberschieben«, gackerte er. »Da ist der Boden gerade.«

Primus setzte sich auf. Er schlug das Buch zu und zog ein langes Gesicht.

»Dieses schwere Ding willst du verschieben? Das schaffen wir doch im Leben nicht. Weißt du eigentlich, wie viel die Uhr wiegt?«

»So ein Unfug«, winkte Bucklewhee ab. »Das ist doch überhaupt kein Problem. Ich habe schließlich alles genauestens durchdacht. Du musst einfach nur ein bisschen drücken.«

»*Ich* muss drücken?« Primus deutete mit dem Finger auf sich selbst. »Warum eigentlich ich?«

»Na, weil ...« Bucklewhee ruderte mit den Flügelknochen. »Jetzt komm doch erst einmal her«, plapperte er. »Du wirst schon sehen, das ist ganz einfach.«

Grummelnd kletterte Primus aus dem Bett. Er trottete über den Boden und stellte sich neben die Uhr. Dann begann Bucklewhee auch schon mit seiner Einweisung.

»Du greifst die Uhr am besten hier an dieser Seite«, schlug er vor. »Streck die Arme aus und schieb sie langsam in meine Richtung. Aber nicht zu schnell, hörst du? Sie ist sehr empfindlich. Sonst geht am Ende noch etwas kaputt.«

Mit besorgtem Blick sah Bucklewhee sich um. »Was meinst du?«, fragte der Vogel. »Brauchen wir eine Sicherheitsabsperrung?«

»Eine was?«

»Du weißt schon«, erklärte das Hühnergerippe. »So kleine Stangen mit gestreiften Bändern dran. So etwas ist wichtig. Das verlangt die Richtlinie 27b. Oder war es 28b? Das weiß ich jetzt nicht so genau. Herrje, mich dünkt, das muss ich schnell in der Verordnung nachlesen. Warte mal kurz, ich bin gleich wieder zurück.«

»Nein, du bleibst da«, rief Primus. »Wir brauchen keine Absperrung. Das hier ist immer noch mein Schlafzimmer und keine Baustelle.«

»Ah so, ja richtig«, lenkte Bucklewhee ein, »das fällt unter den Paragraphen *private Nutzung*. Nach Paragraph 12 können wir vielleicht eine Ausnahme machen. Aber nur vielleicht. Und ich möchte bekunden, dass ich nicht die Verantwortung übernehme, verstanden? Nur, dass du es weißt. Ich entziehe mich jeder Haftbarkeit.«

Bucklewhee hüpfte von einem Bein auf das andere.

Dann wies er Primus seinen Platz zu. Er sprang vor die Uhr und winkte wie ein Lotse.

»Los«, sagte er, »schieben. Aber langsam.«

»Langsam ist gut«, presste Primus zwischen den Zähnen hervor, als er anfing zu drücken. »Ich bin froh, wenn sich das Ding überhaupt bewegt. Wie sieht es denn aus? Tut sich schon was?«

»Geringfügig«, urteilte das Hühnergerippe, »äußerst geringfügig. Und bei genauerer Betrachtung möchte ich bekunden: eigentlich gar nicht. Sag mal, drückst du überhaupt richtig?«

»Was ist denn das für eine Frage?«, ächzte Primus. »Das siehst du doch.«

Bucklewhee zuckte mit den Schultern. »Ja, aber dann drück halt mal fester.«

»Verflixt.« Primus stöhnte, wobei er einen hochroten Kopf bekam. »Ich …«

In diesem Moment gab die Uhr nach.

Sie rutschte ein Stück über den Boden, blieb in einem der Bodenbretter hängen und neigte sich unter ohrenbetäubenden Glockenschlägen zur Seite.

Bucklewhee stand der Schnabel offen.

»MEINE UHR«, kreischte er. »DIE FÄLLT JA UM!«

Doch Primus reagierte sofort. Flink sprang er auf die andere Seite, stemmte sich gegen die schwere Uhr und wuchtete sie mit aller Kraft wieder hoch. Donnernd und scheppernd schwang sie in die entgegengesetzte Richtung. Es war ein Rumpeln, dass der Dachboden bebte. Die Uhr wippte zurück, wackelte einige Male hin und her, bis sie endlich in einer dichten Staubwolke stehen blieb. Dann war der Spuk vorüber.

Doch da ertönte plötzlich ein Geräusch.

Irgendetwas fiel herab, rollte über den Boden und kullerte bis in die hinterste Ecke des Raumes. Dort blieb es schließlich liegen.

Primus und Bucklewhee sahen sich an.

»Was war denn das?«, fragte Primus. »Hast du das gesehen?«

»Sehr wohl«, sagte Bucklewhee, »das sah aus wie eine kleine Glasscheibe. Aber dieses Stück gehört nicht zu meiner Uhr, möchte ich meinen. Sehr nebulös.«

Primus ging in die Ecke und hob das Teil auf. Prüfend hielt er es in die Höhe.

Der Vogel kam sogleich dazu.

»Das scheint das Glas von einer Brille zu sein«, sagte Bucklewhee, »nur ganz schön groß. Vielleicht gehört das zu einer Brille für Trolle?«

»Nein«, urteilte Primus, »das ist nicht von einer Brille. Ich glaube, das ist eine *Linse*. Und zwar von einem Teleskop, oder so ähnlich.« Er riss die Augen auf. »Die gehört bestimmt zum alten Fernrohr, oben im Turmzimmer. Meine Güte«, rief er, »sieh dir das an. Die ist ja noch blitzblank und perfekt geschliffen. Hat die etwa die ganzen Jahre da oben auf deiner Uhr gelegen? Damit kann man bestimmt bis zu den Berggipfeln sehen. Komm, das probieren wir gleich einmal aus.«

»Jetzt sofort?« Bucklewhee zögerte. »Aber ich wollte doch die Uhr stellen.«

»Ach was«, sagte Primus, wobei er sich seinen Zylinder schnappte. »Das kannst du später immer noch tun. Komm lieber mit.«

Und schon war von Primus' menschlicher Gestalt nichts mehr zu sehen. Blitzschnell hatte er sich in die Fledermaus verwandelt und flatterte durch den Raum. Primus sah nun haargenau so aus, wie ihn die Leute aus Klettenheim immer beschrieben: eine pechschwarze Fledermaus mit einem Zylinder auf dem Kopf.

Eilig krallte er sich die Linse. Er nahm sie zwischen die Beine und sauste mit ausgestreckten Flügeln über das Geländer zum Kaminzimmer hinunter. Von dort aus ging es durch die Küche und anschließend die Wendeltreppe zum Turmzimmer hinauf. Nach zweihundert Jahren hätte Primus diesen Weg auch im Blindflug zurücklegen können. Der Vogel hüpfte hinter ihm her.

Die Nachmittagssonne schien in hellen Streifen durch die Fenster, als Primus ganz oben im Turmzimmer eintrat. Man hätte auch sagen können, es war ein *Turmlabor*. Denn der hohe Raum, der bis unter die Dachbalken reichte, war vollgestellt mit wissenschaftlichen Apparaturen und astronomischen Geräten jeglicher Art. Sternkarten hingen an den Wänden, es gab mechanische Modelle von Himmelskörpern, Sonnenuhren sowie zahlreiche alchemistische Werkzeuge, auf denen fingerdick der Staub lag. Primus war in den vergangenen Jahrhunderten häufig hier oben gewesen, schließlich lebte er in dem alten Turm. Aber dieser Raum hatte es ihm ganz besonders angetan. Primus liebte es geradezu, all die rätselhaften Geräte zu untersuchen, sie anzusehen und an ihnen herumzudrehen. Obwohl er bei manchen keine Ahnung hatte, wozu sie gut waren. Doch das störte Primus nicht im Geringsten. Er kam immer wieder hierher, und jedes Mal entdeckte er dabei etwas Neues.

Flink ging die Fledermaus zur Landung über. Primus nahm seine menschliche Gestalt an und stellte sich auf die Beine. Dann schritt er auf das schwere Fernrohr zu, das vor einem der Fenster stand. Es war ein mächtiges Gerät, aus poliertem Messing und mit Handrädern aus Eisen.

Primus trat ans Fenster und machte es auf. Sogleich brannte das Tageslicht herein. Ein Luftzug fuhr durch den Raum und ließ zahllose Staubflocken im Sonnenschein tanzen. Aber Primus nahm das Schauspiel nicht weiter wahr. Unwillkürlich schloss er seine Augen und wandte sich ab. Gleißendes Licht hatte er noch nie leiden können, weder als Fledermaus noch in seiner menschlichen Gestalt. Dafür waren seine Augen einfach viel zu empfindlich. Und mit so einem Prachtwetter wie heute konnte er überhaupt nicht umgehen.

So stand Primus einige Momente regungslos vor dem Fenster, während er zaghaft zwischen den Fingern hindurch blinzelte. Da ertönte hinter ihm eine Stimme.

»Na, mein Junge«, schallte es in einem tiefen Ton, »ausgeschlafen?«

Langsam drehte Primus sich um. Er hob den Kopf und richtete seinen Blick auf einen riesigen Spiegel, der an der Wand gleich neben der Treppe hing. Ein Schaudern durchfuhr ihn. Denn wenngleich Primus diesen Spiegel seit langer Zeit kannte, so flößte ihm sein Anblick immer wieder aufs Neue Unwohlsein ein.

Es war ein ganz besonderer Spiegel, daran bestand überhaupt kein Zweifel. Wer ihn einst gefertigt hatte und woher das geheimnisvolle Stück stammte – diese Fragen stellten für Primus seit jeher ein Mysterium dar. Eines aber schien ihm gewiss: Der Spiegel musste uralt sein. Vielleicht war er sogar älter, als der Turm selbst? Wer konnte das schon sagen? Zweifellos war er ein Stück aus dunkelster Vergangenheit, da solche Spiegel heutzutage nicht mehr gefertigt wurden. Und ebenso düster, wie Primus die Herkunft des Spiegels erschien, so sah dieser letztlich auch aus.

Sein geschnitzter Rahmen bestand aus tiefschwarzem Ebenholz und war gar meisterlich gearbeitet. Es erweckte den Anschein, als würde das Glas in einem weiten Mantel stecken, der im oberen Bereich von zwei knochigen Händen aufgehalten wurde. Wallend fiel das schwarze Gewand zu Boden, wo es in wilden Falten auftraf. Weit oben, mittig über dem Glas, thronte ein gehörnter Kopf mit eingefallenen Wangen, Spitzbart und langer Nase. Mit einem überlegenen Funkeln in den Augen sah das hölzerne Gesicht auf Primus herab.

Dieser gab sich mit aller Kraft unbeeindruckt und versuchte, seinen Respekt vor dem magischen Objekt zu verbergen. Zumindest, so gut es ging.

»Falls du es genau wissen willst«, brummte Primus, »ich bin schon lange wach. Und ärgere mich jetzt bloß nicht. Das kann ich im Moment gar nicht gebrauchen. Mir tun noch immer die Augen weh. Da draußen ist es so hell, dass ich alles doppelt sehe.«

Der Spiegel reckte den Kopf. Er blickte aus dem Fenster und sah ins Land.

»Ja«, grinste das hölzerne Gesicht, »ich weiß. Solche Tage gibt es. Es gibt sie immer wieder. Das ist schon erstaunlich, findest du nicht?«

Primus stutzte.

»Wieso?«, fragte er und zuckte mit den Schultern. »Was soll denn daran erstaunlich sein?«

Die Antwort folgte sofort.

»Na, weil es solche Tage eigentlich *nicht* gibt«, erklärte der Spiegel ihm. »Es *kann* sie letztendlich gar nicht geben. Verstehst du?«

»Nein«, sagte Primus und rümpfte die Nase, »das verstehe ich nicht. Was soll denn das heißen? Es gibt Tage, die es *nicht* gibt? So ein Unsinn. Drück dich bitte ein wenig deutlicher aus.«

»Nun«, schmunzelte der Spiegel, »dann schau doch mal nach draußen. Das ist doch ein Tag wie im Sommer, nicht wahr? Hell, warm und geradezu bezaubernd, oder?«

»Ja«, murrte Primus, »und?«

»Aber der Sommer ist längst noch nicht da«, bemerkte der Spiegel. »Er ist noch sehr weit entfernt. Und eben das ist der springende Punkt.«

Das sah Primus anders.

»Für mich ist das kein springender Punkt, sondern einfach nur schönes Wetter«, entgegnete er. »Keine Ahnung, was du mir da erzählen willst.«

Der Spiegel lachte. »Was gibt es denn daran nicht zu verstehen, hm? So schwer ist das doch nicht.«

Er senkte das gehörnte Haupt und sah Primus scharf an.

»Solche Tage sind nichts weiter als eine Täuschung«, sagte er eindringlich. »Sie sind eine List, eine geschickte Verblendung. Nichts weiter.«

Primus blickte den Spiegel an.

»Eine List?«, fragte er. »Was meinst du mit List? Und wofür soll sie gut sein?«

»Das kann ich dir sagen«, antwortete der Spiegel. »Diese Tage locken dich nach draußen. Sie verführen dich dazu, dass du das Haus verlässt und ins Freie gehst. Siehst du das denn nicht?«

»Ach, tatsächlich?« Auf diesen seltsamen Gedanken wäre Primus im Leben nicht gekommen.

Doch der Spiegel fuhr fort.

»Aber ja«, bekräftigte er. »In der Tat. Und sie bergen immer eine Überraschung. Das haben diese Tage so an sich. Da sollte man gut aufpassen. Am besten bei jedem Schritt. Immer gut aufpassen.«

Primus hob gelassen die Schultern.

»So, so«, entgegnete er, »das ist ja alles hochinteressant, was du mir da sagst. Aber mach dir meinetwegen bloß keine Sorgen. Ich bin schon vorsichtig. Und außerdem, nach draußen will ich heute gar nicht. Das habe ich überhaupt nicht vor.«

»Bist du dir da sicher?«

»Absolut sicher«, bestätigte Primus. »Ich bleibe heute hier.«

Der Spiegel nickte.

»Wir werden sehen«, sagte er. »Wir werden sehen.«

Daraufhin drehte Primus sich um. Er hatte keine Lust, mit dem geheimnisvollen Spiegel eine stundenlange Diskussion über das Wetter zu führen. Schließlich war er nur nach oben gekommen, um das Fernrohr zu testen. Nicht, um die rätselhaften Bemerkungen des altklugen Spiegels zu entschlüsseln. Das lief ohnehin immer aufs Gleiche hinaus. Früher oder später lachte der Spiegel ihn schallend aus, was Primus überhaupt nicht leiden konnte. Und ändern ließ sich diese Tatsache leider auch nicht. Der Spiegel war ihm in jeglicher Hinsicht überlegen. Und das ärgerte Primus von allem am meisten.

Schweigend wandte er sich dem Fernrohr zu. Er griff danach und rückte es in Position. Dann trat er noch einmal ans Fenster und sah hinaus.

»Du meine Güte«, entfuhr es ihm, »keine Wolke am Himmel. Und über den Bergen kann man sogar den Mond erkennen. Das ist ja toll.«

»Schau genau hin«, hörte Primus die Stimme des Spiegels sagen. »Ist es ein bleicher Mond?«

»Nein«, entgegnete Primus, wobei er sich aus dem Fenster lehnte, »er ist ein bisschen rötlich.«

»So, so«, flüsterte der Spiegel.

Primus fuhr herum.

»Hat das vielleicht etwas zu bedeuten?«, fragte er aufgebracht. »Sag es mir lieber gleich und spann mich nicht auf die Folter.«

Aber in diesem Moment kam Bucklewhee die Treppe hochgesprungen.

»Und?«, krähte das Hühnergerippe. »Wie sieht es aus? Kann man mit der neuen Linse jetzt besser sehen, als mit der alten?«

»Ach«, stöhnte Primus, »das habe ich überhaupt noch nicht ausprobiert.« Er deutete über seine Schulter und verwies auf den Spiegel. »Mein hölzerner Freund hat mich wieder einmal abgelenkt. Er macht jetzt auch Wetterhoroskope. Ich bin noch zu gar nichts gekommen.«

Er nahm die Linse und polierte sie an seiner Hose. Dann inspizierte er das Fernrohr.

»So«, sagte er, »wo gehört das Ding jetzt hin?«

Da war er mit seiner Frage bei Bucklewhee natürlich genau richtig.

»Auf jeden Fall ganz nach hinten«, gackerte das Hühnergerippe, »so weit, wie es geht.«

»*Ganz* nach hinten?« Primus kratzte sich zweifelnd am Kopf. »Glaubst du wirklich?«

Was für eine Frage.

»Aber natürlich.« Bucklewhee nickte. »Lass einfach den Experten ran. Ich bin schließlich Fachmann in technischen Dingen. Das haben wir gleich.«

Der Vogel kletterte auf das Fernrohr und balancierte mit erhobenem Schnabel entlang der Röhre nach vorn. Dabei setzte er einen kritischen Blick auf.

»Hier!« Bucklewhee deutete auf das Ende des Fernrohrs, wo bereits ein Glas als Abschluss steckte. »Ich bin mir sicher, da muss man die Linse davorstecken.«

Primus schüttelte den Kopf. »Direkt vor das Glas? Das kann doch nicht funktionieren. Da fällt sie ja runter.«

»Aber selbstverständlich funktioniert das«, bekundete Bucklewhee. »Das wirst du schon sehen. Da ist ja schließlich ein kleiner Rand. Der reicht vollkommen aus, um die Linse draufzusetzen. Gib mal her.«

Der Vogel schnappte sich die Linse und drückte sie vor das Abdeckglas.

»Siehst du?«, triumphierte Bucklewhee. »So muss man das machen. Das passt doch perf...«

In diesem Moment fiel sie herab. Es war ein Wunder, dass die Linse überhaupt so lange auf dem schmalen Rand gehalten hatte. Sie sprang auf den Fensterrahmen, prallte ab und kullerte über das Fensterbrett.

Bucklewhee stand vor Schreck der Schnabel offen. Mit einem Aufschrei hechtete er nach vorn. Er ruderte mit den

Flügelknochen und wollte die Linse im letzten Moment festhalten. Doch dabei versetzte er ihr versehentlich einen solchen Stoß, dass sie in hohem Bogen aus dem Fenster flog. Mit großen Augen und einem wenig intelligenten Gesichtsausdruck, sah das Hühnchen der Linse hinterher.

»Oh«, sagte Bucklewhee, »ich glaube, die ist weg.«

»Ja, das glaube ich auch«, schimpfte Primus. »Das wird ja immer besser. Lauter Fachleute hier oben. Selbst die Möbel schwatzen einem die Ohren voll.«

»Jetzt reg dich nicht so auf«, beschwichtigte Bucklewhee, »die Linse taucht bestimmt wieder auf.«

»Natürlich«, warf Primus ein, »aber nur, wenn *ich* sie suche. Wo hast du sie denn hingeschossen?«

»Das kann ich dir ganz präzise sagen«, antwortete das Hühnergerippe und deutete zum Fuß des Hügels. »Die ist da rüber geflogen.«

»Über die Gartenmauer?«

Der Vogel nickte. »Exakt. Gleich da hinten in die Wiese.«

»Gut, dann wollen wir mal sehen«, sagte Primus entschlossen. »Ich habe schließlich schon ganz andere Sachen gefunden. Du bleibst am besten hier und sagst mir, wo ich suchen muss. Ich bin gleich wieder da.«

Mit diesen Worten breitete er die Flügel aus. Er schwang sich aus dem Fenster und segelte in Windeseile den Turm hinunter. Der Spiegel lächelte. Nun hatte Primus doch das Haus verlassen.

Die mildwarme Frühlingsluft umgab Primus, als er wenig später den Fuß des Hügels erreichte. Der Boden war noch immer feucht, und es roch es nach Blüten und frischen Blättern. Flink stellte er sich auf die Beine. Dann stapfte er über die Wiese und spähte umher. Glücklicherweise war das Gras um den Hügel noch immer recht kurz, sodass die funkelnde

Linse eigentlich gut zu erkennen sein sollte. Primus beschattete die Augen mit der Hand und blickte zum Turmfenster hinauf, wo Bucklewhee saß.

»Bin ich hier richtig?!«, rief er dem Hühnergerippe zu.

»WAS?«

»OB – ICH – HIER – RICHTIG – BIN???«

Bucklewhee deutete mit dem Flügel. »Nein«, kam es von oben zurück. »Du musst weiter nach rechts.«

»Hier rüber?«

»Ja, genau«, schrie Bucklewhee, »die muss da irgendwo liegen.«

Primus ging einige Schritte weiter. Gebeugt und mit vorgestrecktem Kopf streifte er durch das Gras. Da sah er etwas blitzen.

»Moment«, rief er freudig, »ich glaube, ich habe sie.«

Er bückte sich und streckte den Arm aus.

»Ach, nein«, sagte Primus enttäuscht zu sich selbst. »Das war nur ein Tautropfen.«

Da hörte er Bucklewhee von oben rufen. »Hast du sie gefunden?«

Primus schüttelte den Kopf. »Nein«, rief er zurück.

Der Vogel schien nicht zu hören.

»HAST DU SIE?«

»VERFLIXT NOCHMAL, NEIN!!!«, schrie Primus.

»WAS?«

Primus warf die Hände über den Kopf.

»NEIN, HABE ICH GESAGT!«, und er stampfte mit dem Fuß. »NEIN!!! NEIN!!! NEIN!!!« Heute schien wirklich nicht sein Tag zu sein.

»Ach so«, antwortete Bucklewhee, »nein.«

»Na also«, keuchte Primus, »jetzt hat er es gehört.«

Schweigend stand er im Gras. Primus ließ die Arme hängen und schüttelte den Kopf. Sein Plan schien nicht aufzugehen. Die Linse war nicht zu finden. Damit hatte Primus nicht gerechnet. Ratlos schob er seinen Zylinder zurück und wischte sich über die Stirn.

Da blitzte es plötzlich erneut aus dem Gras.

Sofort schärfte Primus seinen Blick. War das etwa wieder ein Tautropfen? Möglich wäre es ja. Doch das blitzende Etwas veränderte auf einmal seine Farbe. Zuerst wurde es rot, dann grün, dann blau. Wie bei einem Regenbogen schimmerte das Objekt in der Wiese, dass man es nicht übersehen konnte.

Das musste sie sein! – durchfuhr es Primus. Er hatte die Linse gefunden.

»ICH HABE SIE«, rief er und eilte darauf zu. »DAS IST DIE LIN …«

Da brach er ab. Primus blieb mit dem Fuß in etwas hängen, stolperte und flog im hohen Bogen durch die Luft. Platschend landete er im Gras.

Die Sekunden verstrichen. Dann raffte sich Primus langsam wieder auf.

»Wäre ich doch heute bloß im Bett geblieben«, murmelte er. »Das gibt es doch gar nicht. Was für ein Tag.«

Doch sogleich fiel Primus die Linse wieder ein. Dieser bunte Schimmer, erinnerte er sich, das hätte sie wirklich sein können.

Er bückte sich und suchte erneut das Gras ab.

Und tatsächlich. Primus hatte sich nicht getäuscht. Wenig später fand er die Linse. Sie war noch immer blitzblank und trotz des Sturzes unversehrt. Schnell griff er danach und steckte sie ein.

Dann drehte Primus sich um. Worüber war er bloß gestolpert? – überlegte er. Hier draußen gab es nichts als Gras. Selbst Steine lagen hier nicht herum. Verwundert suchte er die Wiese ab.

Da entdeckte er ein kleines Holz, das kerzengerade aus der Erde ragte. War das etwa eine Wurzel?

Nein, dachte Primus, eine Wurzel war das mit Sicherheit nicht. Dafür war das Holz viel zu glatt und rund geschliffen. Das musste ein Stock sein.

Primus ging in die Knie. Er drückte das Gras beiseite und versuchte, den Stab aus dem Boden zu ziehen. Doch so sehr er sich auch bemühte, das gute Stück gab nicht nach.

Was war das nur? – fieberte er. War hier vielleicht etwas vergraben?

Nun wurde es spannend. Primus krempelte seine Ärmel hoch und wühlte die feuchtweiche Erde beiseite. Da tauchte auf einmal eine Holzplatte auf, an der der Stock befestigt war. Deshalb steckte der Stock so fest im Boden, folgerte Primus, jetzt war ihm alles klar. Er wischte das Holz frei und runzelte die Stirn.

Das längliche Brett war liebevoll gearbeitet und fein säuberlich geschnitzt. Es besaß eine fremdartige Form, die aussah, als wäre sie einem Tier nachempfunden. Aber ein derartiges Tier hatte Primus Zeit seines Lebens noch nie gesehen. Angestrengt grub er weiter und holte das gesamte Teil aus der Erde. Der rötliche Mond, hoch oben am Himmel, sah ihm dabei zu.

Einige Zeit später saß Primus im Turmzimmer auf dem Schreibtisch. Gelassen ließ er die Beine baumeln. Er hatte den seltsamen hölzernen Gegenstand vor sich auf den Boden gelegt und blickte wartend zum Spiegel empor.

Nach einer Weile schlug dieser die Augen auf.

»Ja, was haben wir denn da?«, fragte der Spiegel. »Bist du dafür nicht ein wenig zu alt, mein Junge?«

»Was meinst du damit?«, entgegnete Primus. »Wie kommst du darauf? Was ist das überhaupt?«

»Ach, ich bitte dich.« Der Spiegel schmunzelte. »Als ob du so etwas nicht kennen würdest. Wonach sieht es denn aus, hm?«

Primus erhob sich. Ihm war klar, dass er von dem alten Spiegel keine klare Antwort erhalten würde. So war es schon immer gewesen. Also spielte er mit. Etwas anderes blieb ihm ohnehin nicht übrig.

Er trat auf den hölzernen Gegenstand zu und ging in die Hocke.

»Es ist ein Brett«, antwortete Primus. »Ein längliches Brett, das die Form von einem Tier besitzt. Und durch den Kopf führt ein Stab.«

Der Spiegel zog ein trauriges Gesicht. »Hattest du etwa kein solches Spielzeug, als du klein warst?«, fragte er. »Gab es für den kleinen Primus einst kein Steckenpferd?«

»Moment mal«, rief Primus. »Willst du damit etwa sagen, dass das hier ein Kinderspielzeug ist?«

»Und ein sehr schönes obendrein«, sagte der Spiegel.

»Aber …« Primus stockte. »Aber was macht das Ding hier vor dem Turm? Hier in der Gegend gibt es weit und breit keine Kinder.«

Da konnte ihm der Spiegel nur zustimmen.

»Richtig«, nickte er, »hier gibt es keine Kinder. Genauso wenig, wie es hier dieses Tier gibt, welches es darstellen soll. Sag mir, mein Junge. Was denkst du? Was ist das für ein Lebewesen?«

Primus blies die Backen auf. Er untersuchte die Schnitzerei und überlegte.

»Es hat am Rand kleine Flossen«, antwortete er.

»Sehr gut«, grinste der Spiegel. »Das sind Flossen. Und was bedeutet das?«

»Keine Ahnung«, erwiderte Primus. »Soll das ein Fisch sein?«

»Vielleicht«, räumte der Spiegel ein. »Es sieht zumindest ein wenig danach aus. Die Mischung aus einem Fisch und einem Pferd. Ein fischartiges Pferd, auf dem man reiten möchte.«

Primus war fasziniert. »Aber so ein Pferd gibt es hier nicht«, sagte er. »Wie kann das sein? Moment mal, einen Augenblick.« Er strich mit der Hand über das Holz und betrachtete es aus nächster Nähe. »Da ist etwas eingeritzt«, rief er. »Ein Name?!«

»Und?«, fragte der Spiegel. »Kannst du ihn lesen?«

»Ich glaube schon«, nickte Primus. »Hier steht *Kawy*.«

»Na, dann.« Der Spiegel lächelte. »Dann solltest du dich vielleicht aufmachen und Kawy sein Spielzeug zurückbringen, meinst du nicht?«

»Wie bitte? Was soll ich tun?«

»Es ihm zurückbringen«, wiederholte der Spiegel. »Kawy ist möglicherweise schon sehr lange traurig, dass er es verloren hat. Sehr lange.«

»Aber … ich …« Primus ließ die Arme sinken. »Ich weiß ja gar nicht …«

Doch der Spiegel schloss seine Augen. Mit erhobenem Haupt hing er an der Wand und hüllte sich in Schweigen. Für heute waren es genug der Worte.

Das alte Gemälde

Tief im Finsterwald, auf einer Lichtung abseits des Kräutersteigs, stand Miss Plims kleines Haus. Jeder Besucher, der das Werbeschild an der Hauswand erblickte und die Aufschrift las, wusste sofort, dass er in Sachen Kinderspielzeug hier an der richtigen Stelle war. *Plim's Spielzeugladen* stand in großen Lettern über der Tür, neben der eine funkelnde Glocke baumelte.

Es war ein bauchiges Gemäuer, mit kreisrunden Fenstern und einem Strohdach. Tannenstumpf 1 lautete die Anschrift. Und Miss Plim war felsenfest davon überzeugt, dass ihr Geschäft die beste Adresse im ganzen Finsterwald war. Man hätte auch sagen können, sie hielt es für das *erste Haus am Platz*. Bei niemand anderem in der Gegend konnte man schließlich so hochwertiges Spielzeug kaufen wie bei Miss Plim. Diese Tatsache stand für sie ganz außer Frage und das erklärte sie auch ständig ihren Kunden. Allerdings verschwieg sie dabei immer, dass man im Finsterwald ansonsten ohnehin nirgendwo etwas kaufen konnte, ganz im Gegenteil. Viel eher wurde man dort überfallen und kaltblütig ausgeraubt, selbst am helllichten Tag. Aber diese Kleinigkeit erwähnte sie gar nicht erst. Das konnte den Leuten in Miss Plims Laden nämlich auch passieren.

Dennoch, der äußere Eindruck von Plims Behausung war wirklich bezaubernd, und sie hatte sich inmitten des Waldes ein geradezu beschauliches Plätzchen ausgesucht. Die Sonne schien über die Tannen, ein Mückenschwarm tanzte durch die Luft, und aus dem Dickicht gleich vor dem Waldrand flitzten die laufenden Grasbüschel hervor. Hier verlief es noch gemächlich, mochte man meinen, und alles war in bester Ordnung.

Dennoch, so unbeschwert, wie in Miss Plims heimeliger Lichtung, ging es nicht überall zu. Denn gleich hinter den turmhohen Tannen schien der Wald schier verrückt zu spielen. Es knisterte und knackte im Gehölz, wohin man sich auch wandte. Das Harz fiel in Klumpen von den Bäumen, ein Regen von Tannennadeln ging hernieder, und über dem Boden breitete sich ein wahrer Teppich stinkender Staubpilze aus. Dazu kam, dass die stacheligen Ranken im Waldesinneren nach allem schnappten, was sich zwischen den Bäumen herumtrieb. Der gefürchtete Wald war in diesem Jahr noch gefährlicher geworden, als er es ohnehin schon war. Und eine Besserung war nicht in Sicht.

Chuck die Vogelscheuche hüpfte aufgebracht und völlig überfordert durch Plims Gemüsegarten. Er fuchtelte mit Nesselschaums altem Brotschieber herum und versuchte mühevoll, eine Gruppe umherstreunender Waldgeister aus der Lichtung zu scheuchen. Miss Plim hatte ihm diese Aufgabe aufgebrummt, da die zwielichtigen Gestalten in den letzten Wochen immer dreister und aufdringlicher geworden waren. Ein paar von ihnen hatten sich sogar in Plims Kräuterbeeten eingenistet. Als Behörde für Bodenproben hatte sich die Truppe ausgegeben und Miss Plim allen Ernstes mit der Zwangsräumung gedroht. Was für eine Unverschämtheit. Miss Plim hatte größte Mühe, diese Schurken wieder loszubekommen. Und ständig fiel dem Geistergesindel neuer Schabernack ein.

Sichtlich erschöpft kam Chuck über die Wiese gesprungen. Diese zahllosen Überstunden würde er wohl nie abbauen können, befürchtete er. So eine Plackerei. Er legte den Brotschieber beiseite und stellte sich unter die Bohnenstangen. Dort verschnaufte er.

Sein bester Freund Snigg war auch zugegen und knabberte genüsslich an einem alten Apfel. Snigg war ein übergewichtiger Kürbis, der für gewöhnlich bei Primus im Garten auf dem Komposthaufen wohnte. Er war ein richtiger Feinschmecker und liebte jegliche Form von Fallobst. Dabei war es ihm ganz egal, ob das Obst von einem Baum heruntergefallen oder von irgendjemandem aus dem Küchenfenster herausgeworfen worden war. Snigg fraß eigentlich alles, was man vertilgen konnte. Und bei der fürsorglichen Vogelscheuche fühlte er sich besonders wohl. Schließlich konnte niemand bessere Häppchen zubereiten als Chuck.

Zufrieden und mit kugelrundem Bauch saß der Kürbis zwischen den Rüben und ließ sich die Sonne auf den Kopf scheinen. Dann blinzelte er zu Chuck hinüber.

»Wo hast du denn diesen Brotschieber her?«, fragte Snigg. »Plim hat doch nicht etwa einen Backofen im Haus?« Man konnte sich denken, worauf diese Frage abzielte. Vielleicht gab es als Nachtisch ja noch ein paar Brote?!

Doch die Vogelscheuche schüttelte den Kopf. »Nein«, entgegnete Chuck, »wo denkst du hin? Wir waren doch neulich … ach was, neulich«, winkte er ab, »das war ja vor zwei Tagen, hahaha. Nein, also, wir sind doch vor zwei Tagen in Hohenweis auf dem Frühlingsmarkt gewesen, nicht wahr? Nun, da gibt es Sachen«, schmachtete er, »das kannst du dir gar nicht vorstellen.«

Der Kürbis war ganz Ohr.

»Sachen zum Essen?«

»Natürlich«, nickte Chuck, »das auch. Aber viel besser noch.« Er zappelte auf der Stelle. »Da gab es so bunte Handschuhe.«

Der Kürbis runzelte die Stirn. »Schmecken die denn?«, fragte er verwundert.

Die Vogelscheuche zuckte zusammen. »Nein«, zischte Chuck, »ich glaube nicht. Aber die waren wunderschön, weißt du. Der letzte Schrei.« Er faltete die Hände und verdrehte die Augen. »Hach, was hätte ich darum gegeben, die einmal anzuprobieren. Eine Bekannte von mir, genauer gesagt, eine Kollegin aus meiner Gruppentherapie, also, die hat genau solche Handschuhe. Und da habe ich mich immer gefragt …«

Mitten im Satz brach er ab.

Entrüstet richtete sich die Vogelscheuche auf und blickte zum Waldrand hinüber. Eine milchig-schummrige Gestalt schlüpfte verstohlen aus dem Dickicht, stieg über den Gartenzaun und kam neugierig über die Wiese spaziert. Auf den ersten Blick hätte dieser Kerl ein entfernter Verwandter von Nesselschaum sein können, wenngleich auch in durchsichtiger Ausführung. Die geisterhafte Erscheinung war klein und rundlich, mit zerzaustem Bart und mit einem riesigen Schlapphut. In seinen Händen erkannte Chuck einen Reisekoffer, der mit zahlreichen Aufklebern und farbigen Wimpeln versehen war. Allerdings bestand dieser Koffer aus Leder und war nicht so transparent und schimmernd wie sein Besitzer.

»Das hat mir gerade noch gefehlt«, stöhnte Chuck. »Ein Vertreter.« Sofort sprang die Vogelscheuche auf den Waldgeist zu.

»Nein, nein, hinfort«, rief Chuck, »wir kaufen nichts. Vielen Dank. Kein Bedarf. Vielleicht ein anderes Mal. Heute ist es ganz schlecht.«

Mit ausgestreckten Armen hüpfte Chuck durch das Gras und wimmelte den Waldgeist ab. Zumindest hatte er es versucht. Denn schon nach kurzer Zeit ertönte von den beiden ein Geplapper und Gekicher, welches sich für Snigg eher nach einem vergnüglichen Kaffeekränzchen anhörte, als nach einer strikten Abfuhr. Seelenruhig machte der Waldgeist nun sein Köfferchen auf. Er zeigte Chuck allerhand Krimskrams und redete unentwegt auf ihn ein. Die zwei schienen sich bestens zu verstehen.

Nach einer guten Viertelstunde, voll eifrigem Brabbeln, Lachen und gegenseitigem Schulterklopfen, kam die Vogelscheuche schließlich wieder zurück. Glücklicherweise hatte Chuck dem Geist weder etwas unterzeichnet, noch sich dessen Ware aufschwatzen lassen. Das war noch einmal gut gegangen.

Zufrieden stellte sich Chuck unter die Bohnenstangen und schüttelte die Blütenpollen vom Hemd.

»Und?«, erkundigte sich Snigg. »Was wollte der Bursche von dir? War der etwa auch von der Behörde für Bodenproben?«

»Aber wo denkst du hin?«, antwortete Chuck. »Das war doch der Herr …, äh … du meine Güte«, stöhnte Chuck, »jetzt habe ich ihn gar nicht nach seinem Namen gefragt. Wie unhöflich von mir. Das passiert mir aber selten. Doch als er mir gegenübergestanden hat ist mir eingefallen, dass ich ihn schon einmal gesehen habe. Seine Nichte ist nämlich auch in der Gesprächsrunde für Allergiker. Daher kenne ich ihn. Und da haben wir uns gerade prima unterhalten. Er hat mir zum Abschied sogar etwas gegeben«, sagte er, »schau mal.«

Chuck kramte in seiner Tasche und zog einen kleinen Stein hervor. »Das ist so eine Art Werbegeschenk«, freute er sich, »wirklich lustig. Die Waldgeister haben alle einen Riesenspaß damit.«

Der Kürbis kam näher gewackelt. Stumm blickte er auf den kleinen grauen Stein, den Chuck in der Hand hielt.

Das Steinchen war flach, nur wenige Finger breit und sah auf den ersten Blick genauso aus wie jene Steine, die man mit Schwung übers Wasser hüpfen lässt. Eigentlich nichts Besonderes, möchte man meinen. Davon gab es schließlich viele. Aber dieser Stein schien dennoch etwas Außergewöhnliches zu sein. Snigg beäugte ihn neugierig. Exakt in der Mitte des Steins erkannte der Kürbis ein kleines, kreisrundes Loch.

Chuck deutete darauf. »Der Waldgeist hat mir gesagt, dass dieses Loch ganz langsam entstanden ist. Und zwar durch Wassertropfen.«

»Durch Wassertropfen?« So etwas hatte Snigg noch nie gehört.

»Ja«, sagte Chuck, »ich konnte es anfangs auch nicht glauben. Aber er hat mir erklärt: Wenn Wasser immerzu auf einen Stein plätschert, dann gräbt es sich langsam ein Loch hindurch.«

Snigg prustete. »Du meine Güte«, staunte er. »Bei den Geistern scheint es ja wirklich gemütlich zuzugehen. So ein Loch dauert doch ewig, bis es fertig ist.«

»Stimmt«, nickte Chuck, »das habe ich mir auch gedacht. Aber für die Geister spielt Zeit eben überhaupt keine Rolle. Die haben es nicht eilig. Der Herr Dings, der Geist … ich weiß ja nicht, wie er heißt, hatte einen ganzen Beutel voll mit diesen Steinen dabei. Deshalb verschenkt er die Stücke auch einfach so.«

Chuck hauchte kurz gegen den Stein und putzte ihn an seinem Hemd sauber.

»Aber das Schöne daran ist«, fuhr er fort, »dass man damit richtig lustige Sachen machen kann. Wenn man nämlich durch dieses Loch auf jemand anderen blickt, dann sieht man die Person in einer hellen, blauen Farbe. Das funktioniert ganz toll.«

»Ist nicht wahr?!«

»Aber ja«, versicherte ihm Chuck, »wenn ich es dir doch sage. Jetzt pass mal auf.«

Er hielt sich den Stein vors Gesicht und nahm den Kürbis ins Visier. Gleich darauf ließ Chuck enttäuscht die Mundwinkel hängen.

»Und?«, fragte Snigg. »Wie sehe ich aus?«

»Genau wie immer«, antwortete Chuck. »Also, das verstehe ich nicht.«

Prüfend hielt er sich den Stein vor das andere Auge. Er zwinkerte und schüttelte den Kopf.

»Das hat vorhin einwandfrei funktioniert«, brummte Chuck. »Ich habe es schließlich bei diesem Herrn gleich ausprobiert. Das hättest du sehen müssen. Der Waldgeist hat richtig blau geleuchtet.«

Snigg war ratlos. »Vielleicht wirkt dieser Zauber ja nicht bei Kürbissen. Kann ja sein.«

»Ja«, stimmte Chuck ihm zu, »vielleicht hast du recht. Dann probiere ich es eben bei Miss Plim aus. Das ist ohnehin viel lustiger. Bin gespannt, wie die aussieht, so ganz in blau, höhö.«

Flink schob er den Stein zurück in seine Tasche und klatschte in die Hände.

»Also«, fuhr Chuck fort, »wo waren wir stehengeblieben? Ach ja«, fiel es ihm ein, »richtig. Ich wollte gerade von Hohenweis erzählen. Weißt du, wir hatten da einen Stand auf dem Marktplatz …«

In diesem Moment ging die Haustür auf.

Mit wehender Schürze und in ihren viel zu großen Hausschlappen kam Plim über die Wiese gelaufen. In der Hand hielt sie ein kleines Messer. Fröhlich summend stoppte sie beim Gemüsebeet, säbelte ein Büschel Schnittlauch ab und machte sich anschließend gleich wieder auf den Rückweg.

Chuck holte seinen Stein hervor. »Äh, Miss Plim«, rief er, »schaut doch mal her.«

Doch Plim eilte weiter. »Keine Zeit«, antwortete sie, ohne sich umzudrehen. »Bin sehr beschäftigt.« Und mit einem Knall schlug sie die Tür hinter sich zu.

»Schade«, brummte Chuck und zog eine Schnute, »aber die entgeht mir nicht. Dann erwische ich sie eben beim nächsten Mal.«

Sprach's, lehnte sich an die Bohnenstangen und erzählte Snigg von seinen Tauschgeschäften.

Im Hexenhaus dampfte unterdessen der Kessel. Das Feuer flackerte im Kamin und ließ die Brühe blubbern, von der immer wieder dicke Blasen in die Luft stiegen. So wie es schien, war Miss Plim schon eine ganze Weile mit ihren Mixturen beschäftigt. Grünlicher Dampf erfüllte den Raum, und es roch nach Zwiebeln, dass ihr die Augen tränten. Allerdings: Ans Aufräumen hatte sie, seit ihrem Aufenthalt in Hohenweis, offensichtlich überhaupt nicht gedacht. Das war nicht zu übersehen. Die übliche Unordnung, die im Hexenhaus herrschte, war man ja gewohnt. Aber jetzt sah es in Plims Zauberreich förmlich danach aus, als wäre obendrein auch noch Nesselschaums Karren umgekippt. Und das mitten in der Küche.

Überall stapelte sich der Plunder, den Plim und Chuck aus Hohenweis mit nach Hause gebracht hatten. Kreuz und quer kullerten bemalte Blumentöpfe über den Boden. Es gab verbeulte Kuchenformen, wurmstichige Kistchen und zahlreichen anderen Krempel, den Chuck freudestrahlend in Empfang genommen hatte. Plim konnte in ihrer Hexenküche für gewöhnlich ohnehin kaum einen Schritt tun, ohne über irgendetwas zu stolpern. Aber jetzt benötigte sie beinahe eine Landkarte, um sich in ihrem Chaos zurechtzufinden. Balancierend und mit erhobenen Armen stieg sie über den Trödel. Sie kämpfte sich bis zum Kessel vor und rührte in der dampfenden Brühe. Neben ihren Füßen lag ein dickes Buch, zu dem sie sich immer wieder hinunterbeugte.

»Zwei Löffel geriebene Seifenklette«, murmelte Plim, während sie suchend ihre Unordnung überblickte. »Ja, wo habe ich die denn?«

Sie hob ihr Kleid, stieg hinüber zum Regal und griff nach einer rostigen Dose. Mit einem Ruck schraubte sie den Deckel ab und schnupperte.

»Bäh«, ekelte sie sich, »das ist ja übel. Riecht wie Hund bei Regenwetter. Soll ich das wirklich verwenden?«

Sie überlegte. Dann kehrte sie rasch zu ihrem Buch zurück und überflog noch einmal das Rezept.

Genau in diesem Augenblick ertönte aus dem Hintergrund ein Hicksen. Zu Beginn hörte es sich noch an, wie ein tropfender Wasserhahn. Doch dann wurde das Geräusch immer lauter. Plim biss die Zähne zusammen. Nach einer Weile hob sie den Kopf und wandte sich um.

»Könnt ihr vielleicht leise sein?«, knurrte sie. »Ich versuche, etwas zu lesen.«

Sie schaute zum Regal gleich neben dem Fenster, wo ein großes Einmachglas stand. Zwei dicke Kröten lungerten darin, die Miss Plim mit sagenhaft belämmerten Gesichtern anstarrten. Taddel und Mills, so waren ihre Namen, gehörten zweifellos zu jenen Zauberzutaten, von denen sich Miss Plim am liebsten schon vor Jahren getrennt hätte. Die beiden Taugenichtse hatten nichts als Flausen im Kopf und waren letztendlich zu überhaupt nichts zu gebrauchen. Vor allem aber konnte man sie nicht zum Kochen verwenden, soviel stand fest. Denn der Trank, in den man die zwei Kröten geworfen hätte, wäre gewiss ungenießbar und nutzlos geworden. Vorausgesetzt, die beiden Kröten hätten das Gebräu nicht bereits im Vorfeld selbst ausgetrunken. Das hätte nämlich passieren können.

Plim wäre heilfroh gewesen, wenn sie diese lästigen Plagegeister endlich losgeworden wäre. Aber das Regelwerk der Hexengilde sah nun einmal ganz klar vor, dass jede anständige Hexe ein paar Kröten in ihrer Küche haben musste. Da konnte man nichts machen. Das gehörte nun mal zum Beruf. Selbst wenn ihre Mutter und ihre alte Großmutter immer etwas anderes behaupteten.

Gereizt lugte sie zu den Kröten hinüber.

»Habt ihr zwei wieder die ganze Nacht gefeiert?«, fragte sie. »Hört sofort mit diesem albernen Gehickse auf. Ich muss mich konzentrieren.«

Die beiden Kröten sahen einander an.

»Wir machen ja gar nichts«, antwortete die dickere der beiden, gefolgt von einem lauten Hicksen.

»Ihr macht schon was«, knurrte Plim.

Taddel gähnte. »Was denn?«

»Ich weiß auch nicht, wovon sie spricht«, meinte Mills und hickste weiter.

Plim fuhr hoch. »Das nervt«, sagte sie entrüstet. »Den ganzen Tag faul herumliegen und nichts tun. Macht euch gefälligst nützlich. Ihr seid doch hier nicht in einer Ausnüchterungszelle.«

Taddel und Mills blickten sich verwundert um.

»Ach«, murmelte Mills, »sind wir nicht? Also, ich hätte schwören können, dass …«

Die beiden Kröten prusteten los und brachen in glucksendes Gelächter aus.

»Was für eine Frechheit«, schimpfte Plim und schlug mit dem Kochlöffel gegen den Kessel. »Aber euch wird das Lachen schon noch vergehen, wartet nur ab. Bei der nächsten Gelegenheit landet ihr im Topf. Und zwar mit all dem anderen Unrat, den ich hier finde.« Sie trat ans Regal und presste ihren Finger gegen das Glas. »Aus euch mache ich Warzentinktur«, sagte sie. »Oder noch besser: Hämorrhoiden-Salbe!«

Aber solche Drohungen beeindruckten die beiden Ladenhüter nicht im Ansatz. Das kannten Taddel und Mills schon zur Genüge. Munter ging der Schluckauf weiter.

Da ertönte auf einmal Chucks schrille Stimme.

»DIE POST IST DA«, schallte es aus dem Garten. »Gerade angekommen!«

Plim wandte sich um. »Oh, wie schön«, freute sie sich. »Da bin ich aber gespannt.«

Sie warf Taddel und Mills schnell noch einen grimmigen Blick zu und wedelte mit dem Löffel. »Mit euch unterhalte ich mich später. Passt nur auf«, sagte sie, »wir sprechen uns noch.«

Dann kletterte sie durch die Hexenküche. Sie ging in den Vorraum, in dem sich ihr Laden befand, und eilte nach draußen. Im Garten kam Chuck ihr entgegengesprungen.

»Es ist ein Brief«, rief er. »Der ist gerade aus der Rohrpost gefallen. Also, ich meine, aus dem hohlen Baumstamm dort hinten. Ihr wisst schon, die Wurzelrohrpost.«

»Natürlich«, antwortete Plim, »vielen Dank. Aber gib schnell her, ich bin neugierig.«

Chuck überreichte Plim den Umschlag. Ein ehrwürdiges Wappen prangte darauf. Dann wippte er aufgeregt auf seinem Stock hin und her.

»Ich hatte übrigens gerade Besuch«, verkündete er, »von einem sehr freundlichen Waldgeist. Genauer gesagt, von einem Vertreter.«

Plim fiel die Kinnlade runter. »Wie bitte?!«, rief sie entsetzt und sah sich nach allen Seiten um. »Wo ist dieser Kerl? Etwa noch irgendwo hier?« Sie tippte Chuck auf die Brust und zog die Augen zu zwei Schlitzen zusammen. »Gib es zu«, sagte sie misstrauisch, »hast du wieder etwas getauscht, hä? Etwa meine Kräuter?«

Die Vogelscheuche winkte ab. »Aber nein«, widersprach Chuck. »Ich habe mich nur ein wenig mit ihm unterhalten. Sehr nett, muss ich sagen. Ein ausgesprochen zuvorkommender Geselle. Wisst Ihr, seine Nichte … sie leidet übrigens auch unter chronischen Kopfschmerzen. Das ist ganz schlimm. Und da hat er mir doch glatt …«

Das war genug.

»Hab vielen Dank«, sagte Plim und drehte sich um, »aber ich muss jetzt leider wieder an die Arbeit. Du weißt ja, der Kessel ruft.« Sie lächelte kurz und winkte ihm zu. »Bis nachher.«

Mit diesen Worten machte sie sich aus dem Staub. Sie lief zum Haus zurück, schloss die Tür und ging in die vernebelte Hexenküche. Dort betrachtete sie den Umschlag.

»Vom Kesselverlag«, las Plim den Absender. »Merkwürdig, das ist doch der Verein, der den Zauberzirkel druckt. Was wollen die denn von mir? Bekomme ich vielleicht ein Gratisabonnement?«

Gespannt öffnete sie den Umschlag. Sie zog den Brief heraus, las die Zeilen und verharrte. Dann blickte sie verblüfft zu den beiden Kröten hinüber.

»Das werdet ihr mir nicht glauben«, sagte sie. »Die laden mich ein.«

»Wer lädt dich ein?«, fragte Taddel sichtlich unbeeindruckt.

»Die vom Kesselverlag«, antwortete Plim.

Aufgeregt trat sie zum Regal und hielt den Brief vor das Einmachglas.

»Seht her«, verkündete sie, »hier steht es schwarz auf weiß: Miss Plim … das bin ich … hat den ersten Preis im

Wettbewerb für Kräuterkunde gewonnen. Das ist ja nicht zu fassen«, rief sie. »Ich bin nach Hohenweis zur Preisverleihung eingeladen.«

Das schien die zwei dicken Kröten allerdings äußerst wenig zu interessieren.

»Und was heißt das jetzt?«, fragte Mills. »Dürfen wir da auch mitkommen?«

»Das würde euch so passen«, zischte Plim. »Aber das könnt ihr euch gleich aus dem Kopf schlagen. Ich bin doch nicht verrückt und trete dort mit euch auf. DAS WÄRE JA PEINLICH!«

Plim war völlig aus dem Häuschen. Überdreht zappelte sie umher und kaute auf ihrer Unterlippe. Dann aber nahm sie sich zusammen. Sie atmete einige Male tief durch und blickte ins Leere. In ihrem Kopf schossen die Gedanken umher.

»Das ist bestimmt eine tolle Veranstaltung«, murmelte sie. »Was ziehe ich denn da an?« Sie schaute zu den beiden Kröten und kratzte sich am Kopf. »Muss ich mich da etwa schön machen?«

Taddel und Mills sahen sich an und bliesen unschlüssig ihre Backen auf.

»Na ja«, kam es als Antwort, »keine Ahnung. Kannst es ja mal versuchen.«

Und ein Gelächter brach los, dass Taddel und Mills beinahe die Bäuche platzten. Johlend wälzten sich die Kröten in ihrem Glas und schnappten nach Luft. So einen Spaß hatten die beiden schon lange nicht mehr gehabt.

Ganz anders Miss Plim. Denn diese ging vor Wut beinahe an die Decke.

»DAS IST JA EINE FRECHHEIT!!!«, kreischte sie, dass man es bis in den Garten hinaus hören konnte. »Ihr obdachloses Ungeziefer, Haderlumpen, Saufkumpanen! Was glaubt ihr eigentlich? Ich werfe euch aus dem Fenster, und zwar in hohem Bogen.«

Aber es half alles nichts. Ihr Geschrei führte lediglich dazu, dass die beiden Kröten nur noch lauter lachten. Da zog Plim eindeutig den Kürzeren. Gegen Taddel und Mills war kein Kraut gewachsen.

Draußen, hoch über den Tannen, flatterte Primus unterdessen auf die Lichtung zu. Die Fledermaus hatte den Zylinder beinahe bis über die Nasenspitze gezogen, so grell schien die Sonne. Die Vögel zwitscherten in den Bäumen, und warm wehte der Wind von Süden.

Als Primus wenig später unter sich Plims Häuschen erkannte, ging er tiefer. Er breitete seine Flügel aus, setzte neben dem Kurbelbrunnen zur Landung an und stellte sich auf die Beine. Sofort sprang Chuck auf ihn zu.

»Seid gegrüßt«, rief die Vogelscheuche. »Das ist aber eine Überraschung. So viele Besucher heute. Sagt, wo habt Ihr denn Euren knöchrigen Freund gelassen? Ihr wisst schon, dieses gebildete Huhn?«

»Der sitzt zu Hause«, antwortete Primus. »Er stellt für seine Uhr einen Wartungsplan auf.«

»Einen was?«

»Einen Wartungsplan«, wiederholte Primus. »Mit amtlichem Zertifikat, Prüfsiegel und Unterschrift. Darin ist er Fachmann.«

Er hob den Kopf und blickte an Chuck vorbei zum Gemüsebeet. Dort entdeckte er Snigg. Dieser saß unter den Bohnenstangen und nickte. Bucklewhees Amtshandlungen waren ihm bestens bekannt.

»Ah, hier bist du«, rief Primus. »Jetzt ist mir alles klar. Das hätte ich mir aber auch denken können. Ich habe dich schon überall gesucht …«

Plötzlich verstummte er und spitzte die Ohren. Aus dem Inneren der Hexenküche konnte man immer noch Plims lautes Schimpfen hören.

»Was ist denn hier los?«, staunte er. »Ist da drinnen etwa der Kessel explodiert.«

»Nicht, dass ich wüsste«, entgegnete Chuck. »Alles völlig normal. Aber wartet.« Die Vogelscheuche sprang einen Schritt zurück. »Guckt doch mal her.«

Mit einem schnellen Handgriff zog Chuck den magischen Stein hervor und blickte durch das Loch genau in Primus' Gesicht. Allerdings ohne Erfolg.

»Schade«, brummte Chuck, »funktioniert nicht mehr.«

Er räusperte sich und grinste verlegen. Dann ließ er den Stein blitzschnell wieder in seiner Tasche verschwinden.

Primus starrte Chuck fragend an. Er hob den Hut und strich sich durch die Haare. Natürlich hatte er keine Ahnung, was Chuck da Seltsames trieb. Woher hätte er es auch wissen sollen? Aber ehrlich gesagt, im Moment interessierte es ihn auch nicht. Lieber wollte er sich um Miss Plim kümmern. Dem Radau nach zu urteilen, schien sie völlig aus dem Häuschen zu sein.

Er ging zum Eingang und klopfte an die Tür.

»Hallo, Plim!«, rief er. »Ich bin's.«

Er konnte hören, wie Miss Plim ein letztes Mal fauchte und etwas gegen den Kessel donnern ließ. Dann hörte das Toben auf.

»Komm herein«, schallte es. »Die Tür ist offen.«

Und er betrat das Haus.

Primus schritt durch den kleinen Verkaufsraum, wo Plim all ihre Spielwaren aufgestellt hatte. Anschließend zog er den Vorhang beiseite und betrat die Hexenküche. Dort stand Plim vor ihrem Kessel und rührte in der Mixtur. Sie hatte ihre silbrigblonden Haare zu zwei langen Zöpfen zusammengebunden, die ihr vorn über die Schultern hingen. Wie immer sah sie bezaubernd aus.

»Hallo«, murrte sie.

»Was war denn los?«, fragte Primus.

»Gar nichts«, antwortete sie. »Alles in Ordnung. Ich hatte lediglich eine Diskussion.«

»Das war nicht zu überhören«, entgegnete Primus. »Und ich kann mir sogar vorstellen, mit wem.«

Er blickte zum Regal, wo die beiden Kröten saßen. Taddel und Mills lümmelten grinsend in ihrem Einmachglas und winkten.

»Also, wir sind unschuldig«, summte Taddel.

»Völlig unschuldig«, bekräftigte Mills.

»Ruhe!«, rief Plim. »Von euch will ich nichts mehr hören. Mir brummt ohnehin schon der Schädel.«

Primus stand schweigend im Raum und ließ seinen Blick langsam durch die Hexenküche schweifen. Verwundert betrachtete er den Berg alten Plunders, der sich inmitten des Hauses türmte.

»Wie sieht es denn hier eigentlich aus?«, fragte er. »Wem gehört denn das ganze Zeug? Will da vielleicht jemand bei dir einziehen?«

»Nein«, entgegnete sie, »zum Glück nicht. Das würde mir gerade noch fehlen. Noch mehr garstige Untermieter, als ich ohnehin schon habe.« Sie deutete auf den Trödel. »Das hier sind meine neuen Errungenschaften. Die habe ich vom Markt in Hohenweis mitgebracht. Echte Schnäppchen sozusagen.«

Primus hielt einen verbeulten Spucknapf in die Höhe. »So etwas kaufst du dir?«

Sofort riss ihm Plim das Ding aus der Hand.

»Nein«, schimpfte sie, »tue ich nicht. Den ganzen Krempel hat der liebe Chuck erworben. Er ist nämlich neuerdings

Tauschhändler … mit regem Kundenkontakt. Ich habe dieses Bürschchen nur für kurze Zeit allein gelassen und schwupp … kaum komme ich zurück, hat er sich den halben Müll der Hauptstadt geholt.« Sie blickte Primus betrübt an. »Und seitdem steht das ganze Zeug bei mir in der Küche herum. Weißt du, er hat nämlich Sorge, dass der Ramsch draußen *nass* werden könnte.«

»Ah, so ist das«, sagte Primus. »Ich verstehe. Und was hat er da alles für Schätze bekommen?«

»Tja, schau sie dir doch an«, jammerte sie. »Lauter Schund. Da ist nichts dabei, was man gebrauchen kann.« Sie rührte grummelnd in ihrem Kessel. »Also, *ich* kann das zumindest nicht gebrauchen.«

Primus trat näher. Er streckte den Kopf vor und ließ seinen Blick interessiert über Chucks Einkäufe schweifen. Das meiste war allerdings tatsächlich nur Plunder, stellte er fest. Da hatte Plim völlig recht. Wofür brauchte die Vogelscheuche schon Lockenwickler? – fragte er sich. Und ein Ballettröckchen! Chuck hatte sich wirklich nur Trödel aufschwatzen lassen.

Doch da entdeckte er plötzlich ein altes Gemälde, das in einem reich verzierten Holzrahmen steckte.

Primus hielt inne. Er ging in die Knie und sah sich das Bild aus nächster Nähe an. Nach einer Weile wandte er sich an Plim.

»Was ist denn das?«, fragte er.

»Was denn?«

»Dieses Bild hier«, sagte er. »Was soll denn das sein?«

Plim legte den Kochlöffel beiseite. Dann beugte sie sich zu Primus hinunter.

»Na, ein Bild von einem Gartenhaus eben«, antwortete sie. »Das siehst du doch. Ein furchtbar kitschiges Gemälde, das ich mir nie und nimmer aufhängen würde.« Sie zuckte mit den Schultern. »Aber dem lieben Chuck kann man offenbar alles andrehen, was bunte Farben hat. Kein Wunder, dass er es mitgenommen hat.«

»So, so«, sagte Primus. »Aha.«

Dann trat er zum Fenster und betrachtete das Bild eingehend im Sonnenlicht. Gedankenversunken biss er sich auf die Lippen.

Auf den ersten Blick handelte es sich um ein gewöhnliches Ölgemälde, bestenfalls zwei Fußlängen groß. Eine Jahreszahl war, auch bei genauerem Hinsehen, nicht zu erkennen. Ja, selbst eine Signatur konnte Primus nirgendwo finden. Aber eines stand fest. Die nachgedunkelten Farben wiesen eindeutig darauf hin, dass dieses Bild nicht innerhalb der letzten Jahre erschaffen worden war. Nein, dafür war die Oberfläche der Leinwand viel zu dunkel und teilweise rissig. Das Bild musste ein Alter von gut und gerne einhundert Jahren besitzen, womöglich sogar von zweihundert Jahren. Genau konnte Primus es nicht sagen.

Aber da gab es noch andere Merkmale, die ihn beschäftigten. Das Bild steckte in einem geschnitzten Holzrahmen, der mit allerlei wunderlichen Knospen und fremdartigen Blättern verziert war. Alles schien fein säuberlich aus dem Holz herausgearbeitet worden zu sein, und zwar bis ins letzte Detail. Primus überlegte, ob möglicherweise der Rahmen das Kunstwerk darstellen sollte und nicht das Bild. Denn im Vergleich dazu war die Malerei eher gewöhnlich und nahezu anfängerhaft ausgeführt.

Das Motiv zeigte ein hölzernes Gartenhaus, das inmitten einer Waldlichtung stand. Ein merkwürdiger Schornstein ragte hinter dem Schuppen hervor, der offensichtlich Teil eines Gerätes zu sein schien.

Nachdenklich strich sich Primus über das Kinn. Was mochte das sein, das dort hinter der Hütte stand? – rätselte er. War das möglicherweise ein Ofen? Sehr unwahrscheinlich. Denn warum sollte sich jemand einen Ofen in den Garten stellen? Der gehörte, wenn dann, in die Hütte hinein und nicht nach draußen.

Nein, dachte Primus, das war kein Ofen. Das musste eine Maschine sein. Ein alchemistischer Kessel für Experimente oder ähnliche Zwecke. Leider war die Apparatur von den Holzwänden der Hütte verdeckt, sodass Primus nahezu nichts erkennen konnte. Aber ein Handrad war immerhin deutlich zu sehen.

Wozu brauchte man wohl so ein Ding? Das alles erschien ihm doch äußerst merkwürdig. Vor allem aber gab ihm die Hütte zu denken.

Das Gartenhaus war mit einem spitzen Dach aus lehmroten Brettern versehen. Und ein weiteres Dach erkannte Primus im Hintergrund, weit hinter den Bäumen. Und genau jenes *andere* Dach war es, das Primus von Anfang an stutzig gemacht hatte.

Plim kam herüber. Sie stellte sich neben ihn und sah Primus fragend an.

»Was ist denn mit dem Bild?«, wollte sie wissen. »Findest du das etwa schön? Jetzt erzähl mir bloß nicht, dass dir so eine Pinselei gefällt.« Sie schüttelte den Kopf.

Dann aber spitzte sie schnell die Lippen und überlegte es sich anders.

»Äh, ich meine, wir zwei könnten vielleicht ins Geschäft kommen«, säuselte sie verlockend. »Das Bild passt bestimmt gut in deine Dachkammer, findest du nicht?« Sie schlug Primus auf die Schulter und deutete auf das Bild. »Jetzt hör mir mal zu«, rief sie, »ich mache dir einen echten Spitzenpreis. Zehn Silberlinge für dieses Bild. Weil heute Sonntag ist. Was sagst du dazu?«

Primus sah sich das Bild weiter an.

»Heute ist Mittwoch«, murmelte er.

»Na und?«, jaulte sie. »Dann ist eben Mittwoch. Du alter Besserwisser.«

Doch Primus ließ sich nicht ablenken. Er starrte weiter auf das Gemälde und summte leise vor sich hin.

»Irgendetwas stimmt hier nicht«, sagte er.

Das sah Plim aber anders.

»Wieso?«, fragte sie. »Was soll denn hier nicht stimmen? Das ist ein Spitzengemälde zu einem Spitzenpreis. Billiger kriegst du es nicht.«

Primus deutete auf die kleine Hütte, die im Wald zu sehen war. »Wo steht dieses Häuschen?«

»Also, du stellst vielleicht Fragen«, antwortete sie. »Das weiß ich doch nicht. Irgendwo im Finsterwald wahrscheinlich. Wo gibt es sonst so knorrige Bäume?«

»Tja«, sagte Primus, »das möchte man meinen, nicht wahr? Irgendwo im Finsterwald.« Er blickte zu ihr und sah Plim scharf an. »Aber das tut es nicht.«

»Wie bitte?«, rief sie. »Was soll denn das schon wieder heißen?«

»Das soll heißen«, antwortete er, »dass dieses Häuschen nicht im Finsterwald steht.«

Plim verschränkte die Arme. »Jetzt tu bitte nicht so, als würdest du den ganzen Finsterwald kennen. Der ist schließlich riesengroß. Und jeden einzelnen Fleck kennst auch du mit Sicherheit nicht.«

»Ja, das stimmt«, gab Primus zu. »Aber ich kenne die Stelle, die dieses Bild hier zeigt. Und dort steht dieses Haus ganz gewiss nicht.«

Er strich über das Bild und verwies auf das spitze Dach, das im Hintergrund über die Baumwipfel ragte.

»Das dort hinten ist nämlich der Kirchturm von Klettenheim«, erklärte er. »Und in dieser Gegend kenne ich mich bestens aus. Da fliege ich jede Woche mindestens einmal vorbei, wenn es frischen Kuchen gibt.«

Plim schwieg. Überrascht sah sie Primus an.

Seine Augen leuchteten.

»Und ich kann dir noch etwas sagen«, fuhr er mit einem breiten Grinsen fort. »Ich weiß auch ganz genau, *wo* diese Lichtung liegt. Die befindet sich unweit von der Stelle, an der der Distelpfad im Norden aus dem Wald herausführt. Nur einige Schritte ins Dickicht hinein und schon ist man da.« Er schnippte mit den Fingern. »Und auf dieser Lichtung«, bekräftigte er, »steht keine Hütte.«

Nun herrschte Stille.

Primus und Plim standen regungslos vor dem Fenster, und nur das Knistern des Feuers erfüllte den Raum. Nach einer Weile gab Plim ein Brummen von sich.

»Du meinst also, dass dieses Gartenhaus gar nicht existiert?«, fragte sie.

»Nein«, antwortete er, »tut es nicht.«

»Das ist aber seltsam.«

»Finde ich auch«, bestätigte Primus.

»Und du bist dir sicher?«

»Ja«, sagte er, »vollkommen sicher.«

Sie wippte vorsichtig mit dem Kopf und schaute dann wieder auf das Bild. Eine Möglichkeit gab es allerdings, kam es ihr in den Sinn. Und das war gar nicht so abwegig.

»Vielleicht hatte ja jemand vor, dieses Häuschen dort zu *bauen*«, sagte sie. »Das wäre doch möglich, oder? Dann ist das einfach ein Bild von einer Hütte, die irgendwann noch hätte errichtet werden sollen. Und genau an dieser Stelle hätte sie stehen sollen.«

»Ja«, sagte Primus, »daran habe ich auch schon gedacht. Aber schau doch mal hin. Das Häuschen auf dem Gemälde ist doch schon ziemlich verwittert, findest du nicht? Es ist dunkel und alt, als hätte es schon eine lange Zeit im Wald gestanden. Das passt irgendwie nicht zusammen. Keiner hat vor, sich eine so alte Hütte zu bauen.«

»Gut«, stimmte sie ihm zu, »das wäre in der Tat sehr eigenartig.«

Dann ging sie plötzlich ganz nah an das Gemälde heran und hielt die Luft an.

»Was ist eigentlich *das*?«, fragte sie.

»Was meinst du?«

»Na, das hier hinten, gleich vor dem Waldrand. Sag mal, steht da etwa jemand?«

Primus stierte auf das Bild. »Du hast recht«, sprudelte es aus ihm heraus, »da ist eine Person abgebildet. Du meine Güte«, rief er, »das ist mir bisher überhaupt nicht aufgefallen. Ich habe mich die ganze Zeit auf das Haus konzentriert.«

Ausgiebig musterte Primus die Stelle, wo der Mensch zu sehen war.

»Und was ist das dort *neben* der Person?«, fragte er. »Ist das etwa ein Schild?«

»Das weiß ich auch nicht«, antwortete Plim. »Sieht aus wie ein kleines Gerüst. Vielleicht ist es ja ein Kleiderständer zum Wäschetrocknen.«

Bei diesem Vorschlag musste sie unweigerlich an Chuck die Vogelscheuche denken. Ein ähnliches Gestell hatte sie schließlich auch in ihrem Garten stehen.

Plim kicherte hinter vorgehaltener Hand. Dann richtete sie ihren Blick gleich wieder auf die rätselhafte Person, die neben dem Objekt stand.

»Was meinst du?«, fragte sie. »Könnte das vielleicht der Besitzer von dem Häuschen sein?«

»Das wäre gut möglich«, überlegte Primus. »Warum nicht?«

»Aber was macht der da hinten am Waldrand?« Sie hob die Schultern. »Warum steht der da so seltsam unter den Bäumen herum?«

»Tja«, schnaufte Primus, »das ist mir auch unklar. Er hebt auf jeden Fall seinen Arm. Und es scheint, als würde er etwas in der Hand halten. Aber was das ist, das kann ich wirklich nicht erkennen.«

Plim ging es ähnlich.

»Keine Ahnung, was dieser Kerl dort treibt«, sagte sie. »Vielleicht hat er ja auch lästige Waldgeister bei sich im Garten und hält eifrig Wache. Es würde mich auf jeden Fall nicht wundern. Oder vielleicht sammelt er ja einfach nur Feuerholz für seinen Ofen.« Sie warf Primus einen ungläubigen Blick zu. »Nun, wofür sollte dieser riesige Schornstein denn sonst gut sein?«

»Richtig«, murmelte Primus, »der Schornstein. Über den habe ich mir auch schon Gedanken gemacht. Denn ich glaube nicht, dass das ein gewöhnlicher Ofen ist, den wir dort sehen. Das muss irgendein anderes Gerät sein. Da ist nämlich ein Handrad dran.«

»Oh«, sagte Plim, »stimmt. Hier drüben ist es. Das meinst du, nicht wahr?!«

»Genau«, bestätigte er. »Damit kann man irgendetwas einstellen. Vielleicht Dampf oder so ähnlich. Zu schade, dass man nicht mehr von diesem Apparat erkennen kann. Das Ding hätte mich brennend interessiert. Irgendetwas hat dieser Kerl damit gemacht, soviel steht fest.« Er sah Plim durchdringend an und zuckte mit den Augenbrauen. »Fragt sich bloß, was?«

Daraufhin standen beide da und schwiegen. Dass dieses kleine Bild so viele Fragen aufwerfen würde, damit hatten sie nicht gerechnet. Es dauerte eine Weile, bis sich Plim wieder zu Wort meldete.

»Und du meinst, dass auch diese Maschine nicht mehr an der Stelle steht, wo sie abgebildet ist? Bist du dir da absolut sicher?«

»Auf jeden Fall«, nickte er. »Ich fliege doch nicht jahrelang an so einem auffälligen Utensil vorbei und merke es nicht. Das Ding ist genauso wenig vorhanden wie auch das Haus.« Er zeigte auf die Person unter den Bäumen. »Und wenn du es genau wissen willst: Dieser Kerl steht auch nicht mehr dort herum.«

Plim lachte. »Ach, du täuschst dich bestimmt«, entgegnete sie. »Das Häuschen ist vielleicht einfach nur eingestürzt, und über die Jahre ist Moos darüber gewachsen. Du hast es lediglich übersehen. Ich könnte mir vorstellen, dass da bestimmt noch etwas übrig ist.«

Bei diesem Gedanken ging ein Zucken durch ihren Körper. Plim hatte Lunte gerochen.

»Du«, sagte sie und riss die Augen auf, »vielleicht gibt es da ja noch etwas zu holen? Irgendetwas, das man gebrauchen kann.« Sie schnappte sich ihre Handtasche und zappelte aufgeregt hin und her. »Das sehen wir uns an«, freute sie sich. »Wenn im Wald ein Haus zusammenfällt, dann liegen da bestimmt noch tolle Sachen herum. Sachen, die man einfach so mitnehmen kann.«

»Wäre denkbar«, gab Primus zu. »Aber die liegen im Zweifelsfall nicht nur im Wald herum. Die stecken offenbar überall in der Gegend.« Er strich sich über die Wangen und blickte zum Fenster hinaus. »Die gibt es sogar bei mir vor dem Turm?«

»Vor dem Turm?«

»Ja«, sagte Primus, »mitten in der Landschaft. Da bin ich gestern nämlich über ein altes Holzspielzeug gestolpert. Aus heiterem Himmel, einfach so. Das steckte bis obenhin in der Erde.«

»Ist nicht wahr?«

»Doch«, sagte er, »ein fremdartiges Steckenpferd. Ein ganz seltsames Vieh, das mir noch nie unter die Augen gekommen ist. Es sieht für mich aus wie ein Tier, das im Wasser lebt. Und ich habe keine Ahnung, wie das Stück dorthin gelangt ist«, sagte er. »Hier passieren zurzeit merkwürdige Dinge.«

Dann legte Primus das Bild beiseite.

»Also gut«, meinte er, »worauf warten wir noch? Sehen wir uns die Stelle doch einmal an.«

Plim klatschte in die Hände. »Natürlich«, sagte sie, »das machen wir. Wo, sagtest du, ist die Lichtung? Wie weit müssen wir laufen?«

»Laufen?« Primus streckte den Kopf vor. »Ja, höre ich recht? Du willst doch nicht etwa zu Fuß gehen?«

»Aber sicher doch«, erwiderte sie.

Primus bekam rote Backen. »Nichts da«, sagte er. »Zu Fuß durch den Wald? Weißt du, wie lange wir da brauchen? Wir fliegen. Das geht wesentlich schneller.«

Aber da war Plim anderer Meinung.

»Nein, mein Lieber«, entgegnete sie. »Wie stellst du dir das vor? Das ist sehr schlecht fürs Geschäft. Ich fliege doch nicht am helllichten Tag auf meinem Besen an Klettenheim vorbei und verkaufe den Leuten anschließend Kinderspielzeug.«

»Ach, jetzt stell dich bloß nicht wieder so an.« Er stemmte die Arme in die Seiten. »Dich sieht schon niemand. Wir kommen schließlich von der anderen Seite angeflogen. Das merken die in Klettenheim gar nicht.«

»Wirklich nicht?«

»Wirklich nicht«, versicherte Primus.

»Also gut«, willigte Plim ein, »ausnahmsweise. Ich muss mich nur noch schnell umziehen.«

Das hatte gerade noch gefehlt.

»Wie, umziehen?«, schnaufte Primus. »Dauert das etwa länger?«

Sie zeigte an sich herunter.

»Ja, glaubst du vielleicht, ich laufe mit der Küchenschürze im Wald herum? Das kannst du vergessen. Was sollen denn meine Kunden von mir denken?«

»Genau«, jammerte Primus, »als würde es im Finsterwald Kunden von dir geben.«

»Doch, doch«, entgegnete sie, »jede Menge. So, und jetzt raus mit dir.« Plim wedelte mit den Händen. »Husch, husch«, rief sie, »warte draußen. Ich komme gleich.«

Sie packte Primus bei den Schultern und schob ihn zum Ausgang. Mit einem Knall schloss sie die Tür. Dann begann sie, in ihren Sachen zu wühlen.

Es dauerte beinahe eine halbe Stunde, bis Miss Plim wieder zum Vorschein kam. In der einen Hand hielt sie ihren Rennbesen und in der anderen ihre Handtasche. Primus stand währenddessen mit Snigg und Chuck unter den Bohnenstangen und erzählte ihnen von Bucklewhees neuestem Uhr-Manöver. Als Plim über die Wiese spaziert kam, sah Primus sie verwundert an. Sie hatte ihr Jäckchen mit Pelzkragen übergezogen und trug die Haare offen. Ansonsten merkte er keinen großen Unterschied.

»Du siehst ja genauso aus, wie vorher«, sagte er. »Was hat denn da so lange gedauert?«

»Entschuldige mal«, trällerte sie. »Man wird sich doch noch schminken dürfen. Hier, halt mal.«

Sie drückte ihm ihre Handtasche in die Hände und stellte den Pelzkragen auf. Dann schnappte sie sich ihren Besen. Es war ein wirklich fortschrittliches Gerät, mit Fahrradlenker, Hupe, Motor und einem dicken Auspuffrohr. An einem der

Griffe baumelte eine Pilotenmütze und am anderen eine alte Rennfahrerbrille.

Plim ging in Position. Sie stellte die Tasche auf den Lenker und machte sich abflugbereit.

»Du weißt, wo es langgeht?«, fragte sie, während sie die Mütze überzog und die Brille aufsetzte.

»Klar«, antwortete Primus, »ist ganz leicht zu finden.«

Mit diesen Worten nahm er die Gestalt der Fledermaus an und schwang sich in die Luft. Er flatterte nach vorn zum Lenker, wo er sich auf Plims Handtasche setzte.

»Du fliegst einfach nach Westen«, sagte er, »bis wir zu der Stelle kommen, an der der Kräutersteig auf den Distelpfad trifft. Kurz danach setzt du zur Landung an. Den Rest gehen wir von mir aus zu Fuß.«

»Gut«, rief Plim und warf den Motor an, »dann sehen wir einmal nach, was von dem Häuschen noch übrig ist.«

Sie grinste hinter ihrer Rennfahrerbrille hervor und drückte die Hupe. Dann schossen die beiden mit rauchendem Auspuff aus der Lichtung.

Ein leises Flüstern

Wie ein dunkler Teppich breitete sich der Finsterwald unter Primus und Plim aus, als sie über die Bäume flogen. Verwachsen zeigte sich das Geäst im Licht der Nachmittagssonne, und gar undurchdringlich wirkte die Decke aus tiefgrünem Laub. Vom darunterliegenden Waldboden war aus der Luft nicht mehr das Geringste zu erkennen. Die Zweige wuchsen dicht an dicht, und nur an einer kaum merkbaren Vertiefung zwischen den Wipfeln ließ sich erahnen, wo unterhalb der Baumkronen der Kräutersteig langführte.

Es war ein denkwürdiges Bild, das der Finsterwald darbot. Beinahe wirkte sein Aussehen verdächtig und rätselhaft zugleich. Denn mit seinem dichten Blattwerk erschien es, als wollte der gespenstische Wald etwas vor den Blicken anderer verbergen. Als würde er sich schützend in ein Gewirr aus Ästen und Zweigen hüllen. Und als würde er mit allen Mitteln versuchen, seine Geheimnisse zu hüten.

Mit knatterndem Motor schoss der Rennbesen durch die Luft. Plim hatte ihren Kopf fast bis unter die Schultern gezogen und kauerte schniefend und mit tropfender Nase über dem Lenker. Trotz des strahlend blauen Himmels und des prallen Sonnenscheins war der Fahrtwind zu dieser Jahreszeit noch immer bitterkalt. Und von den frühlingshaften Temperaturen, die vor Kurzem noch in Plims Garten geherrscht hatten, konnte bei voller Fahrt wahrlich nicht die

Rede sein. Zum Glück hatte sie ihre warme Jacke angezogen, stellte Plim mit Erleichterung fest, und nicht eines ihrer adretten Sommerkleidchen. Das wäre bei dieser Kälte wirklich eine Katastrophe gewesen. Selbst Primus hingen kleine Eiszapfen von der Nase, während er stocksteif auf Plims geliebter Handtasche saß. Mit flatterndem Zylinder klammerte sich die Fledermaus am Tragegriff der Tasche fest und spähte nach unten zu den Bäumen. Nicht mehr lange, so schätzte Primus, dann mussten sie den Distelpfad erreicht haben.

Fröstelnd blickte Plim über die Landschaft. Der Rennbesen unter ihr rumorte und stieß dicke Rauchwolken aus. Schließlich beugte sie sich zu Primus vor.

»Wann sind wir denn endlich da?«, schrie sie der Fledermaus ins Ohr, dass Primus vor Schreck beinahe vom Lenker gefallen wäre. »Mir ist kalt, brrrr.«

Benommen rieb er sich den Kopf. Er hielt seinen Zylinder fest und deutete geradeaus.

»Wir haben es gleich geschafft«, rief er gegen den Fahrtwind. »Es ist nicht mehr weit.«

»Was???« Beim Lärm des Besens konnte sie ihr eigenes Wort nicht verstehen.

Primus drehte sich um.

»Nur noch ein kleines Stück«, sagte er. »Da vorn kommt gleich der Wegweiser. Da musst du abbiegen.«

»Wo, zum Hexenkessel, siehst du denn hier einen Wegweiser?« Sie wischte über die beschlagenen Gläser der Rennfahrerbrille und blickte ungläubig umher. »Hier gibt es doch nichts weiter als Bäume.«

Aber genau in diesem Moment hatten sie die Stelle auch schon erreicht.

»Halt«, rief Primus und wedelte mit dem Flügel. »Stopp! Hier ist die Kreuzung.«

Plim legte eine Vollbremsung ein. Dabei wurde sie so fest über den Lenker gedrückt, dass ihr fast die Augen hinter der Brille hervorquollen. Schlenkernd kam der Besen zum Stillstand.

»Hör mal«, sagte sie, während sie den Besen in der Luft zu halten versuchte, »wovon redest du eigentlich? Hier ist weder eine Kreuzung, noch gibt es hier oben irgendwo einen Wegweiser.«

»Doch, doch«, entgegnete Primus, »den kann man bloß nicht sehen.«

»Wie?«, fragte sie. »Was soll denn das heißen?«

»Der Wegweiser ist genau unter uns«, erklärte er. »Dasselbe gilt auch für den Distelpfad. Ich weiß schon, wo wir sind. Jetzt müssen wir nach rechts.«

»Wenn du meinst.«

Plim steuerte den Besen um die Kurve und flog ein kleines Stück geradeaus.

»Hier entlang?«

»Ja, genau«, bestätigte er. »Wir müssten die Lichtung ohnehin schon bald erkennen. Die liegt irgendwo auf der rechten Seite. Sie ist nicht zu übersehen.«

»Alles klar«, rief Plim. »Du sagst mir einfach, wo es langgeht.«

Mit diesen Worten ließ sie den Motor aufheulen.

Zielstrebig flitzten die zwei weiter in Richtung Norden. Plim saß gebückt über dem Lenker und heizte den Rennbesen an. Rauf und runter ging die Fahrt. Im Eiltempo schoss sie über die Bäume hinweg und anschließend immer der Nase lang. Nach wenigen Minuten tauchte Klettenheim in der Ferne auf.

»Da drüben!«, rief Primus. »Da drüben ist schon der Kirchturm.«

»Ich sehe ihn«, nickte Plim.

»Bleib immer genau über der Vertiefung zwischen den Bäumen«, sagte Primus, »und sieh zu, dass du bei der nächsten Gelegenheit irgendwo landen kannst. Das letzte Stück gehen wir zu Fuß.«

»In Ordnung«, rief Plim, »kein Problem. Aber das mit dem Landen machen wir am besten gleich. Nicht, dass mich die Klettenheimer doch noch sehen. Das wäre ungünstig. Die kaufen sonst nie wieder bei mir ein.«

Sie flog ein ganzes Stück tiefer und beäugte die Baumwipfel.

»Ich glaube, da drüben ist eine passende Stelle«, schrie sie. »Was meinst du? Die Lücke zwischen den Bäumen sieht doch gut aus, oder?«

Primus reckte seinen Hals. »Ganz schön eng. Kommst du da mit deinem Besen auch durch?«

»Klar.« Sie winkte ab. »Ich bin schließlich Profi. Halte dich aber trotzdem gut fest … äh … ich meine, halte meine Handtasche gut fest. Wehe, die fällt herunter. Da sind ganz wichtige Sachen drin.«

Dann steuerte Plim auf die Baumkronen zu. Eine Wolke aus Blättern stieg in die Luft, als der Rennbesen in das Laubwerk eintauchte. Es raschelte und knisterte, Krähen schreckten auf, und bedrohlich nah rückten die Stämme heran. Doch Plim war bestens in Form. Sie duckte sich, flog geschickt unter den Ästen hindurch und ging im Spiralflug Stück für Stück tiefer. Schließlich setzte sie, ohne Kratzer oder gar Laufmaschen, am Waldboden auf. Die erste Etappe der Reise wäre geschafft.

Ein wenig erschöpft zog sie ihre Rennfahrerbrille ab. Sie zwinkerte und blickte sich nach allen Seiten um. Etwas beklemmend war es hier unten, stellte sie fest, und nur spärlich blinzelte die Sonne durch das Geäst. Aber dennoch. Primus hatte mit seiner Einschätzung goldrichtig gelegen. Genau vor ihren Füßen befand sich der Distelpfad. Verwachsen und von Büschen eingekeilt führte der Weg durch das Halbdunkel des Waldes.

Primus flatterte vom Lenker. Er nahm seine menschliche Gestalt an und stellte sich auf die Beine.

»Ausgezeichnet«, sagte er, »das hat doch schon einmal prima geklappt.«

»Aber selbstverständlich«, erwiderte Plim. »Hast du vielleicht etwas anderes erwartet? Das war echte Maßarbeit.«

Sie stieg vom Besen und rieb sich die Arme.

»Puh«, schnaufte sie, »zum Glück ist es hier unten warm. Noch ein Stück weiter, und ich wäre erfroren.« Neugierig spähte sie an Primus vorbei. »Und? Wo müssen wir jetzt hin?«, fragte sie.

»Dort entlang«, antwortete er. »In diese Richtung und dann quer durch die Büsche.«

»Also gut«, sagte sie, »ich bin gespannt. Sehen wir uns das Häuschen einmal an.«

»Das ist nicht da«, wiederholte Primus, während sie gemeinsam über den Distelpfad gingen.

»Glaube ich nicht.«

»Wirst du schon sehen.«

»Ach was …«

Und sie liefen los.

Als zäh und beschwerlich entpuppte sich schon bald der Weg, und nur langsam kamen Primus und Plim im Finsterwald vorwärts. Im Schein des schwachen Lichts tappten sie über den Distelpfad, der vor lauter Wurzeln und Gestrüpp an manchen Stellen kaum mehr zu erkennen war. Unheimlich war es zwischen den Bäumen, gespenstisch und finster. Und von einem gemütlichen Waldspaziergang konnte wahrhaftig nicht die Rede sein.

Mit Plims Besen auf der Schulter schritt Primus voran. Üblicherweise legte er die Strecke durch den Finsterwald in Gestalt der Fledermaus und im Flug zurück. Das ging ruckzuck, und das hätte er nach all den Jahren sogar im Halbschlaf geschafft. Aber jetzt, und mit Miss Plim in Begleitung, war das plötzlich alles anders. Primus konnte sich überhaupt nicht mehr daran erinnern, wann er das letzte Mal zu Fuß auf dem Distelpfad unterwegs gewesen war. Kein Wunder, dass sich alle Leute von hier fernhielten. Dieser Weg war halsbrecherisch. Überall lauerten störrische Äste, Ranken überspannten den Weg, und ausgerechnet dort, wo Primus und Plim vielleicht ein wenig schneller hätten vorankommen können, wuchsen ganze Horden von Staubpilzen. Die beiden mussten sich gehörig konzentrieren, um nicht zu stürzen oder versehentlich auf einen der gefürchteten Pilze zu treten. Das hätte ihnen gerade noch gefehlt. Die dicken Knollen explodierten schon bei der geringsten Berührung und verabreichten einen so übelriechenden Gestank, dass man sich anschließend für Tage nirgendwo mehr blicken lassen konnte.

Angeekelt wischte sich Plim die Spinnweben aus dem Gesicht. »Pfui, bäh«, schimpfte sie und spuckte aus. »Da hätte ich mich wirklich nicht schminken müssen. Dieses Zeug klebt wie Baumharz.«

Sie verscheuchte eine Gruppe laufender Grasbüschel, die ihr vor die Füße liefen, und schüttelte sich die Tannennadeln vom Kopf.

»Du, was ist jetzt?«, fragte sie ungeduldig. »Ist es noch weit?«

»Nein«, antwortete Primus, »wir sind gleich da. Wir müssen nur noch da vorn durch das Gestrüpp.«

»Durch dieses Gestrüpp?!« Plim war entsetzt. »Da reiße ich mir ja alles kaputt.«

»Das schaffen wir schon«, entgegnete Primus. »Viel schlimmer, als hier auf dem Weg, ist es auch nicht. Bleib einfach immer dicht hinter mir. Dann passiert dir nichts.«

Er verließ den Pfad, stieg zwischen die Sträucher und drückte die Äste beiseite.

»Komm«, sagte er, »hier geht's lang.«

»Meinetwegen«, brummte Plim, »aber nur unter Protest.«

Sie hob ihren Rock, zog den Kopf ein und kletterte hinter Primus durch das Unterholz.

Raschelnd bahnten sich die beiden den Weg. Der Boden war weich. Es wimmelte von Schnecken und Würmern, und das dichte Laub raubte ihnen fast gänzlich die Sicht. Es war nicht gerade das, was sich Plim unter einem sonnigen Ausflug vorgestellt hatte.

»Pass auf, dass du nicht ausrutschst«, sagte Primus. »Hier ist es glibberig.«

»Na prima«, winselte Plim, »da hast du dir ja eine wirklich bezaubernde Strecke ausgesucht. Überall Ungeziefer, Spinnen und Käfer. Ich komme mir vor wie in einem Komposthaufen.« Sie verzog das Gesicht. »Uaaahhh«, schlotterte sie, wobei sie sich die Nase zuhielt. »Und das riecht auch genauso. Müssen wir wirklich hier entlang?«

»Nur noch ein paar Schritte«, sagte Primus. »Es ist gleich vorbei.«

Mit diesen Worten stemmte er sich rücklings gegen die Äste. Er richtete sich auf und zwängte das Gestrüpp auseinander. Schlagartig wurde es hell. Ein Schwall aus gleißendem Tageslicht hüllte die beiden ein, und angenehm kühl wehte ihnen die Waldluft entgegen.

Plim schloss die Augen. Geblendet hielt sie sich die Hand vors Gesicht, während sie hinter Primus aus dem Dickicht stolperte. Dann blieben die beiden stehen. Sie hatten die Lichtung erreicht.

Schweigend stand Plim im Gras. Sie ließ ihren Blick über die kleine Waldlichtung schweifen, die heimelig vor ihnen im Sonnenschein lag. Wer hätte das gedacht? – ging es ihr durch den Kopf. Es schien exakt dieselbe Lichtung zu sein, wie sie auch auf dem Gemälde zu sehen war. Eine buschige Wiese bildete das Zentrum, die außen herum mit hohen Gräsern und zahlreichen Kornblumen umrandet wurde. Grillen zirpten, Vogelgezwitscher drang an Plims Ohren, und aus der Ferne konnte sie das Bimmeln der Klettenheimer Kirchturmglocken hören.

Dieses Detail war auch Primus nicht entgangen.

»Dort hinten ist er«, sagte Primus, wobei er zu den Baumwipfeln deutete. »Da drüben sieht man den Kirchturm von Klettenheim. Toll, nicht wahr? Alles ist genau wie auf dem Gemälde.« Er zuckte mit den Schultern. »Jetzt fehlt nur noch das Gartenhäuschen«, sagte er. »Ansonsten ist alles gleich.«

Plim war überwältigt.

»Woher hast du denn gewusst, dass hier eine Lichtung ist?«, fragte sie. »Die hätte ich vor lauter Wildwuchs nie und nimmer gesehen. Die kann man ja eigentlich gar nicht finden.«

»Oh, doch«, beharrte Primus. »Wenn man fliegt und von ein bisschen weiter oben guckt, dann entgeht sie einem nicht. Da waren lediglich ein paar Büsche im Weg. Weißt du, im Winter, wenn die Blätter weg sind, kannst du die Lichtung eigentlich gar nicht übersehen. Da fällt sie einem schon von Weitem auf.«

Sie nickte.

Aber Primus war noch nicht fertig.

»Wir stehen hier übrigens auch fast an derselben Stelle«, sagte er.

»An welcher Stelle?«

»Ja, eben an der, an welcher auch der Maler gestanden haben muss. Derjenige, der vor langer Zeit das Bild gepinselt hat.«

»Ach, der.«

»Ja«, bekräftigte er. »Genau den meine ich. Komm mal mit.«

Schnell liefen die beiden am Rand der Lichtung entlang. Primus schaute geradeaus und orientierte sich immerzu am Kirchturm, der in einiger Entfernung über den Bäumen zu sehen war. Schließlich blieb er stehen.

»Hier«, sagte er und deutete vor sich ins Gras. »Hier muss der Kerl sich hingestellt haben. Schau mal, das ist genau der gleiche Blick. Exakt, wie auf dem Bild.«

Plim trat neben ihn.

»Ja«, hauchte sie, wobei sie auf den Kirchturm schaute, »da könntest du recht haben.«

»Und der andere Kerl«, fuhr Primus fort, »du weißt schon, diese seltsame Gestalt neben dem Schild, oder was das komische Ding auch immer darstellen soll. Der hat da hinten gestanden. Da, bei den zwei riesigen Bäumen.«

Auch dagegen war nichts einzuwenden. Plim stimmte ihm zu. Jeglicher Zweifel schien ausgeräumt. Dies hier musste eindeutig dieselbe Lichtung sein, die auf dem Gemälde abgebildet war. Alles war, wie auf dem Bild. Die Bäume, die Büsche, einfach alles. Alles, bis auf eine einzige Kleinigkeit: Das Häuschen fehlte.

Plim machte sich auf. Neugierig ging sie über die Wiese und betrachtete den Boden. In der Mitte der Lichtung, wo das kleine Gartenhaus eigentlich hätte stehen sollen, war das Gras seltsam weich und ungewöhnlich flauschig. Anders, als im Bereich kurz vor den Bäumen. Dort wuchsen Gräser. Doch von einer Hütte oder den Resten einer Hütte war nicht das Geringste zu sehen.

Nach einer Weile wandte Plim sich um.

»Hier ist keine Hütte«, sagte sie und schaute Primus verwundert an. »Nicht die Bohne.«

»Ach, tatsächlich«, brummte er. »Gut, dass du das erwähnst. Das wäre mir ansonsten gar nicht aufgefallen.«

»Aber nein«, rief sie. »So meinte ich das doch nicht. Ich meine nur …« Sie suchte nach Worten. »Ich meine, hier sind auch keine Überreste von einem Haus zu sehen. Weißt du, wenn diese Hütte einfach nur eingestürzt wäre, dann müssten doch zumindest noch Spuren zu finden sein. Pfosten, Bretter oder irgendwelche Sachen. Hier liegt aber rein gar nichts herum.« Sie verschränkte die Arme. »Geschweige denn, dass ich etwas mitnehmen könnte. Daraus wird dann wohl nichts.«

Schmollend blies sie sich eine Haarsträhne aus dem Gesicht. »Der ganze Weg war umsonst«, murrte sie. »Da hätten wir ruhig zu Hause bleiben können. Was will ich eigentlich hier? Wehe, ich habe mich erkältet.«

Sie trottete am Rand der Lichtung entlang, schlenkerte mit den Armen und rupfte ein paar von den hohen Gräsern ab. Dann knabberte sie verärgert auf einem der Halme herum. So eine unglaubliche Zeitverschwendung, dachte sie. Ein glatter Reinfall.

Doch plötzlich zuckte Plim zusammen.

»Hui«, sagte sie, »das riecht aber gut.«

Überrascht betrachtete sie das Kraut genauer, das sie gerade ausgerissen hatte.

»Merkwürdig«, murmelte sie, »das Zeug kenne ich überhaupt nicht. Wusste gar nicht, dass so etwas im Finsterwald wächst.«

»Wie bitte?«, fragte Primus. »Was meinst du?«

»Na, diese Gräser hier«, antwortete Plim. »Die mit den schönen Blättern dran. Also, die habe ich noch nie im Leben gesehen. Und ich kenne mich schließlich teuflisch gut aus in Sachen Kräuterkunde. Ich bin praktisch Experte auf diesem Gebiet.«

Sie hielt ihm das Büschel entgegen.

Hier«, sagte sie, »willst du mal schnupp…?«

Doch zum Schnuppern kam es nicht.

Miss Plim hatte den Satz noch gar nicht richtig zu Ende gesprochen, als sich plötzlich der Wind drehte. Zwar war es nur eine schwache Brise, die kurz zuvor noch durch die Lichtung geweht hatte, aber wie durch ein Wunder kam sie nun genau aus der anderen Richtung. Ein gespenstisches Knistern ging durch den Wald. Die Luft schien sich aufzuladen, und das Gezwitscher der Vögel verstummte. Schlagartig wurde es still.

Primus merkte auf. Ein mulmiges Gefühl machte sich in ihm breit. Er hob den Kopf und schaute sich voller Misstrauen um. Diese plötzliche Ruhe gefiel ihm ganz und gar nicht. Wachsam und prüfend ließ er seinen Blick über den Rand der Lichtung gleiten.

Wenig später sah er zum Himmel. Hoch über ihren Köpfen erkannte er dunkle Wolken, die von Norden aufzogen. Wie aus dem Nichts waren sie aufgetaucht und kamen Stück für Stück näher. Kein Laut war mehr zu hören, und nirgendwo schien sich etwas zu regen. Es war nur eine Vermutung, die in ihm aufkeimte. Aber irgendetwas in seinem Inneren sagte ihm, dass sie nicht mehr allein waren. Wachsam beäugte er den Waldrand. Doch so sehr er sich auch anstrengte, Primus konnte niemanden entdecken.

Schließlich wandte er sich wieder Plim zu. Er betrachtete die Kräuter, die sie ihm unter die Nase hielt, und stutzte.

»Was ist das?«, fragte Primus.

»Keine Ahnung«, antwortete Plim. »Wächst da hinten bei den Bäumen. Riecht ziemlich gut.«

Er nahm einen der Halme und starrte ihn an.

»Diese Blätter«, sagte er, »die habe ich schon einmal gesehen.«

»Echt? Und wo?« Plim war erstaunt. »Jetzt sag bloß, die gibt es bei dir im Garten?«

Primus schüttelte den Kopf. »Nein«, sagte er, »das sicher nicht. Aber die kommen mir trotzdem bekannt vor. Und ich glaube, das ist noch gar nicht so lange her, dass ich sie gesehen habe.«

»Ach, tatsächlich?« Plim fächerte sich mit den Kräutern vor der Nase herum. »Also, was für ein Zufall.«

Dann aber fiel es Primus wieder ein.

»Einen Moment mal«, rief er und schnappte sich noch ein paar der Kräuter, »jetzt weiß ich es wieder. Das sind doch die Blätter von dem Bilderrahmen. Stimmt!«, rief er. »Die sehen haargenau so aus, wie die geschnitzten Blätter, die sich um das Gemälde ranken.«

»Wunderschön«, frohlockte Plim und riss ihm das Kraut gleich wieder aus der Hand, »und jetzt gehören sie mir. Mit denen kann man bestimmt tolle Sachen anstellen.«

Sie starrte in die Luft und überlegte. »Ich glaube, da mache ich mir eine Hautcreme draus«, kicherte sie. »Oder noch besser: einen Pflegebalsam. Hihi, Chuck wird vor Neid erblassen, sobald er das spitzkriegt.«

Sofort stellte sie sich auf die Zehenspitzen und verschaffte sich einen Überblick.

»Donnerwetter«, rief sie, »das Zeug wächst hier ja geradezu haufenweise. Lediglich nicht in der Mitte der Lichtung, wo dieses Wuschelgras ist. Aber ansonsten überall. Die Pflanzen gibt es hier und hier … Und da vorn sind auch welche. Bei allen giftigen Tümpeln. Das ist ja super!«

Freudestrahlend sprang Plim am Rand der Lichtung entlang und sammelte die fremdartigen Kräuter ein. Von Weitem sah sie beinahe aus wie ein Kind im Süßwarenladen, das freie Auswahl hatte. Der Spaziergang schien sich nun doch noch gelohnt zu haben.

»Hui«, rief sie beglückt, »ich kann es nicht glauben. Hier drüben stehen auch noch welche. Und hier hinten gibt es jede Menge davon. Du meine Güte«, jauchzte sie, »das ist ja ein richtiges … AAAAAAHHHH!!!«

Auf einmal verschlug es Plim die Sprache. Es krachte, splitterte, und mit einem gellenden Schrei verschwand sie im Erdboden. Von diesem Augenblick an war nichts mehr von ihr zu sehen.

Allerdings, hören konnte man sie noch immer. Ein herzzerreißendes Wimmern, das schon wenig später in ein wütendes Fluchen überging, drang aus dem Boden.

Schnell rannte Primus über die Wiese.

»Plim«, rief er, »ist dir was passiert?!«

»Aaaaauu«, kam es von unten, »mein Hintern.«

Primus ging in die Knie. Er beugte sich über das Loch und schaute hinunter. Ein winziger verstaubter Kellerraum tauchte vor seinen Augen auf, der über und über mit Tonkrügen gefüllt war. Oder war das gar eine versteckte Speisekammer, die er hier vor sich hatte? Möglich wäre es, denn Primus erkannte mehrere Holzregale, die seitlich vor den Wänden standen.

Dann erblickte er Plim.

Zwischen einigen zerborstenen Brettern, die allem Anschein nach die Einstiegsluke dargestellt hatten, saß sie auf dem Boden und rieb sich das Gesäß. Gleich neben ihr stand eine Leiter.

»Ist alles in Ordnung?«, wollte Primus wissen. »Geht es dir gut?«

»Bin hingefallen«, jammerte sie.

»Das habe ich gesehen.«

Sie stöhnte. »Du mit deinen Ausflügen. Da bricht man sich ja noch das Genick. Jetzt komm sofort herunter und hol mich hier raus.«

Neugierig streckte Primus den Kopf vor.

»Was ist denn da unten?«

»NA, SO EINE BLÖDE FRAGE«, schrie Plim. »Ich bin hier! Und ein riesiger blauer Fleck ist auch da, falls du es genau wissen willst.«

Primus verwandelte sich. Er breitete die Flügel aus und segelte zu Plim in das geheimnisvolle Kämmerchen hinunter. Dort landete er und stellte sich auf die Beine.

Schmollend blickte sie zu ihm auf.

»Wo ist denn meine Handtasche?«, fragte sie. »Hast du die etwa oben liegen lassen?«

»Die liegt hinter dir auf dem Boden«, beruhigte Primus sie. »Komm, ich helfe dir auf.«

»Es geht schon«, ächzte Plim. »Mir tut bloß alles weh. Herrje, ich glaube, ich kann nie wieder auf meinem Besen sitzen.«

Stöhnend richtete Plim sich auf. Dann bewegte sie Arme und Beine. Sie konnte von Glück sagen, dass ihr bei dem Sturz nicht mehr passiert war. Anschließend schauten die beiden sich um.

»Wo sind wir hier?«, fragte Primus, während er den kleinen Raum inspizierte. »Diesen Keller haben nicht die Kobolde gebaut, soviel steht fest. Ist das vielleicht das Versteck einer Räuberbande?«

Da gab es für Plim nicht viel zu überlegen. Kurzerhand ging sie zu den Regalen, griff nach einem der Krüge und zog den Inhalt heraus.

»Räuber?«, entgegnete sie. »Das glaube ich nicht. Es sei denn, im Finsterwald laufen Räuber herum, die Heilpflanzen sammeln und den ganzen Tag Erkältungstee trinken.«

Sie hielt Primus das Büschel entgegen, das sie gerade aus dem Topf geholt hatte.

»Diese fürsorgliche Bande müsste ich einmal Chuck vorstellen«, schmunzelte sie. »Bei denen will er bestimmt gleich mitmachen.«

Dann deutete sie auf den Boden. »Ach bitte«, sagte sie, »gib mir doch mal meine Tasche. Mir ist es hier unten viel zu dunkel.«

Primus schob sie ihr zu.

Nachdem Plim das Arztköfferchen aufgeklappt hatte, zog sie eine Zaubernuss hervor.

»Bin ich froh, dass ich von den Dingern immer welche dabeihabe«, triumphierte sie. »Ohne die hätte ich schon oft in der Tinte gesessen.«

Sie hielt die Kugel an die Lippen, flüsterte ein kurzes Sprüchlein und brachte die Zaubernuss zum Leuchten. Im gleißenden Schein der Nuss trat der Keller zu Tage.

Der Raum, in dem sich Primus und Plim befanden, war niedrig und klein. Seine Wände bestanden aus einfachen Brettern, die das Erdreich abhielten. Darüber erstreckte sich eine Holzbalkendecke. Wurzeln baumelten aus den Ritzen, und knöcheltief lag der Schmutz auf dem Boden.

Primus strich mit dem Finger über die Regale.

»So wie es aussieht, war schon lange niemand mehr hier unten«, vermutete er. »Der Staub ist ja beinahe fingerdick. Was ist das bloß für ein Raum?«

»Ich weiß es nicht«, antwortete Plim. »Kommt mir beinahe vor wie eine Vorratskammer. Auf jeden Fall gibt es hier viele schöne Sachen, die ich gebrauchen kann.«

Sie öffnete den nächstbesten Krug, der ihr zwischen die Finger kam, und blickte hinein.

»Na, hat man Töne«, rief Plim, wobei sie erneut ein Kräuterbüschel herauszog. »Da ist ja echte Geisterklette drin. Die wächst doch nur in ganz bestimmten Nächten und bei Mondschein. Und hier!« Sie riss die Augen auf. »Das ist ja nicht zu fassen. In diesem steckt Höllendorn. Das hilft bei Albträumen und Zahnweh. Und gleich nebendran gibt es Ginsterbusch. Verflixt, das kann ich doch gar nicht alles mitnehmen.«

Sie drehte sich um und sah Primus an.

»Wie viel, glaubst du, kannst du tragen?«

»Moment mal«, unterbrach er sie, »willst du damit sagen, dieser Keller ist von oben bis unten vollgestopft mit Zauberkräutern?«

»Aber selbstverständlich«, bestätigte sie. »Soweit ich das überblicken kann. Hier haben wir zum Beispiel Drachenstängel, dort Binsenkraut, da Teufelshut. Du glaubst gar nicht, was man damit alles anstellen kann.«

Sie nickte respektvoll.

»Da hat jemand fleißig gesammelt«, lobte Plim. »Das kannst du mir glauben. Diese Menge an Zutaten muss man erst einmal zusammentragen.«

Dann betrachtete sie die Kräuter genauer. Sie schnüffelte daran und zerrieb sie zwischen den Fingern.

»Die sind ja noch taufrisch«, stellte Plim fest. »Das wird ja immer besser.«

»Was meinst du?«, fragte Primus.

»Hier«, antwortete Plim, wobei sie auf die Kräuter zeigte, »schau doch mal. Die Blätter kommen mir vor, als hätte man sie gerade erst gepflückt.« Plim blickte durch den verstaubten Kellerraum, in dem offensichtlich seit Jahren niemand mehr gewesen war, und schüttelte den Kopf. »Wie ist das nur möglich?«

»Stimmt«, sagte Primus, »das ist bemerkenswert. Und außerdem würde mich interessieren, warum diese Sachen hier im Wald vergraben sind.«

»Och«, sagte Plim, »weißt du, hier unten ist es kühl und trocken. Das kann im Zweifelsfall nie schaden. Ich wünschte, ich hätte so einen Keller im Garten.«

»Ja«, nickte Primus, »im Garten. Hier ist aber weit und breit kein Garten. Das ist eine Waldlichtung. Und eine ziemlich abgelegene obendrein.«

»Entschuldige mal«, verteidigte sich Plim, »vielleicht hat hier ja *doch* mal ein Häuschen gestanden. Das habe ich dir gleich gesagt. Schließlich war es auch auf dem Bild zu sehen.«

Überzeugt deutete sie zum Boden.

»Das war ganz bestimmt so«, sagte sie mit erhobenem Kopf. »Auf dieser Lichtung war früher einmal eine Hütte. Und das Loch, nur ein paar Schritte von der Hütte entfernt, das war die Vorratskammer von diesen Leuten. So einfach ist das.«

Doch Primus gab sich skeptisch.

»Und wo ist die geheimnisvolle Hütte dann geblieben?«, fragte er. »… mitsamt ihren Bretterwänden und dem Dach? Du bist doch gerade selbst über die Lichtung gelaufen und hast nachgesehen. Von dem Häuschen fehlt jegliche Spur. Und im Erdboden kann die Hütte auch nicht versunken sein. Schließlich sind wir hier nicht in den Sümpfen.«

Er zog den Zylinder ab. Ratlos atmete er durch und starrte ins Leere. In Primus' Kopf rumorte es. Dann aber lenkte er ein.

»Andererseits baut man auch keinen Keller, der mitten im Nirgendwo liegt«, murmelte er. »Das wäre mehr als sinnlos.«

Das sah Plim genauso. Schweigend blickten die beiden sich an. Dann setzte sich Plim auf den Boden. Sie legte die Zaubernuss vor sich hin und lehnte sich gegen die Wand. Primus hockte sich daneben.

»Also«, fing er an, »ich habe noch nie davon gehört, dass Dinge einfach so verschwinden. Und noch dazu eine komplette Hütte. Das ist wirklich sehr unwahrscheinlich. Das wäre das erste Mal, dass mir so etwas zu Ohren kommt. Das gibt es einfach nicht.«

Den Gedanken von verschwindenden Häusern fand Primus geradezu absurd.

Anders Miss Plim. Diese ging in sich und dachte nach. Wenig später hob sie den Finger.

»Es ist aber möglich«, sagte sie.

»Was? Wie meinst du das?«

»Nun, solche Sachen können durchaus passieren«, bekräftigte Plim. »Das ist zwar schon eine ganze Weile her und das hatte auch nicht direkt etwas mit einem Gartenhäuschen zu tun. Aber wenn ich mich richtig erinnere, dann hat es so einen Fall schon einmal gegeben.«

»Jetzt aber mal langsam«, sagte Primus und setzte sich auf. »Das musst du mir schon genauer erklären. Du meinst also, so etwas ist schon einmal vorgekommen?«

»Ich glaube schon«, bestätigte sie. »Bei einer Urgroßtante von mir. Oder war es eine Ur-Ur-Ur-Ur-Ur-Großtante?« Plim überlegte kurz. »Keine Ahnung«, fuhr sie fort. »Das ist auf jeden Fall schon ewig her. Aber eines weiß ich ganz genau. Diese Tante hatte einen richtig lustigen Namen. Die wurde Kringeltantchen genannt. Von der hat mir meine Großmutter immer erzählt. Tja, und irgendwie muss es da vor langer Zeit einmal eine ähnliche Geschichte gegeben haben.« Sie fuchtelte mit den Händen. »Irgendwas mit einer Bank und einem Baum und lauter so Sachen. Das ist alles recht verworren.«

Doch genau jetzt wurde es spannend.

»Dann raus mit der Sprache«, sagte Primus. »Ich bin neugierig. Was war da los?«

Plim legte den Kopf in den Nacken und versuchte, sich zu erinnern.

»Also«, begann sie, »das war angeblich vor einigen hundert Jahren. Da ist …«

Mitten im Satz brach sie ab.

Überrascht hob sie die Augenbrauen und sah nach oben zum Einstiegsloch. Der Himmel über ihnen war kohlrabenschwarz.

»Sag mal, äh …«, stammelte sie. »Hatten wir nicht gerade noch blauen Himmel und Sonnenschein? Was ist denn da oben auf einmal los?«

Primus blickte auf. Jetzt, nachdem Plim es erwähnt hatte, bemerkte auch er den Wetterumschwung. Mit offenem Mund betrachtete er die bedrohlichen Gewitterwolken, die sich genau über der Lichtung zusammenbrauten. Ein Donnergrollen ging durch die Luft.

»Das gefällt mir aber überhaupt nicht«, sagte Primus. »Wie kann denn das sein? Von einem Gewitter war bis vor Kurzem weit und breit nichts zu sehen. Da stimmt doch etwas nicht.«

Plim kauerte sich zusammen.

»Hui, da bin ich ja richtig froh, dass du mich hierhergebracht hast«, rief sie ironisch. »Chuck und sein blödes Gemälde …«

»Pst!« Primus legte den Finger an die Lippen. »Ich glaube, da war etwas.«

Da mochte er recht haben. Denn genau in diesem Moment ertönte von oben ein Knacken.

Plim erschrak.

»Kommt mir auch so vor«, hauchte sie.

Primus reagierte sofort. Er nahm den Zylinder und schob ihn über die Zaubernuss. Augenblicklich wurde es dunkel. Dann hielten er und Plim den Atem an.

Finster war es nun um die beiden herum, und geisterhaft hörten sie das Rauschen des Windes. Sie blickten nach oben, wo sich die Wolken verdichteten. Aus der Nähe vernahmen sie das Rascheln des Grases, und wieder begann es zu knistern. Es hörte sich an, als würde jemand über die Wiese gehen.

Plim neigte sich zu Primus.

»Ich glaube, wir sind nicht allein«, tuschelte sie.

Er nickte zustimmend.

»Genau das denke ich schon die ganze Zeit«, bestätigte Primus. »Schon, seitdem du diese seltsamen Blätter entdeckt hast.«

»Ach«, flüsterte sie, »bin ich jetzt etwa wieder an allem schuld?«

»Das habe ich nicht gesagt«, winkte er ab.

»Aber gedacht hast du es«, zischte sie. »Gib es zu.«

»Gar nicht wahr.«

Er deutete zum Ausgang. »Warte kurz«, flüsterte er. »Ich fliege mal nach oben und sehe nach.«

»Untersteh dich«, protestierte Plim und zog Primus zurück. »Du bleibst gefälligst bei mir. Du lässt mich nicht alleine in diesem Keller sitzen, verstanden?«

»Aber …«

»Nichts aber«, widersprach sie. »Wenn, dann komme ich mit.«

Das klang überzeugend.

»Gut«, sagte Primus. »Aber mach schnell. Und steck vorher die Zaubernuss weg. Die ist viel zu hell. Wer auch immer da oben ist, ich will nicht, dass er uns sieht.«

Flugs öffnete Plim ihre Tasche und legte die gleißende Kugel hinein. Dann tastete sie blindlings über die Regale. Sie griff das nächstbeste Kräuterbüschel, das ihr zwischen die Finger kam, und stopfte es dazu.

Primus konnte es nicht fassen.

»Was machst du denn da?«

»Was wohl?!«, sagte sie, wobei sie ein weiteres Büschel nahm und es in die Tasche drückte. »Das Zeug nehme ich mit. Das sind die absoluten Wahnsinns-Kräuter. Die kann ich doch nicht einfach hier unten lassen.«

Das ging nun wirklich zu weit.

»Jetzt komm schon«, drängte Primus. »Lass gefälligst die Sachen liegen und beeil dich.«

Plim schniefte. »Na gut.«

Schweren Herzens trennte sie sich von den Schätzen, die sie hier unten gefunden hatte, und griff nach ihrer Tasche. Dann machten die beiden sich auf. Flink wie eine Katze huschte Plim die Leiter hinauf und zog den Kopf ein. Primus flatterte neben ihr her.

Die Büsche am Rand der Lichtung bogen sich im Wind, und rauschend empfing sie der düstere Wald. Primus und Plim streckten ihre Köpfe aus der Öffnung. Sie spähten über die Wiese und betrachteten die geisterhafte Lichtung, die im fahlen Dämmerschein vor ihnen lag.

»Und?«, fragte Plim. »Kannst du was erkennen? Durch die Wolken ist es ja richtig dunkel geworden.«

Die Fledermaus schüttelte den Kopf.

»Nein«, antwortete Primus, »da ist weit und breit nichts zu sehen. Nur das Gras und die Bäume.«

»Und was ist mit meinem Besen?«, fiel es Plim ein. »Ist mein Besen noch da?«

Primus flatterte ein Stück höher.

»Ja«, beruhigte er sie, »keine Sorge. Der liegt noch genau da, wo du ihn hingelegt hattest.«

»Ah, ja.« Plim nickte. »Ich sehe ihn.«

»Aber ansonsten kann ich niemanden erkennen«, sagte Primus. »Die Luft ist rein.«

»Bist du dir da sicher?« Plim schien das nicht gerade zu überzeugen. »Ich hätte schwören können, dass ich jemanden gehört habe.«

»Das dachte ich auch«, sagte Primus, wobei er seinen Blick noch einmal über die Wiese wandern ließ. »Aber da ist niemand.«

Dann starrte er zum Himmel.

»Das ist doch erstaunlich«, raunte er.

»Was?«

»Die Wolken«, antwortete er. »Die Wolken haben sich lediglich über diesem Teil des Waldes versammelt. Etwas weiter hinten scheint die Dunkelheit aufzuhören. Ich erkenne einen hellen Streifen am Himmel.«

Er landete neben Plim.

»Mir scheint, da spielt jemand ein Spielchen mit uns«, knurrte er. »Und ein ganz übles obendrein. Was ist denn das für ein seltsamer Zauber, der hier am Werke ist, hm?«

»Das weiß ich nicht«, entgegnete sie. »Und ehrlich gesagt, will ich es auch gar nicht wissen. Ich will jetzt sofort nach Hause, hörst du? Lass uns von diesem Ort verschwinden, aber hurtig.«

Bibbernd kauerte Plim auf der Leiter. Die Lichtung gefiel ihr ganz und gar nicht mehr. Und in diesen Keller wollte sie auch nicht zurück. Egal, was dort unten noch in den Krügen lag. Sie schloss die Augen. Wie einen Schatz drückte sie ihre Handtasche an die Brust, die sie zum Glück zuvor noch mit Kräutern gefüllt hatte.

Da vernahm sie plötzlich eine Stimme. Leise drangen die Worte an ihr Ohr.

»Ein Experte, wie?«

Plim blieb fast das Herz stehen.

Mit einem Satz sprang sie aus dem Loch und kreischte, dass es vom Wald zurückhallte. In Scharen erhoben sich die

Krähen aus den Bäumen. Wer auch immer zu Plim gesprochen hatte, diesem Jemand war mit Sicherheit das Trommelfell geplatzt.

Dann begann Plim zu laufen. Wie eine Besessene rannte sie über die Lichtung und griff nach ihrem Besen. Die gute Laune war ihr endgültig vergangen. Hektisch warf sie den Motor an, packte ihre Tasche auf den Lenker und knatterte mit wehendem Kleid aus der Lichtung. Primus flog ihr, so schnell er konnte, hinterher.

Es kostete ihn allerhand Mühen, der panischen Plim auf den Fersen zu bleiben. Beinahe wäre sie ihm davongeflogen. Im Eiltempo und mit flatternder Schürze, schoss Plim über den Wald. Endlich holte Primus sie ein.

»Nun warte doch mal«, rief er ihr zu. »Nimm mich gefälligst mit.«

Doch Plim drehte sich nicht einmal um.

»Da war eine Stimme«, schrie sie, während sie stur weiterflog.

»Was?«

Plim verdrehte die Augen. »Zum Teufel nochmal«, fauchte sie, »muss ich denn alles zweimal sagen?!«

Mit voller Wucht trat sie auf die Bremse.

»Jetzt komm endlich her«, rief sie, während der Rennbesen über den Bäumen schwebte, »ich will hier weg.«

»*Komm endlich her* ist gut«, keuchte Primus völlig außer Atem und landete auf ihrer Handtasche. »Was denkst du, habe ich die ganze Zeit getan?«

Er klammerte sich fest und sicherte seinen Hut. Dann raste Plim weiter. Mit zusammengekniffenen Augen hing sie über dem Lenker und brauste nach Süden. Sie hatte sich nicht einmal die Zeit genommen, ihre Rennfahrerbrille aufzusetzen, so arg saß ihr der Schreck in den Knochen. In Windeseile ging es dahin.

Da passierten sie plötzlich die Abzweigung, unter der sich der Wegweiser befand.

»Moment«, rief Primus und deutete nach links, »nicht so schnell. Zu dir nach Hause geht es da lang.«

Plim tränten die Augen.

»Verflixt«, entgegnete sie, »das habe ich doch glatt übersehen.«

Sie richtete sich auf und stierte über den Wald. In der Ferne erkannte sie die Nebelfelder.

»Ist egal«, rief sie. »Dann fliegen wir eben erst zu dir. Ich setze dich ab. Dein Turm ist ohnehin schon dort hinten zu sehen.«

Primus spähte aus.

»Ja«, rief er, »das ist er.«

»Also dann«, sagte sie, »ab zum Turm.«

Gesagt, getan.

Schon kurze Zeit später hatten sie die Gewitterwolken hinter sich gelassen. Sie flogen über die Nebelfelder und tauchten erleichtert in die goldenen Strahlen der Nachmittagssonne ein. Plim hatte sich mittlerweile wieder ein wenig beruhigt. Sie drosselte ihren Besen und atmete auf. Dann schaute sie gelöst über das Land. In sattem Grün präsentierten sich die Hügel, und friedlich plätscherte der Schneckenbach durch die Felder. Ja, dachte Plim, hier in der Gegend fühlte sie sich sicher. Hier konnte ihnen nichts passieren. Ein Glück. Doch der Gedanke war viel zu schön, um wahr zu sein. Denn weder ihr noch Primus war aufgefallen, dass man ihnen während der Heimreise die ganze Zeit hinterhergesehen hatte.

»Ja, ist das zu fassen?!«, schrie Bucklewhee vom Fenster in den Garten hinunter. »Primus, kommst du auch mal wieder nach Hause?«

Plim stellte ihre Tasche auf die Erde.

»Diesem Burschen entgeht aber auch gar nichts«, sagte sie, wobei sie Primus fassungslos ansah. »Jetzt ist mir auch klar, warum du keine Haustürklingel hast. Die braucht man überhaupt nicht, wenn man hier wohnt.«

Sie stieg vom Besen und zog ihr Kleid zurecht. Dann setzte sie sich auf die Eingangsstufen des Turms.

Primus atmete auf. Er nahm seine menschliche Gestalt an und winkte Bucklewhee zu.

»Wie geht es deiner Uhr?«, fragte er. »Hast du deinen Wartungsplan fertig?«

»Aber sicher doch«, gackerte Bucklewhee. »Die Uhr geht jetzt auf die Sekunde genau.« Er wedelte mit den Flügelknochen. »Die ist so gestochen präzise«, verkündete er, »ich nenne sie jetzt *Stechuhr*. Toll, nicht wahr?«

»Wunderbar«, nickte Primus. »Eine Stechuhr hast du dir schon immer gewünscht.«

»Fürwahr«, antwortete der Vogel. »Jetzt sind wir bestens ausgerüstet und absolut auf dem neuesten Stand.«

Mit geblähtem Brüstchen tänzelte das Hühnergerippe über das Fensterbrett und verbeugte sich mehrmals. Dann sprang Bucklewhee zurück ins Haus.

Primus ging zum Eingang und setzte sich neben Plim auf die Stufen.

»Also«, fragte er, »was war denn im Wald plötzlich mit dir los? Du bist ja davongelaufen, als hättest du ein Gespenst gesehen.«

»Blödsinn«, entgegnete Plim, »vor Geistern und Gespenstern laufe ich nicht davon. Dieses Gesindel verjage ich täglich in Scharen aus meinem Garten. Die werden zurzeit sogar richtig aufdringlich.«

»Aber irgendetwas muss doch geschehen sein«, meinte Primus. »Sonst wärst du schließlich nicht so gerannt.«

»Na, das habe ich dir doch vorhin zugerufen«, antwortete Plim. »Ich habe eine Stimme gehört. Direkt neben mir.« Fassungslos schüttelte sie den Kopf. »Das muss man sich einmal vorstellen«, schlotterte sie. »Richtig gruselig war das.«

Damit hatte Primus nun wirklich nicht gerechnet.

»Eine Stimme?«, fragte er. »Tatsächlich? Und was hat sie gesagt?«

»Keine Ahnung«, entgegnete Plim. »Ich bin schließlich so erschrocken. Ich glaube, sie hat irgendetwas von einem *Experten* genuschelt.«

»Wie bitte?«, staunte er. »Von einem Experten?«

Plim nickte. »Ich glaube, ja.«

Verwundert breitete Primus die Arme aus.

»Und das war alles?«

»Also hör mal, mein Lieber«, schimpfte Plim. »Was sind denn das für Sprüche? Das hat mir schon gereicht. Ich möchte dich einmal sehen, wenn man dich aus dem Dunkel heraus so einfach mir nichts dir nichts anspricht. Da bleibt dir bestimmt auch die Spucke weg.«

Primus blickte sie nachdenklich an. Er trommelte mit den Fingern auf den Stufen herum und überlegte. Dann hakte er nach.

»Und du bist dir vollkommen sicher, dass du diese Stimme gehört hast?«

»Natürlich«, bekräftigte Plim. »Ganz deutlich. Da muss jemand direkt neben mir gesessen haben. Puh, und das offenbar schon die ganze Zeit über.«

Bibbernd legte sie sich die Arme um den Körper.

»Ich darf gar nicht daran denken«, fröstelte sie. »Da bekomme ich immer noch Gänsehaut.«

»Demnach haben wir uns also nicht getäuscht«, murmelte Primus. »Da war tatsächlich jemand in unserer Nähe.«

Plim nickte. »Da kannst du dir sicher sein.«

»Sehr eigenartig«, musste Primus zugeben. »Sehr, sehr eigenartig.«

Er zog die Beine an und legte das Kinn auf die Knie.

Plim hingegen ließ die Sache nicht mehr los.

»Mit der Lichtung stimmt etwas nicht«, sagte sie. »Und ich könnte auch schwören, dass dieses Gartenhäuschen einmal dort gestanden hat. Warum sonst sollte es dort einen Keller geben, hä? Ich glaube, das Gemälde schaue ich mir gleich noch einmal an, sobald ich nach Hause komme. Da ist bestimmt etwas Ähnliches passiert wie bei meinem Kringeltantchen.«

»Ach, genau«, fiel es Primus wieder ein. »Das hätte ich ja beinahe vergessen. Du wolltest mir schließlich noch etwas erzählen. Was ist denn mit deiner Urgroßtante einst geschehen?«

»Ur-Ur-Ur-Ur-Ur-Großtante«, verbesserte ihn Plim.

»Von mir aus«, lenkte Primus ein. »Dann eben so. Was war denn da los?«

»Na, die ist verschwunden«, sagte Plim.

»Einfach verschwunden? Sonst nichts?«

Das schien für Primus nicht gerade etwas Außergewöhnliches zu sein. Vielleicht hatte sich die Dame einfach nur aus dem Staub gemacht?!

»Nein«, winkte Plim ab, »da war noch mehr. Das ist eben das Merkwürdige. Ich kenne die Geschichte allerdings nur aus Erzählungen.«

»Dann lass mal hören.«

Plim nahm einen tiefen Atemzug.

»Also das Kringeltantchen ...«, fing sie an.

»Warum Kringeltantchen?«, unterbrach sie Primus.

»Hach, vielleicht lässt du mich einmal ausreden«, knurrte Plim. »Das wollte ich dir ja gerade erzählen. Die wurde deshalb so genannt, weil sie eine Pfeife geraucht hat, aus der Rauchkringel kamen.«

»Qualmende, alte Hexen«, schmunzelte Primus.

»Ja«, bestätigte Plim. »Sie hat mittags immer auf einer Bank bei den Feldern gesessen und hat ihr Pfeifchen geraucht.«

»Und? Was dann?«

Plim zuckte mit den Schultern.

»Und plötzlich war sie weg«, sagte sie.

»Aber hör mal«, wandte Primus ein. »Das ist doch nichts Ungewöhnliches. Dieses Kringeltantchen hat wahrscheinlich einfach nur ihr Bündel gepackt und ist in die Ferne gezogen. Dort hat sie dann fröhlich weitergequalmt.«

»Nein, nein«, unterbrach ihn Plim. »So einfach ist das nicht. Die Geschichte geht ja noch weiter. Denn die Bank, auf der Kringeltantchen immer gesessen hat, die war auf einmal auch weg. Und die ist bestimmt nicht in die Ferne gezogen.« Suchend blickte Plim sich um. »Oder siehst du hier vielleicht irgendwo eine Bank herumlaufen, hm? Ich, für meinen Teil, sehe keine.«

Nun merkte Primus auf.

»Höre ich da richtig?«, fragte er. »Du willst mir also erzählen, dass dein Kringeltantchen mitsamt dieser Bank verschwunden ist?«

»Ä-hä«, bekräftigte Plim. »Das ist es ja. Die Bank war auf einmal weg, und die Tante war auch futsch. Einfach so. Spurlos verschwunden.«

Primus verstand die Welt nicht mehr.

»Und wann, bitte schön, soll das gewesen sein?«

»Keine Ahnung«, antwortete Plim. »Ist auf jeden Fall schon eine Weile her. Gute zweihundertfünfzig Jahre, glaube ich. Genau weiß ich es auch nicht.«

Schnell hob sie den Finger.

»Aber das Beste kommt noch«, ergänzte Plim. »Hinter der Bank hat angeblich ein kleiner Baum gestanden.«

Sie zuckte mit der Augenbraue.

»Und jetzt lass mich raten«, nickte Primus. »Dieser Baum war auf einmal auch weg.«

Plim grinste.

»Ganz genau.«

Daraufhin stand Primus auf. Er schlenderte in Gedanken versunken umher und kratzte sich am Kopf.

»Und du meinst, dass es da einen Zusammenhang geben könnte?«

»Wäre doch möglich«, antwortete sie. »Aus heiterem Himmel sind die Sachen damals verschwunden. Der Baum, die Bank und meine Ur-Ur-Ur-Ur-Ur-Großtante.« Plim grummelte überzeugt. »Und ich könnte mir gut vorstellen, dass so etwas auch mit diesem kleinen Gartenhaus passiert ist.«

Wortlos drehte Primus sich um. Er blickte über die Hügel und spähte zum Wald.

»Nur den Keller hat man offenbar vergessen«, fügte er hinzu. »Der ist noch immer an Ort und Stelle. Mitsamt seinem Inhalt.«

Er machte eine Pause. Dann sah er Plim mit großen Augen an.

»Könnte sein, dass du recht hast«, gab er zu.

Plim klatschte in die Hände.

»Endlich«, jubelte sie, »ich habe auch mal recht. Wie schön.«

Primus fing an, sich immer mehr für die Geschichte von Kringeltantchen zu interessieren. Besonders, da er sich einige Dinge beim besten Willen nicht erklären konnte.

»Warum eine Bank?«, rätselte er. »Warum, um alles in der Welt, sollte eine Bank verschwinden?«

Dann wandte er sich an Plim.

»Dieses Tantchen«, setzte er an, »kannst du mir vielleicht *noch* etwas über sie erzählen? Was hat sie so getan? Ich meine, gab es an ihr möglicherweise etwas Besonderes?«

Das waren ja Fragen.

»Ich weiß es nicht«, antwortete Plim. »Das ist schließlich schon ewig her. Ich habe Kringeltantchen nie kennengelernt.«

»Richtig«, murmelte Primus. »Du sagtest ja, dass das vor zweihundertfünfzig Jahren geschehen ist.«

Er verharrte und spitzte die Lippen.

»Sehr merkwürdig«, brummte er. »Sehr merkwürdig. An einer Stelle verschwinden urplötzlich Sachen, und woanders tauchen auf einmal welche auf.«

Plim sah sich um.

»Wo taucht etwas auf?«

»Nun, ich habe dir doch von diesem Steckenpferd erzählt«, sagte Primus. »Du weißt schon, das Holzspielzeug, das ich im Boden gefunden habe.«

»Ja, genau«, bestätigte sie. »Wo ist das eigentlich?«

»Das liegt oben im Turm«, antwortete er. »Das kann ich dir gerne zeigen. Aber ich frage mich eben, wie dieses Ding hierher gelangt ist. Schließlich ist das keine Gegend, in der kleine Kinder spielen. Nicht einmal die Erwachsenen wagen sich durch den Wald.«

Er sah in die Ferne.

»Vielleicht sollten wir noch einmal zu dieser Lichtung gehen«, schlug er vor. »Möglicherweise haben wir dort etwas übersehen.«

»Auf gar keinen Fall«, rief Plim, »diese Lichtung kann mit gestohlen bleiben. Da gehe ich nie wieder hin.«

Wie von einer Hornisse gestochen stand sie auf und nahm ihre Tasche.

»Ich fliege jetzt nach Hause«, sagte sie. »Für heute habe ich genug. Außerdem muss ich nachsehen, ob Chuck die Waldgeister auch alle vertrieben hat. Der lädt dieses Gesindel nämlich am Ende noch ein und feiert fröhliche Feste mit ihnen.«

Mit diesen Worten schnappte sie sich ihren Besen.

»Ich kann ja meine Großmutter mal fragen, was es mit dieser ganzen Sache auf sich hat. Vielleicht weiß die noch etwas. Wäre doch möglich.«

»Alles klar«, sagte Primus. »Und wenn du Snigg siehst, dann sag ihm, dass er wieder nach Hause kommen soll. Sonst frisst er dir noch die ganzen Beete leer.«

»Mach ich«, rief Plim.

Sie zog die Pilotenmütze über und setzte die Rennfahrerbrille auf. Dann knatterte sie davon.

Verdächtiger Besuch

Am nächsten Tag verlief alles, wie Bucklewhee es berechnet hatte. Die alte Pendeluhr schlug auf die Sekunde genau, sodass das kleine Hühnergerippe unentwegt glänzende Augen bekam. Vor lauter Stolz natürlich. Bucklewhee hatte die wurmstichige Uhr wirklich nach allen Regeln der Technik justiert und sämtliche Zahnräder amtlich begutachtet. Pünktlich zur vollen Stunde sprang die Klappe am Uhrkasten auf, das Scherengitter mit der Vogelstange kam herausgeschossen, und Bucklewhee krähte, dass die Fensterscheiben vibrierten. In einer höchst theatralischen Haltung hockte er dabei auf der Vogelstange, federte mit seinem Scherengitter und vollführte einen Hahnenschrei nach dem anderen. Bei so viel Perfektion wurde dem peniblen Hühnergerippe wahrlich warm um die Knochen. Nach seinen Worten fand er alles *geniös*, und auch Primus schien aufs Höchste begeistert zu sein. Zumindest tat er so, um Bucklewhee den Spaß nicht zu verderben.

Langsam ging es auf Mittag zu. Die Sonne strahlte durch die Fenster herein und erhellte das staubige Kaminzimmer, wo Primus entspannt im Sessel saß. Er hatte eine Reihe weißer Glaswürfel vor sich auf einem kleinen Tisch ausgebreitet, die er nachdenklich betrachtete. Von draußen drang Vogelgezwitscher durch die Scheiben, und aus der angrenzenden Dachkammer konnte er Bucklewhees quietschendes Scherengitter hören.

In Gedanken versunken strich Primus über die glänzenden Würfel. Er hatte die ungewöhnlichen Stücke vor einiger Zeit von einem Bekannten erhalten, der sie ihm von den entlegenen Regionen der Bleiberge mitgebracht hatte. Geheimnisvoll sahen sie aus, merkwürdig und rätselhaft zugleich. Das galt vor allem für ihre Farbe. Denn bei Tag erschienen sie in strahlendem Weiß, während sie zum Abend hin mit jeder Minute dunkler und dunkler wurden. Primus hatte dieses Phänomen schon mehrfach beobachtet. Die Veränderung trat wie von Geisterhand ein und fuhr langsam und schleichend fort. Kurz nach Sonnenuntergang waren die Würfel schließlich allesamt schwarz.

Niemand hatte Primus bisher verraten können, was es mit diesen wunderlichen Würfeln auf sich hatte, woher sie stammten oder was man mit ihnen anstellen konnte. Ihr Sinn stellte wahrhaftig ein Mysterium dar.

Doch für irgendetwas mussten die Würfel letztendlich gut sein, das stand für Primus zweifellos fest. Schließlich waren sie viel zu schön, als dass sie keinen Sinn haben sollten. Primus war sich sicher: Wenn man die Würfel in der richtigen Art und Weise anordnete, dann konnte man mit ihnen gewiss etwas bezwecken. Und je länger er sich mit ihnen beschäftigte und dabei an das verschwundene Gartenhaus in der Waldlichtung dachte, desto stärker keimte in ihm die Vermutung auf, dass es hier einen Zusammenhang geben könnte.

Gebannt betrachtete Primus die wunderschönen Objekte im Schein der Sonne. Das Licht spiegelte sich an ihren brillanten Oberflächen und warf schillernde Flecken an die Wände des Zimmers.

Es waren sechzehn Würfel an der Zahl, die alle exakt dieselbe Größe besaßen. Jeder von ihnen maß etwa einen Zoll in der Breite, und sie alle schienen aus einem unverwüstlichen, glasartigen Material gefertigt worden zu sein. Ihre Seiten waren lupenrein, spiegelglatt und meisterhaft geschliffen. Etwas Vergleichbares hatte Primus zuvor noch nie gesehen. Trotz ihres unbestimmten Alters und der weiten Reise, die sie von den Bleibergen bis hierher hinter sich hatten, schienen sie gänzlich unversehrt zu sein. Nicht der kleinste Kratzer war auf ihnen zu finden. Es gab keine Schramme und nicht einmal die geringste Spur einer Abnutzung. In der Tat, sie sahen aus, als wären sie gerade erst gefertigt worden.

Primus ordnete sie an. Er drehte einige der Würfel herum und setzte sie der Reihe nach zu einem Quadrat zusammen. Wie bei einem Kinderpuzzle legte er die sechzehn Würfel aneinander und inspizierte ihre Oberflächen. Bei genauerem Hinsehen konnte er erkennen, dass sie leicht unterschiedlich in ihrer Farbgebung waren. Einige ihrer Seiten wirkten heller und andere wiederum etwas dunkler. Und bei manchen sah es teilweise so aus, als blickte man in klares, glitzerndes Wasser hinein.

Nach einer Weile wurde es Bucklewhee in seiner Uhr zu langweilig. Er sprang aus dem Uhrkasten, trippelte durch die Dachkammer und blickte neugierig durch das Geländer zum Kaminzimmer hinunter.

»Hallo«, rief er, »mich dünkt, du sitzt jetzt schon seit einer Ewigkeit über diesem Spiel. Ist das wirklich so schwierig? Was muss man denn da machen?«

Primus lehnte sich zurück. Er hob die Arme und streckte sich.

»Das ist kein Spiel«, gähnte er. »Das ist ein Puzzle. Und zwar ein ziemlich kniffliges.«

»Das soll ein Puzzle sein?« Bucklewhee war sichtlich erstaunt. »Wie soll denn das funktionieren? Diese Würfel sehen doch vollkommen gleich aus. Die sind alle weiß.«

»Nicht ganz«, entgegnete Primus. »Die sind nicht einfach nur weiß. Da gibt es feine Unterschiede.«

»Tatsächlich?«

»Aber ja doch«, bekräftigte Primus. »Komm mal kurz runter. Ich kann es dir zeigen.«

Das ließ sich das kleine Hühnergerippe nicht zweimal sagen. Sofort flitzte Bucklewhee durch die Dachkammer und sprang die Leiter zur Küche hinab. Anschließend huschte er zu Primus ins Kaminzimmer. Er hüpfte auf den Tisch und beäugte neugierig die gläsernen Würfel.

Nach einer Weile blickte er auf.

»Also«, sagte er, »da kannst du mir erzählen, was du willst. Für mich sind die Dinger weiß. *Schneeweiß*, sozusagen. Da beißt die Maus keinen Faden ab.«

Primus nickte. »Mit *Schnee* liegst du auch gar nicht so falsch«, stimmte er Bucklewhee zu. »Ich glaube nämlich, das, was auf den Würfeln zu sehen ist, soll tatsächlich Schnee sein.«

»Ach ja?« Bucklewhee streckte den Schnabel in die Höhe. »Und was soll das jetzt heißen? Ist dieses Puzzle vielleicht so etwas wie ein Wetterglas? Bekommen wir nun doch noch einmal Schnee?«

»Nein«, antwortete Primus, »mit dem Wetter haben die Würfel nichts zu tun. Da steckt etwas völlig anderes dahinter.«

»Und was?«

»Nun, da bin ich mir auch nicht im Klaren«, musste Primus zugeben. »Aber ich habe einen Verdacht.« Schnell hob er die Hand und streckte den Finger aus. »Pass mal auf. Ich zeige dir etwas.«

Vorsichtig nahm Primus einen der Würfel heraus. Er legte ihn vor Bucklewhee auf den Tisch und deutete auf eine dünne gebogene Linie, die sich an einer der sechs Seiten abzeichnete. Diese Linie war zwar auf den ersten Blick nur schwer zu erkennen. Doch wenn man sie einmal entdeckt hatte, dann konnte man sogar sehen, dass sich die Linie zum Ende hin in zwei Richtungen gabelte.

»Das ist ein Weg«, flüsterte Primus. »Ein kleiner Weg, der durch eine tief verschneite Landschaft führt.«

»Fürwahr?«, stutzte Bucklewhee. »Das da soll ein Weg sein?«

Diese Erklärung erschien ihm doch sehr abenteuerlich. Wie kam Primus nur auf so einen Gedanken? Vielleicht war dieser Würfel ja irgendwann einmal heruntergefallen, und die Linie war lediglich ein winziger Riss im Glas?!

Aber noch bevor das kleine Hühnergerippe weitere Einwände bringen konnte, griff Primus einen anderen Würfel. Er hielt ihn prüfend ins Licht, drehte ihn herum und legte ihn passgenau neben den ersten.

Auch auf diesem war eine Linie zu sehen. Kurvig führte sie von einem Rand zum anderen und schloss nahtlos an die Linie des nächsten Würfels an.

Bucklewhee stand der Schnabel offen.

»Moment mal«, staunte er. »Möchtest du mir damit etwa kundtun, dass diese Glassteine so etwas wie eine Karte darstellen? Eine Landkarte?«

Primus' breites Lächeln zeigte ihm, dass er mit seiner Annahme richtig lag.

»Da bin ich mir inzwischen sogar ziemlich sicher«, meinte Primus. »Das *ist* eine Karte. Genauer gesagt, eine Karte von den Bleibergen. Und eine überaus trickreiche obendrein.«

»Aber … aber wofür?«, stammelte Bucklewhee. »Was hat das für einen Sinn?«

»Tja, das ist nicht so einfach zu erklären«, führte Primus an. »Und es ist auch nur eine Vermutung von mir. Aber auf den Würfeln ist eben nicht *ausschließlich* Schnee zu sehen. Da gibt es noch etwas anderes. Etwas, das nicht so leicht zu erkennen ist.«

Er sah Bucklewhee herausfordernd an und zog eine Augenbraue hoch.

»Schau doch mal genau hin«, lächelte er. »Vielleicht findest du es ja. Denn ich glaube, *das* ist der entscheidende Punkt, um den es sich bei diesem Puzzle dreht.«

Hochinteressant. Diese Aufgabe war durchweg nach Bucklewhees Geschmack. Wie ein Detektiv beugte sich der Gockel über die Würfel und betrachtete nach und nach die einzelnen Flächen. Dieses Rätsel wollte er lösen, beschloss er. Das wäre doch gelacht.

Und tatsächlich. Nach einer Weile merkte Bucklewhee auf. Er streckte seinen Flügel aus und deutete auf einen bestimmten Würfel, der an einer Seite mit einem glitzernden, fast spiegelnden Fleck versehen war. Das schien ihm doch allzu verdächtig.

»Meinst du womöglich das hier?«, fragte er. »Mich beschleicht der Gedanke, das ist kein Schnee. Das sieht mir beinahe aus wie ein Gewässer.«

Vortrefflich! Bucklewhee hatte es gefunden.

»Ganz genau«, rief Primus. »Eben diese Stelle meine ich. Das ist nämlich ein *See.* Ein kleiner See inmitten einer schneebedeckten Berglandschaft.«

Bucklewhee fehlten die Worte. Staunend saß er da und starrte auf das Puzzleteil.

»Und es kommt noch besser«, fuhr Primus fort. »Denn von dem See ist auf diesem Würfel nur die Hälfte zu sehen. Der Rest befindet sich auf einem anderen Teil.«

Er begann zu suchen.

»Moment«, sagte er, »warte mal kurz. Wo ist er denn? Ah, ja. Hier.«

Primus nahm einen zweiten Würfel zur Hand und legte ihn Seite an Seite neben den ersten. Die Formen auf den beiden Flächen passten haargenau zusammen. Bucklewhee erkannte einen elliptischen See, der inmitten einer tief verschneiten Ebene lag. Glitzernd schien ihm das Wasser entgegen.

Allerdings gab es da noch etwas. Im Zentrum des Sees bemerkte Bucklewhee eine Unregelmäßigkeit.

»Und dieser Fleck hier?«, wollte er wissen. »Was ist das? Ist das etwa eine Insel?

»Ja«, bestätigte Primus, »richtig. Da befindet sich eine Insel im See. Eine kleine Insel mit einem Baum darauf.«

»Ach, ja«, bemerkte Bucklewhee, »da ist ein Baum. Den hatte ich doch glatt übersehen.«

Er kratzte sich mit dem Flügelknochen am Kopf und zuckte mit den Schultern.

»Aber was ist denn daran nun so besonders?«, fragte Bucklewhee. »Das Ganze ist eben eine mehrfach geteilte Karte. Du kannst die übrigen Würfel doch einfach nebendran legen und die Karte zusammensetzen. Mit Hilfe der kleinen Wege, die man in der Schneedecke sieht, kann das doch eigentlich gar nicht so schwierig sein, oder?«

Aber genau da war Primus anderer Meinung.

»Täusch dich da mal nicht«, entgegnete er. »Die Sache hat nämlich einen Haken. Das wäre alles kein Problem, wenn der See an der Stelle bleiben würde, wo er im Moment zu sehen ist. Aber das tut er nicht.«

»Bitte?«, fragte der Vogel. »Was soll denn das nun wieder heißen?«

»Das soll heißen«, antwortete Primus, »dass der See urplötzlich seinen Standort wechselt. Von einem Augenblick zum anderen. Husch, und schon taucht das Gewässer auf ein paar völlig anderen Würfeln auf. Einfach so.«

»Du meinst, der See verschwindet wieder von dieser Fläche?«, entfuhr es Bucklewhee.

Primus schnippte mit den Fingern. »... und tritt woanders wieder hervor. Genau so ist es.«

Das gab Bucklewhee schwer zu denken.

»So, so«, grummelte er. »So, so.«

Schweigend saßen die zwei beisammen und starrten auf das rätselhafte Puzzle.

Nach einer Weile ergriff Bucklewhee erneut das Wort.

»Aber das ist doch eigentlich völlig egal, wo sich dieser See befindet«, winkte er ab. »Nichts als Humbug. Vielleicht wollte derjenige, der dieses Puzzle gebastelt hat, einfach nur die Badegäste foppen.«

Primus verdrehte die Augen.

»Genau«, stöhnte er, »denn Badegäste gibt es in den Bleibergen nämlich auch in Scharen. Die eisigen Gletscher sind *die* Baderegion schlechthin. So ein Unfug.«

»Aber was könnten die Würfel dann für einen Zweck haben?«, wollte Bucklewhee wissen. »Ein fauler Zauber womöglich?«

»Nein«, widersprach Primus, »ganz im Gegenteil. Das ist kein fauler Zauber. Da muss ein wahrer Meister am Werk gewesen sein. Ich glaube nämlich, dass dieser See tatsächlich existiert. In den Bleibergen habe ich einst so ein Gewässer gesehen. Es ist ein See, der irgendwo auftaucht und der sich plötzlich wieder in Luft auflöst.«

Energisch tippte Primus auf den Tisch.

»Und anhand dieser Karte kann man präzise herausfinden, wo er sich gerade befindet«, sagte er. »Ich bin mir sicher, das ist das Geheimnis, das hinter diesen Würfeln steckt. Das ist die Lösung. Das und nichts anderes.«

Mit diesen Worten verschränkte er die Arme und verstummte.

Konnte Primus damit womöglich richtig liegen? Bucklewhee schien von dieser Theorie jedenfalls mächtig beeindruckt zu sein.

»Wohlan«, sagte der Vogel, »das wäre durchaus denkbar. Hört sich plausibel an. Aber warum beschäftigt dich das? Eigentlich kann uns das doch völlig egal sein. Ich meine, wenn in den Bleibergen ein See durch die Landschaft zieht, dann betrifft uns das hier unten doch herzlich wenig. Wir sind schließlich viel zu weit weg.«

Aber Primus schüttelte energisch den Kopf.

»Das glaube ich eben nicht«, entgegnete er. »Ich habe nämlich langsam den Verdacht, dass dieser See nicht nur in den Bleibergen auftaucht. Am Ende könnte das überall der Fall sein. Weißt du, die Karte, die auf den Würfeln zu sehen ist, bleibt auch nicht ständig dieselbe. Sie verändert sich, wie es ihr gefällt. Und ich habe schon einmal so etwas wie Felder erkannt.«

»Kein Scherz?«

»Nein«, beteuerte Primus. »Wenn ich es dir doch sage. Da waren Hügel und Wiesen zu sehen. Und ich könnte mir sogar vorstellen, dass dieser See irgendwann schon einmal hier in der Gegend gewesen ist. Auch hier beim Turm.« Verschwörerisch blickte er Bucklewhee in die Augen. »Das würde jedenfalls einiges erklären.«

Bucklewhee konnte es kaum glauben. »Dieser See war hier bei uns?«, rief er. »Wie kommst du darauf?«

Doch Primus gab keine Antwort. In Gedanken versunken saß er im Sessel und strich sich über die Stirn.

»Das ist doch merkwürdig«, hauchte er. »Da muss es einen Zusammenhang geben. Anders kann ich es mir beim besten Willen nicht erklären.«

»Könntest du dich vielleicht ein wenig deutlicher ausdrücken?«, drängte Bucklewhee. »Ich verstehe nämlich inzwischen überhaupt nichts mehr. Wo gibt es einen Zusammenhang?«

Primus nahm einen tiefen Atemzug. Er legte die Beine auf den Tisch und lehnte sich zurück.

»Stellen wir uns einmal vor, dieser See taucht irgendwo auf«, setzte er an, »und jemand wirft etwas hinein. Was passiert dann mit diesem Gegenstand, wenn der See wieder verschwindet?«

»Hä?«

»Aber hör mal«, rief Primus. »Das ist doch nicht so schwer zu verstehen. Angenommen deine Uhr fällt in den See, und der See verschwindet. Was wäre dann?«

»Das wäre eine Katastrophe.«

»Ja, und warum?«

Bucklewhee wedelte mit den Flügeln. »Na, weil meine Uhr dann weg wäre.«

Primus nickte.

»Genau das denke ich auch.«

Kurz darauf hob Primus den Kopf und blickte nachdenklich zum Fenster hinaus.

»Man fragt sich bloß, *wohin* sie verschwindet«, murmelte er. »Das würde ich doch allzu gerne wissen. Denn es muss offenbar einen Ort geben, wo sie früher oder später ankommt. Irgendwo landet sie. Soviel ist gewiss.«

Primus dachte an das Holzspielzeug, welches er die Tage zuvor im Boden gefunden hatte und fügte hinzu: »Vorausgesetzt, die Uhr erreicht diesen Ort und geht unterwegs nicht verloren. Das kann nämlich durchaus passieren, so wie es aussieht.«

Jetzt aber langsam – das alles ging dem Vogel eindeutig zu schnell.

»Wovon redest du eigentlich?«, rief Bucklewhee. »Meine Uhr kommt überhaupt nirgendwo an. Das wäre ja noch schöner. Die steht absolut sicher hinter deinem Bett an der Wand und wird pfleglich von mir betreut. Da kann rein gar nichts passieren. Pah, da müsste schon das ganze Haus im See versinken.«

EXAKT! Primus schnalzte mit der Zunge und deutete auf Bucklewhee. Das war der Satz, den er hatte hören wollen. Genau dieser Gedanke hatte auch in seinem Kopf herumgespukt.

Doch noch bevor Primus etwas zu Bucklewhees zündender Idee sagen konnte, ertönte plötzlich von draußen ein Geräusch.

Verwundert legte Primus den Kopf zur Seite. Er hielt den Atem an und spitzte die Ohren. Aus gutem Grund, wohlgemerkt. Denn Primus war nicht der Einzige, dem das Geräusch aufgefallen war. Auch der alte Spiegel, hoch droben im Turmzimmer, schlug in diesem Moment wachsam die Augen auf.

»Was war denn das?«, fragte Primus, wobei er sich an Bucklewhee wandte.

»Hm? Was denn?«

»Dieses merkwürdige Schnauben. Hast du das gerade auch gehört?«

»Nein«, sagte Bucklewhee, »ist mir entgangen. Aber vielleicht war es ja Snigg. Das würde mich zumindest nicht wundern. Er wühlt schon den ganzen Tag in seinem Komposthaufen herum.«

»Das glaube ich nicht«, flüsterte Primus. »Das Schmatzen von Snigg hört sich anders an. Das war ein Schnauben, wie von einem Pferd.«

»Einem Pferd?«

»Ja«, antwortete Primus, »kam mir zumindest so vor.«

Er und Bucklewhee hielten inne und horchten erneut. Wenig später trat Primus ans Fenster. Er beschattete seine

Augen und spähte suchend durch das Loch in der Butzenglasscheibe den Hügel hinunter.

Und wirklich. Primus hatte sich nicht getäuscht. Ein kleines Pferdefuhrwerk kam des Weges gefahren, rollte über die Schneckenbachbrücke und bewegte sich langsam und schleichend den Hügel hinauf. Auf dem Kutschbock erkannte Primus eine hagere Gestalt, die in gebückter Haltung die Zügel hielt.

»Was soll denn das?«, hauchte Primus.

»Was? Wo? Lass mich mal gucken.« Bucklewhee zwängte sich neugierig mit vor das Loch. »Oh«, sagte er, »wir bekommen Besuch. Den Kerl habe ich aber noch nie gesehen. Kennst du den etwa?«

»Nein«, erwiderte Primus, »keine Ahnung, wer das sein könnte.«

»Vielleicht ein verirrter Reisender?«

»Wäre gut möglich«, stimmte Primus zu. »Aber wieso kommt der so zielstrebig hier hochgefahren? Das hat es ja noch nie gegeben. Die Leute machen normalerweise einen regelrechten Bogen um diese Gegend. Geschweige denn, dass sie sich dem Haus nähern würden.«

»Ja«, flüsterte Bucklewhee, »stimmt. Das ist in der Tat ziemlich seltsam.«

Wachsam lugten die beiden aus dem Fenster. Und auch der alte Spiegel im Turmzimmer hob gespannt das Kinn.

Indessen kam das Gefährt näher. Es fuhr den verwilderten Weg entlang, passierte die Bienenstöcke, die zwischen den Dornenbüschen standen, und kam schließlich gemächlich hinter der Kuppe des Hügels hervor. Wenig später erreichte der Wagen die Gartenpforte.

Es war ein kleiner Heuwagen, klapprig und alt. Seine Ladefläche war aus morschen Brettern zusammengenagelt und ruhte auf zwei riesigen, spindeldünnen Rädern. Gezogen wurde der Wagen von einem betagten Gaul, der nach der Reise durch das Hügelland offensichtlich völlig außer Puste war. Schnaufend ließ das Tier den Kopf hängen.

Primus nahm den Zylinder ab. Die Sache gefiel ihm ganz und gar nicht. Möglicherweise sollten sie vorsichtig sein und aufpassen. Wer konnte schon sagen, was dieser Kerl im Schilde führte?

So rutschte Primus ganz dicht an die zersprungene Fensterscheibe und spähte hinunter. Durch das Loch im Glas hatte er einen ausgezeichneten Blick über das Grundstück. Von hier aus konnte er sogar Snigg erkennen, wie er neben der Eiche auf dem Komposthaufen saß. Glücklich hockte der Kürbis zwischen den Blättern und ließ sich die Sonne auf den Kopf scheinen.

Doch Snigg interessierte Primus jetzt nicht, weit gefehlt. Seine Aufmerksamkeit galt dem Wagen. Oder, um es präzise auszudrücken: … der rätselhaften Gestalt, welche diesen lenkte.

Gespannt verfolgte Primus das Geschehen, das sich wenige Klafter unter ihm abspielte. Jetzt endlich konnte er auch den Fuhrmann besser erkennen. Und das, was er von diesem sah, gefiel ihm überhaupt nicht.

Zusammengekauert und dünn wie eine gespenstische Heuschrecke, saß der Fremde auf dem Kutschbock und rieb sich die Hände. Primus schluckte. Der Anblick des ungebetenen Gastes erschien ihm alles andere als vertrauenerweckend, im Gegenteil. Mit diesem Burschen wollte er am liebsten gar nichts zu tun haben. Von seinem Fenster aus konnte Primus sehen, wie die Gestalt in gieriger Manier die Finger bewegte, als würde sie nur darauf warten, nach etwas zu schnappen.

Der Fremde trug einen großen Mantel mit weiten Ärmeln und hohem Kragen. Eine altertümliche, spitze Filzmütze bedeckte den Kopf, der zusätzlich bis über den Mund in einen Schal gehüllt war. Doch der Schal konnte nicht alles im Gesicht des Fremden verdecken. Unübersehbar ragte seine lange Nase unter der Haube hervor und krümmte sich wie eine alte Wurzel.

Der geheimnisvolle Spiegel oben im Turmzimmer zog erstaunt eine Augenbraue hoch. Zwar hing der Spiegel weit abseits der Fenster, sodass die Geschehnisse im Garten für ihn gänzlich außer Sichtweite lagen. Aber das magische Objekt schien sehr wohl zu wissen, *wer* da unten gerade anwesend war.

»Schau an, schau an«, flüsterte der gehörnte Kopf am Rahmen des Spiegels zu sich selbst. »Wen haben wir denn da? Hier hast du doch rein gar nichts zu suchen. Was macht einer von euch denn hier, hm?«

Achtsam hob der Spiegel das Haupt. Ein Hauch von Besorgnis huschte über sein Antlitz. Dann hüllte er sich wieder in Schweigen.

Indessen begann der Fremde unten am Tor, Stück für Stück das Gebäude zu betrachten. Seine schwarzen Augen funkelten. Aufmerksam blickte die rätselhafte Gestalt zur Treppe hinüber, die hoch zur Eingangstür führte, und sah dann zum Turmzimmer hinauf. Wenig später musterte er das Fachwerkhaus.

»Der Kerl ist nicht zufällig hier«, murmelte Primus. »Das kann mir keiner erzählen. Der hat irgendetwas vor.«

»Wieso?«, tuschelte Bucklewhee. »Was macht er denn? Geh doch mal weg. Ich kann ja gar nichts sehen.«

»Pst«, zischte Primus, »sei gefälligst leise. Da stimmt etwas nicht. Dieser Bursche sitzt auf seinem Wagen wie eine Spinne im Netz und spioniert gerade das Haus aus.«

»Echt? Aber dann jagen wir ihn doch weg. Pass mal auf«, beschloss das Hühnergerippe. »Ich habe da eine Idee. Du verwandelst dich, flatterst einmal kurz um ihn herum und schreist ihn kräftig an. Da bleibt ihm bestimmt die Spucke weg. Und wenn ich dann auch noch richtig laut krähe, sind wir ihn endgültig los. Na?«, gackerte Bucklewhee, »was sagst du?«

Doch Primus schüttelte den Kopf.

»Ich weiß nicht«, entgegnete er. »Ich habe da irgendwie ein flaues Gefühl bei dem Kerl. Der gefällt mir ganz und gar nicht. Ich glaube, dem gehen wir vielleicht besser aus dem We…«

Plötzlich brach Primus den Satz ab.

»Herrje«, schimpfte er und sprang schnell vom Fenster weg, »jetzt hat er mich gesehen.«

Bucklewhee erschrak.

»Denkst du wirklich?«

»Aber ja doch«, knirschte Primus, wobei er sich auf die Lippen biss. »Er hat mir genau in die Augen geblickt. Puh, das versetzt einem einen richtigen Stich, so finster wie der dreinschaut.«

»Und was machen wir jetzt?«

»Keine Ahnung«, antwortete Primus. »Woher soll ich das wissen? Lass mich mal kurz überlegen. Irgendetwas wird mir schon einfallen.«

Unschlüssig stand er da und harrte der Dinge. Die Sekunden kamen Primus vor wie eine Ewigkeit.

Schließlich aber fasste er sich ein Herz. Er beugte sich vorsichtig zum Fenster vor und blickte noch einmal hinunter in den Garten. Doch schon im nächsten Augenblick klappte Primus endgültig der Kiefer runter. Bei diesem Anblick fehlten ihm beinahe die Worte.

»Das glaubst du nicht«, sagte er fassungslos.

»Warum? Was ist?« Bucklewhee war zum Zerreißen gespannt. »Nun sag schon.«

»Der Kerl unterhält sich mit Snigg. Das hat mir gerade noch gefehlt. Jetzt pass mal auf«, prophezeite er. »Ich weiß schon, was als Nächstes kommt.«

Und tatsächlich. Mit dieser Befürchtung hatte Primus goldrichtig gelegen. Er konnte gerade noch sehen, wie der Kürbis dem geheimnisvollen Fremden zunickte und anschließend nach oben zum Fenster sah. Dann war es auch schon so weit. Und jede Tarnung war hinfällig.

»PRIIIIII…MUS!!!«, schallte es lautstark aus dem Garten. »PRIMUS, KOMM MAL RUNTER. DU HAST BESUCH!!!«

Diesem schoss das Blut in den Kopf. Das war ja noch schlimmer, als er erwartet hatte. Und es sollte noch übler kommen.

»HAST DU GEHÖRT?«, rief Snigg so laut, dass Primus die Ohren dröhnten. »ODER SCHLÄFST DU ETWA NOCH? AAAUF…WAAACHEN!!!«

Entsetzt griff sich Primus an die Stirn.

»Das ist ja wieder einmal wunderbar«, jammerte er, wobei er das Gesicht in den Händen vergrub. »Was will man mehr? Wenn Snigg in der Nähe ist, braucht man keine Türglocke und auch kein Namensschild. Diese Dinge sind vollkommen überflüssig.«

Er sah Bucklewhee resignierend an.

»Und wie lange ich schlafe, wird jedem Dahergelaufenen auch gleich mitgeteilt. Unglaublich. Noch peinlicher geht es eigentlich gar nicht.«

»Und was willst du jetzt tun?«, fragte Bucklewhee.

»Ja, was soll ich schon machen?!«, knurrte Primus. »Ich muss da runtergehen, ob es mir passt oder nicht. Etwas anderes bleibt mir doch gar nicht übrig. Am Ende kommen die beiden noch hoch, und Snigg gibt dem Kerl eine Führung durchs Haus.«

Zähneknirschend und mit einem mulmigen Gefühl im Bauch ging Primus aus dem Zimmer. Also dann, dachte er, gehen wir es an. Jetzt würde sich ja gleich herausstellen, wen er da unten vor sich hatte.

Er schnappte sich den Zylinder und zog seinen Frack zurecht. Dann stieg er die Wendeltreppe zum Eingang hinunter. Bucklewhee blickte ihm besorgt hinterher.

Ein milder Luftzug wehte Primus entgegen, als er kurze Zeit später die schwere Eichentür öffnete. Schlagartig hüllte ihn das Sonnenlicht ein. Primus kniff die Augen zusammen und hielt sich die Hand vor das Gesicht. Hier draußen war es schon wieder so hell, dass er sich erst einmal daran gewöhnen musste. Für jemanden wie Primus, der üblicherweise als Fledermaus durch die Lande flog, war das gar nicht so einfach. Fleckig und verschwommen zeichneten sich die Konturen um ihn herum ab, bis sie nach und nach Formen annahmen. Dann trat er ins Freie.

Primus ließ die Eingangstreppe hinter sich und ging den Weg durch den Garten. Indessen wurden die Bilder schärfer. Primus bemerkte das Pferd, das müde neben der Gartenmauer graste. Er sah den Heuwagen und erkannte schließlich auch die dunkle Gestalt, die noch immer regungslos auf dem Kutschbock saß. Abwartend und mit dunklen Augen blickte diese ihn an.

Doch noch bevor Primus etwas sagen konnte, meldete sich auch schon der Kürbis zu Wort.

»Hallo«, rief Snigg vom Komposthaufen herüber. »Da bist du ja endlich. Hast du gesehen? Du hast Besuch.«

»Ja«, sagte Primus und winkte ihm zu, »vielen Dank. Das ist mir bereits zu Ohren gekommen.«

Er schritt durch das Gartentor und stellte sich neben den Wagen. Dort sah er zum Kutscher auf. Dieser war weitaus größer, als Primus es vermutet hatte. Geduckt saß die dürre Gestalt auf dem Gefährt und blickte zu Primus hinunter. Dann hob der Fremde den Kopf. Unangenehm und durchdringend war sein Blick, während er Primus von oben bis unten musterte.

Dieser aber bewahrte die Form.

»Seid gegrüßt«, sagte Primus und zog seinen Hut. »Sagt, was verschafft mir die Ehre? Ihr habt Euch gewiss verfahren, habe ich recht?«

Der Fremde schüttelte den Kopf. »Nein«, kam es unter dem Schal hervor, »das habe ich nicht. Ich bin hier schon richtig.«

Seine Stimme klang tief und eindringlich.

»Tja«, sagte Primus, »wie kann ich Euch dann dienen?«

Es folgte eine kurze Pause. Prüfend sah der Fremde ihm in die Augen. Wenig später sprach er weiter.

»Mein Name ist Grimmhart«, kam es als Antwort. »Ich bin Händler.«

Er hob die Hand und streifte langsam den Schal vom Kinn. Ein eingefallenes, schmales Gesicht kam zum Vorschein, aus dessen Mitte die lange Nase hervorstach. Fast sah sie aus wie ein Schnabel. Mit seinen gespenstischen Fingern deutete Grimmhart auf die Ladefläche des Wagens. Dort lagen mehrere Krüge, Kisten und Gläser. Auch ein großer, zylindrischer Behälter war dabei, in dem eine durchsichtige Flüssigkeit schwappte.

»Ich verkaufe Zutaten«, sagte er flüsternd, »magische Kräuter und edelste Wurzeln. Das Beste, was Ihr Euch vorstellen könnt.«

Primus gab sich unbeeindruckt.

»Wohlan denn«, entgegnete er, »das ist wirklich famos. Doch leider … ich bedaure. Damit weiß ich kaum etwas anzufangen.«

Das war offenbar nicht die Antwort, die der Fremde hören wollte.

»Gemach, gemach«, bemerkte er. »Meine Ware ist durchaus etwas Besonderes. Sie ist selten und mehr als außergewöhnlich.«

»Nein«, bekräftigte Primus, »vielen Dank. Solche Dinge sind nichts für mich. Ich bin der Kräuterkunde nicht mächtig, müsst Ihr wissen.«

»So, so«, bemerkte die geisterhafte Gestalt und blickte zum Fachwerkhaus hinauf, »muss ich das wissen? Doch das ist verwunderlich. Sehr verwunderlich. Und hier ist auch niemand in der Nähe, der damit umzugehen weiß? Oder vielleicht doch? Oben im Haus möglicherweise?«

Primus verschränkte die Arme.

»Nein«, sagte er, »tut mir leid. Und mein Freund, da drüben auf dem Komposthaufen, zieht auch eher Obst vor. Aber zum Essen, wohlgemerkt.«

Der geheimnisvolle Fremde grinste verstohlen. Er strich sich über das Kinn.

Dann stand er plötzlich auf.

Primus fuhr der Schreck in die Knie. Dieser Kerl war ohnehin schon so groß, dachte er. Doch stehend und oben auf dem Wagen, war seine Erscheinung noch weitaus eindrucksvoller.

»Und da seid Ihr Euch auch vollkommen sicher?«, zischte die Gestalt. »Es ist ansonsten niemand da, den meine Ware interessieren würde?«

»Nein«, wiederholte Primus entschlossen, »das sagte ich doch. Und nun gehabt Euch wohl. Ich wünsche noch eine gute Reise. Hat mich gefreut.«

Er schwang den Arm und wies zum Hügel hinunter.

Doch damit richtete Primus nichts aus. Im Gegenteil. Das Gesicht des Fremden verfinsterte sich.

Und dann geschah etwas, womit Primus niemals gerechnet hätte. Mit einem bösen Blick und gefletschten Zähnen stieg die Gestalt vom Wagen herunter.

Primus blieb beinahe die Luft weg. Er wich zurück, während der Fremde langsam und bedrohlich auf ihn zugeschritten kam.

»Sieh an, sieh an«, sagte dieser, »da will mich wohl jemand für dumm verkaufen, hm? Niemand zu Hause? Nein? Gar niemand? Mir schwant, das kann ich nicht glauben. Da muss ich mich anscheinend erst selbst davon überzeugen, nicht wahr?«

»Was? Wie bitte?«

Primus stand der Mund offen. Was, um alles in der Welt, hatte das zu bedeuten? Was hatte dieser Kerl vor?

»Jetzt wollen wir doch einmal sehen«, summte der Fremde. »Das haben wir gleich.«

Dann hob er eine Hand. Furchteinflößend streckte er die langen dünnen Finger nach Primus aus, um nach ihm zu greifen. Primus lief ein Schauder über den Rücken. Selbst Snigg schaute mit großen Augen vom Komposthaufen herüber und konnte es nicht glauben. Die Lage schien außer Kontrolle zu geraten.

Primus sah die geisterhafte Gestalt auf sich zukommen, blickte in die finsteren Augen des Fremden und wollte sich gerade verwandeln. Da ergriff der Spiegel im Turm auf einmal das Wort.

»NEIN!«, donnerte der hölzerne Kopf ganz oben im Turmzimmer. »Es ist niemand hier. Und nun verschwinde. Hast du gehört? PACK DICH!!!«

Das hatte gesessen. Augenblicklich zuckte der Fremde zusammen und blieb wie angewurzelt stehen.

Primus aber fehlten die Worte. Er wusste überhaupt nicht, was gerade geschah und was hier vor sich ging. Wie sollte er auch? Der alte Spiegel war schließlich viel zu weit weg, als dass seine Stimme bis in den Garten gedrungen wäre. Hier unten hatte Primus nichts von alledem gehört.

Anders der merkwürdige Fremde. Dieser schien sehr wohl vernommen zu haben, was der Spiegel zu ihm gesagt hatte. Stocksteif stand er da und sah zum Turm auf.

»Du hast mich gehört«, sagte der Spiegel. »Fort mit dir, aber sogleich. Du und die anderen, ihr braucht euch hier nicht blicken zu lassen, verstanden?«

Sehr wohl, das hatte er.

Langsam zog der Fremde die Hand zurück. Er blickte zu Primus und sah dann noch einmal zum Turmfenster empor. Endlich wandte er sich um. Mit wehendem Mantel bestieg Grimmhart seinen Wagen und griff nach den Zügeln. Das Wasser im Behälter auf der Ladefläche schwappte, als das Pferd das Fuhrwerk in Bewegung setzte. Dann machte sich der Eindringling aus dem Staub.

Primus war wie gelähmt. Sprachlos sah er dem Gefährt hinterher, das sich immer weiter entfernte. Wenig später war es zwischen den Hügeln verschwunden.

In Primus' Kopf schossen die Gedanken umher. Wer war dieser Kerl und was hatte er hier gewollt? So etwas war ihm Zeit seines Lebens noch nie passiert. Und wieso hatte der Fremde so plötzlich von ihm abgelassen? Das alles erschien ihm mehr als rätselhaft.

Einige Schritte weiter sprang Snigg vom Komposthaufen. Er kam durch den Garten gehüpft und setzte sich neben Primus.

»Ein grimmiger Geselle«, urteilte der Kürbis. »Tut mir leid, das habe ich nicht gewusst. Er sagte zu mir, er wolle dir etwas verkaufen.«

»In der Tat«, bejahte Primus. »Genau das hat er mir auch weismachen wollen. Aber das war bestimmt nicht der Fall.

Der Kerl wollte etwas anderes, da kannst du Gift drauf nehmen.« Primus schob die Stirn in Falten. »Irgendetwas hat der Bursche hier gesucht«, fuhr er nachdenklich fort. »Hinter irgendetwas war er her. Und es würde mich brennend interessieren, was das wohl sein könnte.«

Doch auf diese Frage hatten weder Primus noch Snigg eine Antwort. Schweigend standen die beiden da und starrten ins Leere.

Dann schaute der Kürbis zu Boden.

»Oh«, staunte Snigg, »was hat denn der Kerl für Schuhe angehabt.«

»Wie? Was meinst du?«

»Da, schau doch mal«, bemerkte der Kürbis. »Der hat vielleicht seltsame Spuren hinterlassen, findest du nicht? So etwas habe ich ja noch nie gesehen.«

Primus blickte vor sich auf den Boden und trat einen Schritt zurück. Tatsächlich, fiel es ihm auf, da war etwas dran. Das war wirklich eigenartig. Nachdenklich betrachtete Primus die sonderbaren Fußspuren, die sich auf dem Erdboden abzeichneten. Sie waren lang und dünn, wie von einer mächtigen Krähe.

»Was war das nur für ein Kerl?«, fragte Snigg. »Wo kam der her?«

»Das weiß ich auch nicht«, entgegnete Primus. »Keine Ahnung.«

Schweigend strich er mit dem Finger über die Fußspuren und dachte nach. Dann stand er auf.

»Aber ich glaube, das werden wir schon sehr bald herausfinden«, sagte er. »Schneller, als uns lieb ist. Den haben wir bestimmt nicht zum letzten Mal gesehen.«

Mit diesen Worten ging Primus zum Turm und schloss die Tür hinter sich. Snigg blieb grübelnd am Gartentor zurück. Er rutschte einige Male um die krakeligen Fußabdrücke herum und sah sie sich von allen Seiten an. Sie waren wirklich ungewöhnlich, stellte er fest. So etwas gab es nicht alle Tage. Schade nur, dass Chuck nicht hier war, bedauerte er. Vielleicht hätte er dann seinen kleinen Stein mit dem Loch noch einmal ausprobieren können. Das wäre bestimmt spannend gewesen.

Dann sprang er zurück auf seinen Komposthaufen und legte sich in die Sonne.

Vom Kringeltantchen

Es war noch früh, als Plim am nächsten Morgen jäh aus dem Schlaf gerissen wurde. Benommen hob sie den Kopf. Seltsam, wunderte sie sich, da war doch ein Geräusch? So ein lästiges Zischen? Was das wohl gewesen sein konnte? Sie rieb sich die Augen und blickte verschlafen durchs Zimmer. Doch alles schien ganz normal zu sein. Hier gab es nichts Ungewöhnliches. Die Vögel sangen, Staubflocken tanzten durch die Luft, und die Morgensonne blinzelte zwischen den Vorhängen ihres geblümten Himmelbetts hervor. Ach, dachte Plim, nicht so schlimm. Vielleicht hatte sie sich ja auch getäuscht. Das war bestimmt nur ein schlechter Traum gewesen.

Entspannt legte sie sich wieder hin. Sie drehte sich um, wickelte sich in ihre Decke und vergrub den Kopf im Kissen. Dann schlummerte sie weiter.

Doch der Frieden währte nur kurz. Denn bereits nach wenigen Minuten setzte das Geräusch von Neuem ein. Und diesmal ging es unaufhörlich weiter.

Wütend schlug Plim die Augen auf. Sie schielte zum Fenster und spitzte die Ohren. Das Geräusch war ein Niesen, wie sich herausstellte. Ein nervtötendes, lautes Niesen das aus dem Garten kam und bis hoch in ihr Schlafzimmer drang. Sofort hatte Plim einen Verdacht. Das konnte eigentlich nur *einer* sein, kombinierte sie. Es würde jedenfalls passen. Mürrisch rümpfte sie die Nase.

Als sich dann auch noch ein mitleiderregendes Stöhnen hinzumischte, da wusste Plim genau, woher der Wind wehte. Das war wieder einmal typisch. Wie konnte es auch anders sein? Und sie sprang aus dem Bett.

In ihren viel zu großen Hausschlappen eilte sie die Treppe hinunter. Sie zog ihr Nachthemd zurecht und stapfte durch die Hexenküche geradewegs zum Eingang. Dort riss sie die Haustür auf.

»Was ist denn jetzt schon wieder?«, rief sie der Vogelscheuche zu. »Hast du dich etwa erkältet? Es war doch richtig warm in den letzten Tagen.«

Chuck schaute zu ihr herüber. Keuchend und mit laufender Nase stand er im Gemüsebeet. Sein Anblick war, gelinde gesagt, jämmerlich. Chuck war bis unters Kinn in eine Decke gehüllt, die er zitternd festhielt.

»Oh, Miss Plim«, schniefte er. »Das ist aber eine Überraschung. Seid Ihr auch schon wach? Wie schön.« Er nieste dreimal. »Nein«, fügte er hinzu, »ich glaube, das ist nur wieder einmal der Heuschnupfen. Ihr kennt das ja. Nichts Ernstes. Alles in Ordnung.«

Plim verzog das Gesicht.

»Heuschnupfen? Das hat gerade noch gefehlt. So viele Allergien kann man doch gar nicht haben.«

»Doch, doch«, sagte Chuck und hüstelte. »Ich bin eben sehr empfindlich. Meine sensible Nase merkt sofort, wenn etwas blüht. Damit ist nicht zu spaßen.«

Aber die kleine Plauderei kam Chuck wie gerufen. Da sich die Gelegenheit schon einmal bot und Miss Plim gerade vor ihm stand, konnte er gleich ein ausführliches Gespräch mit ihr führen. Auf *Mitarbeiterbasis*, um genau zu sein. Vielleicht war sie ja früh morgens für seine Sonderwünsche eher aufgeschlossen, wer weiß?

Flink kam er aus dem Beet gesprungen.

»Ach, da Ihr das Thema *Allergien* gerade ansprecht«, säuselte die Vogelscheuche. »Ich denke, ich bräuchte vielleicht einen Aspirator.«

»Einen was?« Plim traute ihren Ohren nicht. »Was willst du haben?«

»Ich meine so ein Sprühfläschchen«, erklärte er. »Ihr wisst schon. So eines, das nach Eukalyptus riecht. Das sind so kleine Phiolen, die man sich in den Mund hält und dann draufdrückt. Richtig erfrischend soll das sein. So etwas müsste man eigentlich immer bei sich haben. Da fühlt man sich gleich wesentlich besser.«

Er mummelte sich ganz fest in die zerzauste Decke, atmete einmal tief ein und hob den Kopf. Dieser war übersät mit knallroten Pusteln.

»Sag mal, wie siehst du denn eigentlich aus?«, fragte Miss Plim. »Das ist ja fürchterlich.«

»Wieso?«

»Na, guck dich doch einmal an«, erwiderte sie. »Hast du irgendetwas gegessen?«

»Wer? Ich?«

»JA, WER DENN SONST?!«

Die Hexe stemmte die Hände in die Hüften und wippte mit dem Fuß.

»Warst du am Ende wieder einmal an meinen Zauberkräutern? Los, gib es zu.«

»Aber nein«, entgegnete Chuck und kratzte sich wie wild am Hals. »Wo denkt Ihr hin? Ich war nur kurz im Haus und habe …«

Plötzlich endete der Satz.

Ein ohrenbetäubender Niesanfall überkam Chuck, dass er beinahe das Gleichgewicht verlor. Es hörte gar nicht mehr auf. Prustend taumelte die Vogelscheuche durch den Garten und ruderte mit den Armen.

Nach einer Weile wurde es besser. Chuck wischte sich mit der zerschlissenen Decke quer übers Gesicht und schnappte nach Luft. Seine Augen waren dunkelrot.

»Also nochmal«, sagte Plim. »Was hast du im Haus angestellt? Du hast dir doch nicht etwa von Taddel und Mills etwas aufschwatzen lassen, oder?«

»Ganz bestimmt nicht«, entgegnete Chuck. »Auf keinen Fall. Das würde ich niemals tun. Ich habe mich nur kurz mit ihnen unterhalten.«

»Aha«, nickte Plim, »genau das habe ich mir gedacht. Nur ganz kurz unterhalten. Deswegen siehst du wahrscheinlich auch so aus, nicht wahr?« Sie tippte mit dem Finger auf seine Brust. »Raus mit der Sprache. Haben dir die beiden vielleicht irgendwas gegeben?«

»Nein«, beteuerte Chuck, »nichts dergleichen. Ich wollte mir lediglich etwas von meinen Sachen holen.«

»Von welchen Sachen?«

»Von denen, die wir aus Hohenweis mitgebracht haben«, erklärte er. »Meine Tauschartikel.«

Plim breitete die Arme aus.

»Ja, und weiter?«

»Nichts weiter«, verteidigte sich Chuck. »Taddel und Mills meinten nur, dass ich diese Decke hier mitnehmen könnte. Die würde mir nämlich richtig gut stehen, haben sie gesagt.«

Die Vogelscheuche richtete sich auf. Wie bei einer Modenschau drehte Chuck sich herum und präsentierte sich von allen Seiten.

»Ansonsten ist nichts passiert«, versicherte er. »Das könnt Ihr mir glauben. Die beiden haben mir sogar Komplimente gemacht.«

Daraufhin ging das Niesen von Neuem los. Chuck drückte sich mit beiden Händen die Decke vor das Gesicht und nieste, dass ihm ganz übel wurde. Schwankend und keuchend taumelte er vor dem Eingang umher.

Dann fing er mit einem Mal zu zucken an. Er verzog das Gesicht und kratzte sich japsend am ganzen Körper.

Plim runzelte die Stirn.

»Sag mal, ist das etwa die Decke aus dem Katzenkorb?«, fragte sie. »Dieser verlauste Lumpen, den ich schon längst wegwerfen wollte?«

Chuck wurde kreidebleich.

»Eine Katzen… äh, was?«

»Na, diese Decke aus dem kleinen Korb, wo an der Unterseite *Tierheim* steht«, antwortete Plim. »Natürlich, jetzt fällt es mir auf. Das ist sie doch!«

Der Vogelscheuche stockte der Atem.

»Hat da etwa eine Katze drauf gesessen?«

»Eine?« Plim zog die Lippe hoch. »Also, du machst mir vielleicht Spaß. Das war bestimmt eine ganze Meute. Das sieht man doch. Da hängen schließlich noch haufenweise Haare dran.«

Sofort wandte Miss Plim sich um. Grimmig blickte sie durch den Verkaufsraum in die Hexenküche und sah zu den beiden Kröten hinüber. Der Anblick sprach Bände. Tränenüberströmt und von Lachkrämpfen geschüttelt drückten sich Taddel und Mills die Münder zu. Sie konnten es kaum mehr aushalten. Ihre dicken Bäuche wackelten, dass das Einmachglas vibrierte.

Dann passierte es. Mit einem Schrei prusteten die beiden los. Johlend polterten sie in ihrem Glas und schlugen sich auf ihre Krötenschenkel.

Anders erging es der zimperlichen Vogelscheuche. Diese kreischte los, wie man es im Finsterwald noch nie gehört hatte. Auf der Stelle riss sich Chuck die verseuchte Decke vom Leib.

»EINE KATZENDECKE!!!«, schrie er. DAS IST JA FURCHTBAAAAR! AAAAAAAAHHHHHHH!!! WEG DAMIT!«

Aufgebracht sprang Chuck durch den Garten und klopfte sich die Katzenhaare vom Körper. Von allen Allergien, die er in seiner Sammlung vorzuweisen hatte, war das wohl die schlimmste.

Plim eilte ihm zu Hilfe.

»Warte«, rief sie, »das Zeug waschen wir ab. Ich hole nur schnell einen Kübel Wasser.«

Aber dieser Vorschlag gefiel der mimosenhaften Vogelscheuche natürlich überhaupt nicht.

»Nein«, schrie Chuck, »weg mit Euch. Da werde ich krank. Bleibt mir bloß vom Leib.«

Er packte sein Leinenhemd und schüttelte sich wie ein Hund bei Regenwetter. Eine ganze Wolke von kleinen Bröseln, Staub und Tierhaaren stieg über ihm auf. Taddel und Mills heulten vor Lachen.

Allerdings, und das sei zu erwähnen: Bei Chucks Verrenkungen purzelten nicht nur die Katzenhaare von ihm herab. In hohem Bogen sauste auch der kleine Stein des Waldgeistes aus seiner Tasche und landete direkt vor Plims Füßen auf dem Boden.

Doch Chuck hatte diesen Zwischenfall gar nicht bemerkt. Schmollend und mit hochrotem Kopf wandte er sich ab. Dann sprang er zurück zum Gemüsebeet.

Plim sah das Steinchen unschlüssig an.

»He«, rief sie der Vogelscheuche hinterher, »bleib mal stehen. Du hast was verloren.«

»Danke, nein«, entgegnete Chuck, ohne sich dabei umzudrehen. »Kein Bedarf. Ich bin zutiefst erschüttert. Das ist eindeutig zu viel für mein Nervengeflecht. Ich brauche jetzt Ruhe. Absolute Ruhe.«

Völlig zerzaust stellte er sich unter die Bohnenstangen. Dann begann die Vogelscheuche, rhythmisch zu atmen. Diese Technik hatte Chuck in seiner Gruppentherapie gelernt, von der er immerzu schwärmte. Es war entspannend und half im Zweifelsfall immer. Schnaufend stand er da und schloss die Augen.

Unterdessen hob Plim den kleinen Stein auf. Sie hielt ihn zwischen den Fingern, drehte ihn im Sonnenlicht und sah ihn von allen Seiten an.

Was schleppte Chuck eigentlich für seltsame Dinge mit sich herum? – fragte sie sich. Das mochte man ja gar nicht für möglich halten. War das etwa ein Anhänger oder gar ein Amulett?

Neugierig blickte sie auf das Loch in der Mitte des Steins. So etwas hatte sie noch nie gesehen. Doch dann winkte Plim ab. Was auch immer dieses Etwas darstellen sollte, sie konnte es Chuck auch später zurückgeben. Bis dahin würde sie es verwahren.

Kurz entschlossen machte sie kehrt und ging zum Haus zurück. Da fiel ihr Blick beiläufig auf den hohlen Baumstamm, der nur wenige Schritte abseits im Garten lag.

Hoppla, staunte Plim, was war denn das? Da steckte ja schon wieder ein Brief in der Wurzelrohrpost. Diesen hätte sie vor lauter Aufregung beinahe übersehen. Eilig trippelte sie durch die Wiese. Dann zog sie den Umschlag aus der Röhre.

Großartig! – freute sie sich. Das war ein Brief von ihrer Großmutter. Die Wurzelrohrpost war wirklich flink. Schließlich hatte Plim gestern erst an ihre Großmutter geschrieben und um ein paar Auskünfte gebeten. Und heute war die Antwort auch schon da. Eine tolle Sache.

Schnell verschwand Plim im Haus. Sie schloss die Tür hinter sich und flitzte in die Hexenküche.

Die beiden Kröten saßen wie zwei Unschuldsengel in ihrem Einmachglas.

»Hatschi«, sagte Taddel verschmitzt.

»Gesundheit«, erwiderte Mills und klopfte ihm gar fürsorglich auf die Schulter.

Gespielt artig saßen die beiden da. Sie rollten mit den Augen und sahen grinsend zur Decke. Es war immer das Gleiche mit ihnen. Die zwei Kröten erweckten den Eindruck, als könnten sie kein Wässerchen trüben.

Im Vorbeigehen klatschte Plim mit dem Umschlag gegen das Glas.

»Taugenichtse«, schimpfte sie. »Einer wie der andere.«

»Wer? Wir?«

»Ja, ihr«, knirschte Plim, während sie nach oben ging. »Ist vielleicht sonst noch jemand hier?«

Taddel und Mills blickten ihr neugierig nach.

»Hast du Post bekommen?«, fragte Taddel. »Was steht denn da drin?«

»Geht euch überhaupt nichts an«, schallte es von der Treppe. »Überhaupt nichts.«

»Oooooohhhhh«, riefen ihr die Kröten hinterher. »Wie schade.«

Und Plim verschwand.

Oben angekommen, ließ sie sich auf ihr Bett fallen. Sie drehte sich auf den Bauch und studierte mühevoll den knittrigen Brief, den ihre Großmutter in einer kaum leserlichen Krakelschrift verfasst hatte. Kurze Zeit später aber hatte sie ihn entziffert.

»So, so«, brummte Plim, »das Kringeltantchen. Schau an, schau an.«

Sie drehte sich auf die Seite und überlegte.

»Das muss ich unbedingt Primus erzählen«, sagte sie entschlossen. »Aber gleich.«

Sofort sprang Plim aus dem Bett. Sie zog sich etwas anderes an und steckte den Brief in ihre Schürzentasche. Den seltsamen Stein, den Chuck im Garten verloren hatte, tat sie auch dazu. Schließlich wollte Plim nicht, dass er abhandenkam.

Daraufhin konnte es losgehen. Plim holte ihren Rennbesen hervor, schnappte sich ihre Handtasche und eilte hinaus in den Garten.

»Ich bin gleich wieder zurück«, rief sie der Vogelscheuche zu. »Dauert nicht lange. Und halte dich gefälligst von den beiden Nichtsnutzen fern. Die zwei wollen dich bloß ärgern.«

Doch Chuck wippte nur leicht mit dem Kopf. Er war noch immer aufs Tiefste schockiert und für eine Unterhaltung viel zu geschwächt.

Aber das berührte Miss Plim nicht weiter. Der liebe Chuck würde sich schon wieder erholen, dachte sie. Und abgesehen davon, spätestens in einigen Tagen hatte er bestimmt wieder ein neues Wehwehchen. Das war sie schon gewohnt.

Knatternd warf sie ihren Besen an. Sie zog die Rennfahrerbrille über, stellte ihre Tasche auf den Lenker und trat aufs Gas. Mit einem lauten Knall schoss Plim aus der Lichtung. Dann verschwand sie hinter den Tannen.

Fernab im alten Turm, wurde unterdessen fieberhaft kombiniert. Seit Stunden schon saßen Primus und Bucklewhee im Dachzimmer und brüteten erneut über dem geheimnisvollen Puzzle. Es war zum Verzweifeln. So sehr sich die beiden auch anstrengten, sie konnten die sechzehn Teile einfach nicht richtig zusammensetzen.

Nicht schlimm genug, dass man die hauchdünnen Wegstrecken auf den schneeweißen Würfeln kaum erkennen konnte. Einige der Linien verschwanden auch mit der Zeit, als würden sie von einer unsichtbaren Hand wegradiert. Dieses Phänomen war Bucklewhee aufgefallen, der im Geiste fein säuberlich Buch führte. Das penible Hühnergerippe hatte allen Wegstrecken eigene Nummern gegeben, die er genauestens vermerkte. Diese Vorgehensweise hielt er für ausgesprochen wichtig, und eine fehlende Nummer in seiner Bürokratie kam nahezu einer Katastrophe gleich.

Doch es waren nicht nur die verblassenden Linien, die Primus und Bucklewhee Kopfzerbrechen bereiteten. Auch der geheimnisvolle See brachte die beiden mächtig aus dem Konzept. Von einem Moment zum anderen verschwand das Gewässer und tauchte stattdessen auf ein paar völlig anderen Würfeln wieder auf. Das Puzzle schien praktisch nicht lösbar zu sein. Mit langen Gesichtern saßen die beiden vor Primus' Bett auf dem Boden und starrten auf die Würfel.

Bucklewhee klapperte mit den Knochen. Er streckte den Flügel aus und deutete auf zwei bestimmte Steine, die sie zuvor am Rand des Puzzles angeordnet hatten. Hier passte etwas nicht zusammen.

»Geht das schon wieder los?«, krähte er. »Ich kann es nicht glauben. Das ist haargenau derselbe Schabernack wie vor einer halben Stunde. Die beiden Stücke haben doch gerade noch ganz anders ausgesehen. Ich könnte schwören, dass darauf ein Weg zu erkennen war.«

»Habe ich auch gedacht«, stimmte Primus zu. »Das war so ein gebogener, richtig?«

»Korrekt«, bestätigte Bucklewhee. »Der war krumm und schief. Und er hat von hier unten nach da oben geführt. Kannst du mir vielleicht verraten, wo der auf einmal geblieben ist?«

»Keine Ahnung«, erwiderte Primus. »Er ist auf jeden Fall nicht mehr da.«

»Aber das darf doch wohl nicht wahr sein«, jammerte das Hühnergerippe. »Ist dir eigentlich bewusst, was das bedeutet?«

»Nein«, brummte Primus, »was denn?«

»Das bringt mein ganzes System durcheinander«, rief Bucklewhee. »Jetzt kann ich meine Kartei schon wieder neu ordnen.«

»Du hast eine Kartei?«

»Aber selbstverständlich«, bekräftigte er und deutete auf sein knochiges Köpfchen. »Hier oben drin. Da ist alles perfekt katalogisiert.«

Wichtigtuerisch wackelte er mit dem Hahnenkamm.

»Bei dieser Gelegenheit möchte ich verlautbaren«, plusterte er sich auf, »und das tue ich zum wiederholten Male und mit allerhöchstem Nachdruck, dass ich alle Pfade aktenkundig vermerkt habe.« Wie von Sinnen riss er die Augen auf. »Das sind bürokratische Aufwände!«, schrie er. »So etwas darf man nicht unterschätzen.«

Primus war sichtlich beeindruckt von so viel geistiger Leistung.

Doch Bucklewhee war noch nicht fertig.

»Gemäß meiner Registrierung, müsste das der Weg 9a im seitlichen Quadranten 4 gewesen sein«, erinnerte er sich. »Unter dieser Kennung habe ich ihn eingetragen. Genau, ich glaube, das war er. So, und jetzt ist er auf einmal weg. Was sagt man dazu?«

»Ich weiß auch nicht, was da vor sich geht«, murmelte Primus. »Aber irgendeinen Grund muss es schließlich geben. Wenn diese Linie wirklich ein Weg gewesen ist, kann er sich nicht einfach in Luft auflösen. Selbst in den Bleibergen gibt es das nicht.«

»Schaut aber so aus«, zeterte Bucklewhee. »Der ist eindeutig nicht mehr da. Hier, sieh selbst.«

Die beiden beugten sich ganz dicht über die Würfel und untersuchten deren Oberflächen. Doch von dem gebogenen Weg fehlte jegliche Spur. Es sah ganz danach aus, als hätte Bucklewhee recht.

Dann aber fiel Primus etwas auf. Es war zwar nur eine Kleinigkeit, aber sie machte ihn stutzig.

»Was ist denn das?«, fragte er verwundert.

»Was?«

»Na, das.« Primus deutete auf die Oberseiten der beiden Würfel. »Siehst du das? Mir scheint, das ist eigenartig.«

In der Tat. Das war es wirklich. Denn bei genauerem Hinsehen erweckte es den Eindruck, als würde sich die weiße Schneedecke, die auf den Würfeln zu sehen war, wie von Geisterhand bewegen. Schummrig driftete sie von unten nach oben.

»Da verschiebt sich irgendwie alles so komisch«, wunderte sich Primus. »Kannst du mir verraten, was da vor sich geht?«

Das Hühnergerippe überprüfte die Situation.

»Stimmt«, raunte Bucklewhee. »Das ist mir noch gar nicht aufgefallen. Das sieht aber seltsam aus.«

Staunend steckten die zwei ihre Köpfe zusammen. Sie betrachteten das mysteriöse Schauspiel, das vor ihren Augen stattfand, und brachen in reges Geplapper aus.

Plötzlich kam Primus ein Gedanke. Er verstummte und blickte ins Leere. Genau! – schoss es ihm durch den Kopf. Das könnte die Lösung sein. Aber ist so etwas denn möglich? – fragte er sich. Das wäre ja eine Sensation.

Wie dem auch sei. Das wollte er nachprüfen.

Schnell sprang Primus auf und huschte zu der alten Truhe, die neben seinem Bett in der Ecke stand. Er klappte den Deckel auf und fing an zu kramen. Wenig später zog er eine Lupe hervor.

Bucklewhee war verzückt.

»Oh, wie geniös«, jauchzte der Vogel. »Wir ziehen optische Gerätschaften hinzu. Ich wusste gar nicht, dass wir über so ein Glas verfügen.«

Primus sah durch das Vergrößerungsglas und blickte dem Vogel ins Gesicht. Sein Auge wurde sogleich zur dreifachen Größe verzerrt.

»Toll, nicht wahr?«, sagte Primus. »Diese Lupe habe ich neulich erst gefunden. Sie lag unter einem Stapel Bücher begraben. Ich muss schon sagen, wir sind hier absolut top ausgestattet.«

Da konnte ihm das kleine Hühnergerippe nur aufrichtig zustimmen. Bucklewhees Augen glänzten. Neben Metallfedern, Schnüren und Zahnrädern, war so etwas genau das richtige Instrument für ihn.

»Gib mal her«, drängte Bucklewhee. »Das muss ich unbedingt ausprobieren.«

»Ja, gleich«, vertröstete ihn Primus. »Ich will erst sehen, was da los ist.«

Er kniete sich auf den Boden und nahm die beiden Würfel ins Visier.

»Sieh an«, lächelte Primus, »genau das habe ich vermutet. Jetzt ist mir alles klar. Da hätten wir aber auch schon früher draufkommen können.«

»Wieso? Was ist?« Bucklewhee konnte es überhaupt nicht erwarten. »Nun sag schon. Was siehst du?«

»Hier«, Primus reichte ihm die Lupe, »schau dir das einmal an. Das ist ja unglaublich.«

Das ließ sich das kleine Hühnergerippe natürlich nicht zweimal sagen. Sofort nahm Bucklewhee die Lupe in Empfang und begann mit der fachlichen Untersuchung.

»Ja«, quietschte der Vogel, »das sieht mir alles hochinteressant aus, in der Tat. Ja, ja, da fliegen so kleine Punkte herum, nicht wahr? Mhm«, summte er, »sehr schön. Gefällt mir gut.«

Das Hühnchen kratzte sich am Kopf. »Und was soll das jetzt bedeuten?«

»Ja, siehst du das denn nicht?«, rief Primus. »Das sind Schneeflocken!«

»Im Ernst?« Bucklewhee blickte ungläubig drein.

»Na klar«, bestätigte Primus. »Schau doch mal hin. Das ist eine undurchdringliche Wand aus weißen Flocken. Deswegen kann man die Wege nicht mehr erkennen. In dieser Gegend muss es gerade schneien, dass selbst die Berggeister nicht mehr wissen, wo es langgeht. Dieser gebogene Weg, äh … 8a, der ist …«

»9a«, berichtigte Bucklewhee. »Er heißt 9a.«

»Ach, meinetwegen.« Primus wedelte mit der Hand. »Dann heißt er eben 9a. Er ist wahrscheinlich immer noch an Ort und Stelle. Wir können ihn bloß nicht mehr sehen.«

»Du willst mich verschaukeln, oder?«

»Nein«, beteuerte Primus, »keineswegs. Überzeug dich selbst. Der Schneesturm fegt gerade mit einer solchen Wucht über die Berge, dass man rein gar nichts mehr ausmachen kann. Das ist der Grund, weshalb die Linie fehlt. Verschwunden ist der Pfad nicht. Er ist nur verdeckt.«

Das gab Bucklewhee zu denken. Er sah ein weiteres Mal durch die Lupe und versuchte, die weißen Schlieren, die sich auf den Würfeln abzeichneten, zu deuten. Dann endlich begriff er, was Primus meinte.

»Ich kann es nicht fassen«, rief er. »Da schneit es tatsächlich. Jetzt erkenne ich es. Bei allen Pendeluhren, das ist ja fantastisch.« Bucklewhee kam aus dem Staunen gar nicht mehr heraus.

»Aber wie ist so etwas möglich?«, entfuhr es ihm. »Wie kann dieses Puzzle anzeigen, was gerade irgendwo in den

Bleibergen geschieht? Diese Gegend ist meilenweit weg.« Fassungslos sah er Primus an. »Was für ein Zauber ist das eigentlich?«

»Das wüsste ich auch gerne«, stimmte Primus zu. »Genau das frage ich mich schon die ganze Zeit. Es ist auf jeden Fall ein Zauber der Extraklasse, soviel steht fest. Glaub mir, da muss ein Hexenmeister am Werk gewesen sein, der wahrlich seinesgleichen sucht. Das ist die ganz hohe Schule der Magie. So etwas findet man selten.«

Primus biss die Zähne zusammen. »Es würde mich brennend interessieren, mit wem wir es hier zu tun haben«, flüsterte er. »Wer hat dieses Puzzle gefertigt? Die Magier in Hohenweis waren das mit Sicherheit nicht, soviel ist klar. Und es ist auch kein Werk der Alchemisten. Aber, wer war es dann?«

Für ein paar Augenblicke saß er da und überlegte.

Schließlich fasste er alles zusammen. »Egal«, sagte er, »wer auch immer dahintersteckt. Wir wissen jetzt, was diese Würfel für einen Sinn haben. Das ganze Puzzle ist wie ein magisches Auge. Ein Auge, mit dem wir alles sehen können, was gerade an einer bestimmten Stelle im Land passiert. Deswegen verändert sich auch die Oberfläche der Würfel. Es ist ganz gleich, ob es an dem Ort, um den es sich handelt, gerade regnet oder ob es schneit. Wir können alles mitverfolgen, was dort passiert.«

Primus war völlig aus dem Häuschen.

»Und noch etwas leuchtet mir ein«, sprudelte es aus ihm heraus. »Wenn die Würfel zum Abend hin dunkler werden, dann liegt das daran, dass auch in der betreffenden Gegend die Nacht hereinbricht. Jetzt weiß ich Bescheid. So ist das also. Wir sehen den Ort, an dem sich alles abspielt genau zur selben Zeit und wie durch ein großes Fernrohr. Ein Fernrohr, das von oben herunterschaut.«

»Und was soll das für ein Ort sein, den die Würfel anzeigen?«, fragte Bucklewhee. »Was spielt sich da ab?«

»Das kann ich dir sagen«, kam es wie geschossen. »Das ist ganz einfach. Die Landschaft, die auf den Würfeln zu sehen ist, zeigt immer den Ort, an dem dieser geheimnisvolle See auftaucht. Erscheint der See an einer anderen Stelle, dann ändert sich auch die Karte auf den Würfeln. Auf diese Weise kann man genau erkennen, wo der See gerade ist.«

»Eine kühne Theorie«, bemerkte Bucklewhee. »Aber was steckt dahinter? Warum sitzen wir den ganzen Tag hier auf dem Boden und versuchen herauszufinden, wo sich dieser See befindet?«

»Weil irgendjemand mit diesem See etwas einsammelt«, erklärte Primus. »Er sucht nach etwas. Dieser Jemand hält nach etwas ganz Bestimmtem Ausschau und nimmt es dann mit.« Primus dachte an die rätselhafte Gestalt mit dem Pferdewagen und warf Bucklewhee einen sorgenvollen Blick zu. »Und ich habe den dringenden Verdacht«, sagte er, »dass dieser Jemand auch schon hier bei uns war.«

Ach du Schreck, durchzuckte es Bucklewhee. Das hörte sich aber gar nicht geheuer an.

»Wer?«, fragte das Hühnergerippe. »Wer ist denn dieser Jemand? Und wohin nimmt er die Sachen mit?«

»Tja«, brummte Primus, »das weiß ich leider auch nicht. Ich habe überhaupt keine Ahnung, mit wem wir es zu tun haben. Und wo sich dieser Ort befindet, an dem die Sachen landen, das weiß ich auch nicht. Bisher ist der Zielort noch nie auf den Würfeln aufgetaucht.«

Primus musste an das seltsame Holzspielzeug denken, das er am Fuß des Hügels gefunden hatte und verharrte.

»Aber nicht alle Sachen kommen dort an«, fügte er leise hinzu. »Hin und wieder geht etwas verloren. Es wird angeschwemmt und bleibt dann lie…«

Mitten im Satz brach Primus ab. Er legte den Kopf zur Seite und lauschte.

»Pst«, sagte er, »ich höre etwas. Ich glaube, wir bekommen Besuch.«

»Schon wieder? Wer kommt denn?« Sofort wurde der Vogel neugierig

Primus deutete zum Fenster.

»Das hört sich ganz nach Plims Hexenbesen an«, erwiderte er. »Was macht die denn schon so früh auf den Beinen?«

Daraufhin verwandelte er sich. Er flatterte über das Geländer und segelte mit ausgestreckten Flügeln zum Kaminzimmer hinunter. Dort landete er auf dem Fensterbrett. Gespannt lugte er nach draußen.

Und siehe da, er hatte sich nicht getäuscht. Eilends kam Plim um die Ecke geflogen. Ihre Brille war beinahe vollständig beschlagen. Sie drosselte ihren Besen und ging zum Tiefflug über. Dann setzte sie neben Sniggs Komposthaufen zur Landung an.

»Guten Morgen«, rief Snigg. »Das ist aber eine Überraschung. Wie geht es Chuck?«

»Der hat Ausschlag«, antwortete sie, wobei sie sich den Ruß vom Gesicht wischte. »Außerdem hat er Juckreiz und knallrote Flecken.«

»Äh, wie bitte?« Snigg war verwirrt.

»Und in diesem Moment macht er wahrscheinlich gerade Atemübungen«, fügte Plim hinzu. »Nichts Neues also. Es ist alles wie immer.«

»Ach so.«

Der Kürbis hatte keine weiteren Fragen. Das hörte sich wirklich danach an, als wäre bei Chuck alles beim Alten. Sofort vergrub er seinen Kopf im Komposthaufen und wühlte hungrig zwischen den Blättern. Das Thema hatte sich für ihn erledigt.

Plim sah indessen zum Fenster auf. Sie wollte sich gerade ankündigen, doch da kam Primus ihr zuvor.

»Hallo, Plim«, rief er zu ihr hinunter. »Was machst du denn so früh schon hier?«

»Ah, wie schön«, antwortete sie, »du bist zu Hause. Kann ich kurz zu dir hereinkommen? Ich muss dir unbedingt etwas zeigen.«

»Aber klar doch«, freute sich Primus. »Komm hoch. Die Tür ist offen.«

»Gut«, rief sie, »bis gleich.«

Flinken Fußes verschwand Plim im Eingang. Sie drückte ihre Handtasche an die Brust und huschte die Wendeltreppe hinauf. Wenig später kam sie im Kaminzimmer an.

»Du wirst nicht glauben, was ich gerade erfahren habe«, trällerte Plim. »Da kommst du nie und nimmer drauf. Nie und nimmer!«

Primus segelte vom Fensterbrett.

»Wovon redest du?«, fragte er und nahm seine menschliche Gestalt an. »Worauf komme ich nie und nimmer?«

»Du wolltest doch etwas über meine Ur-Ur-Ur-Ur-Ur-Großtante wissen«, erinnerte sie ihn. »Ob es da etwas Besonderes gegeben hat, wolltest du wissen.« Sie hob den Kopf und schaute ihn frech an.

»Sprichst du etwa von deinem … äh … wie hieß sie noch gleich? Kringeltantchen? Die mit der Pfeife?«

»Ganz genau«, lächelte Plim. »Von der rede ich.«

Sie zog den Brief aus ihrer Schürzentasche und deutete auf den Umschlag.

»Die Antwort hat mir heute meine Großmutter geschickt«, verkündete sie. »Und die weiß die Geschichte wiederum von ihrer Großmutter.«

»Ja, dann raus mit der Sprache«, sagte Primus. »Das will ich auch wissen.«

»Hihi«, kicherte Plim und fächerte mit dem Brief. »Das würdest du gerne wissen. Hihi.«

»Auf jeden Fall«, rief Primus. »Spann mich nicht auf die Folter.«

Plim faltete den Brief auseinander. Sie hob die Hand und streckte den Zeigefinger aus.

»Also«, setzte sie an, »meine Großmutter schreibt, dass diese Tante angeblich keine normalen Pfeifenkringel geblasen hat, sondern ganz besondere.«

»Wie?«, fragte Primus. »Was soll das heißen ganz besondere? Waren die etwa eckig?«

»Nein«, antwortete Plim, »das waren sie nicht. Die waren kreisrund. Aber es waren magische Rauchkringel. Mit denen konnte man etwas Außergewöhnliches tun.«

»Und was?« Noch konnte sich Primus überhaupt nichts darunter vorstellen.

Plim schnaufte respektvoll.

»Das wirst du mir wahrscheinlich nicht glauben«, warnte sie ihn, »aber mit denen konnte man in die Vergangenheit schauen.«

»Ist nicht wahr«, staunte er, »du machst Scherze?!«

»Äh-äh«, verneinte Plim, »tue ich nicht. Das Kringeltantchen konnte Rauchkringel mit Bildern von früher erzeugen. Man brauchte bloß an etwas zu denken, das man in der Vergangenheit erlebt hat. Anschließend musste man mit der Pfeife einen Rauchkringel blasen, und schon sah man, wie das Geschehene inmitten des Kringels noch einmal stattfand. Sensationell, nicht wahr?«

»Na, und ob«, platzte es aus Primus heraus. »Das ist ja unglaublich.«

»Finde ich auch.«

»Und dann ist die werte Dame auf einmal verschwunden?«, fasste Primus zusammen.

»Richtig«, bestätigte Plim. »Kringeltantchen war von einem Tag zum anderen weg. Keiner hat sie jemals wiedergesehen.«

»Hm«, grübelte Primus, »das ist in der Tat bemerkenswert. Und du sagtest, das wäre vor zweihundertfünfzig Jahren passiert?«

»So in etwa«, nickte Plim. »Am frühen Nachmittag eines drückend heißen Sommertages. Weißt du, die Mutter von meiner Großmutter … also, die hatte wiederum eine Großmutter. Und die hat …«

»Moment, du glaubst doch nicht, dass ich da noch mitkomme«, murmelte Primus.

»Nun, eine Vorfahrin von mir eben«, kürzte Plim ab. »Sie muss damals noch ein kleines Mädchen gewesen sein. Sie hat nach Kringeltantchen gesucht, aber die Tante war wie vom Erdboden verschluckt.«

»Mitsamt der Bank und dem kleinen Baum«, erinnerte sich Primus.

»Ja, genau«, bestätigte Plim, »die waren seltsamerweise auch auf einmal weg.«

Dieser Punkt wunderte Primus am allermeisten. Warum, um alles in der Welt, verschwindet eine Bank? Sehr seltsam. Doch so sehr er sich auch anstrengte, ihm fiel keine passende Lösung ein.

»Ich möchte allzu gerne wissen, wer oder was hier dahintersteckt«, fieberte Primus. »Und noch viel mehr würde mich interessieren, wohin die ganzen Dinge verschwunden sind. Die Hütte, die Bank, der Baum …«

»Ja, und die Pfeife«, ergänzte Plim. »Die war natürlich auch verschwunden.«

»Natürlich«, wiederholte Primus leise, »… die Pfeife. Die hätte ich beinahe vergessen.«

Daraufhin setzte Stille ein.

Schweigend standen die beiden da, und nur das Ticken von Bucklewhees Pendeluhr war zu hören.

Nach einer Weile wurde Primus misstrauisch.

»Was war eigentlich in dieser Pfeife drin?«, fragte er.

»Hä?«, fragte Plim. »Wie bitte?«

»Ich meine, wie macht man so ein Zauberkunstwerk, bei dem irgendwelche Bilder aus der Vergangenheit auftauchen? Wie geht das?«

»Na, wie schon?«, antwortete Plim. »Mit dieser Pfeife eben.«

Doch da gab es noch eine andere Möglichkeit.

»Oder mit dem Kraut, das man in die Pfeife hineinsteckt«, ergänzte er. »Das wäre doch auch denkbar, oder?«

Plim blies die Backen auf.

»Puh«, seufzte sie. »Das muss dann aber schon ein ganz besonderes Zauberkraut sein.«

»Davon gehe ich aus«, stimmte Primus ihr zu. »Das scheint mir nämlich auch so.«

Dann verschränkte er die Arme. Primus blickte ins Leere und zog die Stirn in Falten.

»Ich möchte wissen, wo diese Dinge geblieben sind«, knurrte er. »Die können sich doch nicht in Luft aufgelöst haben. Es muss da einen Ort geben, wo sie gelandet sind. Aber wo?«

Lauter Fragen, auf die es keine Antwort gab.

Doch mit dem eifrigen Rätselraten sollte es im nächsten Moment ohnehin schon vorüber sein. Denn die ganze Zeit, während Primus und Plim sich über das Kringeltantchen unterhalten hatten, war Bucklewhee in der Dachkammer fleißig gewesen. Er hatte die Glaswürfel verschoben und war auf etwas Besonderes gestoßen. Etwas, das ihm mehr und mehr zu denken gab.

Gackernd meldete er sich zu Wort.

»Hallo«, rief er. »Ihr zwei da unten. Ich hätte da mal eine Anmerkung.«

»Jetzt nicht«, antwortete Primus. »Tut mir leid, aber ich muss nachdenken.«

»Mir scheint aber, dass es überaus wichtig ist«, bekräftigte Bucklewhee. »Mich beschäftigt etwas gar sehr.«

»Dann los«, ließ sich Primus überreden. »Was ist?«

Das Huhn räusperte sich.

»Gibt es hier womöglich irgendwo eine Wasserfläche, die größer ist, als das gesamte Bleigebirge?«

»Wie bitte?« Primus sah zur Dachkammer auf.

»Na, praktisch ein Meer«, schallte es von oben. »So ein riesiges Gewässer mit einem langen Ufer. Hast du eine Ahnung, wo das sein könnte?«

Primus wusste nicht, wovon Bucklewhee sprach.

»Kenne ich nicht«, antwortete er. »Ist mir noch nie aufgefallen. Aber warte doch kurz. Wir reden gleich darüber, ja?«

Mit diesen Worten wandte er sich wieder an Plim.

»Also«, fuhr er fort, »wo waren wir stehengeblieben? Ach ja, bei deinem Kringeltantchen und den verschwundenen Dingen. Sehr mysteriös. Hat deine Großmutter vielleicht noch etwas geschrieben, was wichtig sein könnte?«

»Nein«, antwortete Plim und überflog noch einmal den Brief. »Da steht sonst nichts weiter drin.«

»Äh, hört mal ihr beiden«, kam es erneut von oben. »Ich störe die traute Runde wirklich nur ungern. Aber ich muss unbedingt noch einmal wegen dieses riesigen Gewässers nachfragen. Primus, könntest du vielleicht einmal zu mir nach oben kommen?«

»Jetzt nicht«, antwortete dieser. »Unterbrich mich doch nicht ständig. Ich kann ja gar keinen klaren Gedanken fassen.«

Doch das Hühnergerippe ließ sich nicht abwimmeln.

»Mir schwant aber, hier ist etwas Seltsames zu sehen«, rief Bucklewhee. »Hier sind auf einmal so merkwürdige Inseln aufgetaucht.«

Primus sah nach oben. »Wovon redest du eigentlich?«, rief er ins Dachgeschoß hinauf. »Wo sind Inseln?«

»Hier, auf den Würfeln.«

»Bitte was?«

»JA, VIELLEICHT KOMMST DU MAL, BEVOR DIE WIEDER WEG SIND!«, schrie Bucklewhee. »UND BE-EIL DICH GEFÄLLIGST!!!«

In der Tat, jetzt musste es schnell gehen.

Primus winkte Plim zu und deutete auf die Leiter, die zum Dachgeschoß führte. Dann verwandelte er sich. So schnell er nur konnte, schwang sich Primus in die Luft und flatterte zu Bucklewhee hinauf. Dieser saß neben dem Bett auf dem Boden und deutete auf das Puzzle.

»Da«, sagte das Hühnergerippe, »schau mal.«

Primus traute seinen Augen nicht.

»Was ist das?«

»Das siehst du doch«, antwortete Bucklewhee. »Ich bin fertig.«

»Aber, das kann nicht dein Ernst sein.«

»Doch«, bekräftigte Bucklewhee, »sehr wohl. Das Puzzle ist komplett.«

Dann hob er den Flügelknochen.

»Wobei«, fing er an und tänzelte durch den Raum. »Ich möchte einräumen, dass der Ausdruck *fertig* rein grammatikalisch an dieser Stelle vielleicht ein wenig ...«

Dafür hatte Primus jetzt keine Zeit.

»Halte mir keine Vorträge«, fuhr er dazwischen. »Sag mir lieber, wie du das angestellt hast.«

»Das war letztendlich ganz einfach«, kam es als Antwort. »Pass mal auf.«

Der Vogel streckte den Flügel aus und deutete auf die sechzehn Würfel, die er zu einem großen Quadrat zusammengesetzt hatte.

»Du hast zuerst die vier Würfel, auf denen der Uferstreifen abgebildet ist. Und dann die restlichen zwölf, auf denen man das riesige Wasser erkennen kann. Da sind ansonsten nur die kleinen Inseln drauf. Ich möchte meinen, das war nun wirklich nicht schwer. Unser See liegt übrigens auch am Ufer«, sagte Bucklewhee. »Gar nicht weit vom Meer entfernt. Um den musste ich mich nicht weiter kümmern. Der hat sich direkt aus den ersten Würfeln ergeben. Das war praktisch.«

Überwältigt starrte Primus auf das Puzzle. Er ging in die Knie und betrachtete voll Faszination die fremdartige Karte, deren Ländereien er noch nie zuvor gesehen hatte.

Da kam auch schon Miss Plim dazu. Sie stieg aus der Bodenöffnung und sah auf die gläsernen Würfel.

»Dürfte ich einmal erfahren, was ihr zwei hier treibt?«, fragte sie. »Was macht ihr denn da?«

Doch von Primus konnte sie jetzt keine klare Antwort erwarten. Er war außer sich vor Freude.

»Das ist es!«, jauchzte er und deutete auf die geheimnisvollen Inseln. »Das muss die Stelle sein, nach der ich die ganze Zeit gesucht habe.«

»Was denn für eine Stelle?«, fragte Plim.

»Na, die, wohin alles verschwindet«, rief er. »Die Würfel sind eine magische Karte, mit der man das Land überblicken kann.«

»Das hier soll eine Karte sein?« Plim staunte nicht schlecht. »Also, wenn du meinst. Aber von dieser Gegend habe ich ja noch nie etwas gehört.«

»Ich auch nicht«, erwiderte Primus. »Und genau das ist der entscheidende Punkt. Diese Region liegt irgendwo außerhalb des Landes. Es ist ein verborgener Ort, den kaum jemand kennt.«

Er lachte. »Ein besseres Versteck gibt es gar nicht, als einen Ort, den kaum jemand kennt. Ich sage dir, dorthin ist alles verschwunden. Das Häuschen im Wald, die Bank auf dem Feld und wer weiß, was noch alles. Da sind die Sachen gelandet.«

Er schnippte mit den Fingern. »Und ich könnte schwören, genau zu diesem Ort ist vor sehr langer Zeit auch dein Kringeltantchen verschleppt worden.«

Plim sah ihn mit großen Augen an. »Dorthin? Zu diesen Inseln? Denkst du wirklich?«

»Da bin ich mir beinahe sicher.«

»Und wie soll das funktionieren?«, fragte Plim. »Wie kann man jemanden einfach so von hier in diese Gegend da bringen?«

»Tja«, sagte Primus mit einem verschwörerischen Grinsen, »da hat sich wohl jemand etwas ganz Raffiniertes ausgedacht. Jetzt spitz mal die Ohren.«

Und er fing an, Plim alles zu erzählen, was er und der kleine Bucklewhee herausgefunden hatten.

Primus berichtete ihr von dem geisterhaften See, der ständig seine Position änderte. Er ließ sie durch die Lupe auf die gläsernen Würfel blicken. Er zeigte ihr kleine Wege, Berge und schillerndes Wasser. Und letztendlich präsentierte er ihr auch das seltsame Kinderspielzeug, das er am Fuße des Hügels gefunden hatte.

Plim war von Primus' Ausführungen überwältigt. Sie nahm die beiden Würfel, auf denen der See zu erkennen war und schien wie gebannt.

»Du glaubst, wenn etwas in diesen See fällt, dann kommt es früher oder später dorthin? An das Ufer oder zu diesen Inseln?«

»Ganz genau«, räumte Primus ein. »Das da muss der geheime Zielort sein, über den ich mir so lange den Kopf zerbrochen habe. Eine Gegend, die weit außerhalb des Landes liegt. Und ich habe weder eine Ahnung, wo sich dieser Ort befindet, noch wie wir etwas darüber in Erfahrung bringen könnten.«

Doch bei dieser Gelegenheit mischte Bucklewhee sich ein. Der Vogel hatte die ganze Zeit auf Primus' Bettpfosten gesessen und jedes Wort der beiden mitverfolgt. Neugierig wie er war, durfte er sich so etwas natürlich nicht entgehen lassen.

»Also, wenn ich kurz etwas zum Besten geben dürfte«, warf er ein. »Für einen Fachmann ist so eine Recherche überhaupt kein Problem. Das ist vielmehr Routine.«

»So, so«, sagte Primus, »wie sieht solch eine Recherche denn aus.«

Wichtigtuerisch richtete sich das Hühnergerippe auf.

»Na, ich würde behördliche Unterlagen zu Rate ziehen«, krähte er. »Da gibt es gewiss Eintragungen über Handelsstraßen, Grenzabkommen und ähnliche Dinge.«

Geschockt von so viel Unwissenheit verschränkte Bucklewhee die Flügel.

»Und wo findet man diese Dokumente?«, wollte Primus wissen. »Kann man die irgendwo einsehen?«

»Aber sicher doch«, sagte das Huhn. »Alle Unterlagen bezüglich dieser Angelegenheiten liegen in Hohenweis. Im großen Stadtarchiv gleich neben der Bibliothek. Erstes Untergeschoß, zweite Tür rechts.«

»Kennst du dich da aus?«, fragte Primus.

»Pah«, schnaufte das Hühnergerippe, »wie in meiner Westentasche.«

»Du hast aber keine Westentasche«, meinte Plim. »Du hast nicht einmal Federn.«

Bucklewhee sprang vom Bettpfosten.

»Jetzt hör mir mal gut zu«, sagte er. »Glaub bloß nicht, dass du …«

»Ist ja gut«, beruhigte ihn Primus. »Ich glaube, ich werde mich in diesem Archiv mal ein wenig umsehen. Ich will wissen, wo diese Inseln liegen. Und du kommst am besten mit«, sagte er zu Bucklewhee. »Mit Ämtern und Behörden kennst du dich schließlich am besten aus.«

»Ich soll bis in die Stadt laufen?« Bucklewhee klapperte mit den Flügelknochen. »Wie stellst du dir das vor? Irgendjemand muss sich doch um meine Uhr kümmern.«

Ein wenig enttäuscht sah Primus ihn an.

»Ach was«, meinte Plim, »kein Problem. Ich muss ohnehin nach Hohenweis und ein paar Wurzeln besorgen. Wenn ihr wollt, könnt ihr beide bei mir mitfliegen.«

»Perfekt«, freute sich Primus. »Dann dauert es auch bestimmt nicht lange. Du besorgst deine Wurzeln, und wir schauen uns in der Zwischenzeit im Archiv um. Mal sehen, was wir herausfinden.«

Plim war mit allem einverstanden. Und auch Bucklewhee hatte nichts dagegen.

Eilig verließen die drei den Turm und traten hinaus ins Freie. Nachdem Miss Plim das Hühnergerippe vorn in ihre Handtasche gesteckt hatte, startete sie den Besen. Primus nahm auf dem Lenker Platz. Er blickte noch einmal zu Snigg, der gemütlich auf seinem Komposthaufen saß, und winkte ihm zu.

»Pass in der Zwischenzeit auf unser Haus auf«, rief Primus. »Und lass niemanden hinein. Besonders nicht irgendwelche fahrenden Händler. Bucklewhee und ich sind bald wieder zurück.«

»Was denn für fahrende Händler?«, fragte Plim, wobei sie sich die Pilotenmütze überzog.

»Das erzähle ich dir später«, antwortete er. »Lass uns keine Zeit mehr verlieren.«

Gesagt, getan. Plims Besen war startbereit, und die kleine Reisetruppe erhob sich in die Luft. Dann ging es über die Hügel, auf und davon.

Alte Legenden

Dicht und verwachsen breitete sich der Finsterwald unter ihnen aus, als die drei Reisenden über die Baumkronen sausten. Plim hatte für den Ausflug in die Stadt die kürzeste Strecke gewählt und überquerte zunächst die südöstlichen Ausläufer des Waldes, bevor es am Ufer des Mondwassersees weiter nach Norden ging. Lärmend und mit rauchendem Auspuff flogen Primus, Plim und Bucklewhee dahin. Plim saß gebückt auf ihrem Gefährt und stierte in die Ferne. Sie hatte ihre Handtasche auf den Fahrradlenker gestellt, aus welcher Bucklewhees Köpfchen ragte. Primus krallte sich wie immer am Tragegriff fest. Mit den Flügeln sicherte die Fledermaus ihren Zylinder, der wie wild im Fahrtwind hin und her wackelte. So flogen die drei ihres Weges.

Dann, am späten Vormittag, war es schließlich soweit. Die Türme von Hohenweis zeichneten sich am Horizont ab und erhoben sich stolz in den stahlblauen Himmel. Bucklewhee reckte den Hals. Noch immer hing der Morgennebel über dem Land und schwebte wie eine Decke unter den Verbindungsbrücken der Türme hindurch. Wahrhaftig, es war ein berauschender Anblick, den die ehrwürdige Hauptstadt an diesem Frühlingsmorgen aus der Ferne darbot. In schillernden Farben leuchteten die bunten Bleiverglasungen der Akademiegebäude, während sich die Sonne in den Kupferdächern der Häuser spiegelte.

Miss Plim ging tiefer. Sie überflog den Mondwassersee, brauste über dessen Oberfläche und näherte sich wenig später der Stadtmauer. Allerdings steuerte sie nicht, wie erwartet, das westliche Stadttor an, sondern flog, im sicheren Abstand, zum östlichen Eingang.

Verdutzt blickte das Hühnergerippe zur ihr auf.

»Mich dünkt gar sehr, das ist ein Umweg«, bemängelte Bucklewhee. »Warum nehmen wir nicht das Tor im Westen? Das ist doch näher, oder?«

»Ganz einfach, weil hier weniger los ist«, antwortete Plim. »Ich will nicht, dass mich jemand sieht, wenn ich mitten am Tag auf meinem Besen herumfliege. Das gibt nur wieder Ärger.«

Primus nickte Bucklewhee zu.

»Und verschreckt die Kunden«, sagte er.

»Ja«, trällerte Plim, »genau so ist es. Außerdem mag ich die Wächter an der Westseite nicht. Die werden immer pingeliger. Die wollen ständig in meine Tasche sehen.«

»Echt?«, fragte Bucklewhee. »Kaum zu glauben. Und woran liegt das?«

»Das weiß ich doch nicht«, antwortete Plim. »Geradezu unverschämt ist das. Eine Zumutung. Hier drüben ist das viel angenehmer. Im Gegensatz zum Stadttor im Westen, ist hier nämlich auch immer nur *ein* Wächter eingeteilt. Den Burschen finde ich viel lockerer. Der hört schlecht, sieht schlecht, und schlafen tut er auch gerne.« Sie grinste. »Der gefällt mir irgendwie besser. Und zum Stadtarchiv kommen wir auf diesem Weg auch.«

Das klang überzeugend.

So flogen die drei weiter gen Osten. Sie näherten sich dem dortigen Stadttor und setzten kurz darauf, hinter einer kleinen Baumgruppe, zur Landung an. Mit Erfolg, wie sich herausstellte. Keiner hatte sie bemerkt.

Diebisch lugte Plim nun hinter den Bäumen hervor. Sie spähte aus und konnte sehen, wie einige Leute ungehindert den Eingang passierten. Egal, ob mit Karren, Körben oder mit Koffern. Niemand hielt sie auf oder wollte ihre Waren in Augenschein nehmen.

Sofort bekam Plim gute Laune.

»Wie ich gesagt habe«, rief sie fröhlich. »Der schläft schon wieder. Da kann man einfach rein- und rausgehen, wie man will, und verliert keine Zeit. Großartig, nicht wahr? Das ist völlig unkompliziert.«

»Also dann«, sagte Primus. »Worauf warten wir noch? Gehen wir.«

Plim schnappte sich ihre Handtasche, aus der immer noch Bucklewhees Köpfchen ragte, und huschte flink auf das Stadttor zu. Primus kam ihr, mit dem Rennbesen in der Hand, hinterher.

Und tatsächlich. Es war genau, wie Plim es vorhergesagt hatte. Im Wächterhäuschen, gleich neben dem Tor, saß ein dicker bärtiger Wachmann, der seelenruhig schlief. Sein Topfhelm, unter dem eine dunkelrote Nase hervorragte, war ihm bis ins Gesicht gerutscht. Vorn auf der Nasenspitze klemmte ein Zwicker, der bei jedem Atemzug vor- und zurückwippte. In sich zusammengesunken saß der Wachmann auf einem Schemel und kicherte belustigt im Schlaf.

Bucklewhee war entsetzt von so viel Pflichtverletzung.

»Also, das ist ja … ich … äh …«

»Pssst!«, zischte Plim. »Leise.«

Primus deutete auf den kichernden Wächter.

»Ich glaube, der erzählt sich im Schlaf selbst Witze«, flüsterte er. »Da kenne ich übrigens noch jemanden.«

»Du, was soll denn das heißen?« Bucklewhee gab sich erbost. »Nur, weil ich hin und wieder …«

In diesem Moment ertönte ein Grunzen.

Der Wächter fing an zu husten, machte ein langes Gesicht und blickte verschlafen zu ihnen auf. Dann rückte er seinen Zwicker zurecht.

Wütend verdrehte Plim die Augen.

»Jetzt haben wir den Salat«, fuhr sie das Hühnergerippe an. »Ich habe dir doch gesagt, dass du den Schnabel …«

»Halt«, rief der Wächter, wobei er sich ächzend aufrichtete. »Wohin des Weges?«

Der dicke Wachmann war wesentlich kleiner, als Primus es erwartet hatte. Er schob den Helm aus dem Gesicht, wedelte mit der Hellebarde und versperrte ihnen den Weg.

»Sagt, wer verlangt hier Einlass?«

Das hatte gerade noch gefehlt.

Primus nahm einen tiefen Atemzug. Er ging auf den kleinen dicken Wächter zu und suchte nach einer passenden Antwort. Doch mit solchen Situationen kannte Plim sich eindeutig besser aus.

»Wir kommen vom staatlichen Ärztekongress«, antwortete sie trocken.

»WAAAS?«, rief der Wächter, wobei er ein Auge zusammenkniff.

»ÄÄÄRZ-TE!!!«, brüllte Plim dem Wächter aus voller Kehle ins Gesicht. »DU WEISST SCHON, WUNDERHEILER UND SO!«

Plim hatte ja bereits erwähnt, dass der Wächter schlecht hörte. Aber so, wie es sich darstellte, schien der Knabe halb taub zu sein. Sie deutete zuerst auf ihre Handtasche, die ja ein altes Arztköfferchen war, und zeigte dann auf das kleine Hühnergerippe.

»Das hier ist Professor Peckelbohne«, rief sie. »Eine Kapazität der Wissenschaft. Er übernimmt heute die Leitung des Forschungsministeriums.«

Der Wächter zog die Nase hoch. »Forschung?!«

»DAS FOR-SCHUNGS-MI-NIS-TE-RI-UM!!!«, schrie Plim. »WICH-TIGE PER-SÖN-LICH-KEIT!!!«

Bucklewhee war ganz ihrer Meinung. Und besonders beim Letzteren hatte Plim, nach seiner Auffassung, absolut nicht übertrieben. Das Hühnergerippe hob den Schnabel und stimmte Plim in allen Punkten zu. Solche Dinge waren ganz nach seinem Geschmack.

»Ja«, nickte das Huhn würdevoll, »ich bin äh … ja, ganz recht. Peckelbohne, Forschungsministerium.«

Was für eine Auszeichnung, dachte er. Sehr gut, Plim konnte ruhig so weitermachen.

Und das tat sie auch.

»DER PRO-FES-SOR BE-KOMMT HEU-TE DIE URKUNDE!«, schrie sie den Wächter so laut an, dass diesem beinahe die Luft wegblieb. »Und wir sind SEINE ASSISTEN-TEN.«

Dann deutete sie auf das Stadttor.

»Wir müssen jetzt da rein«, verkündete sie und riss die Augen auf. »Aber hurtig, hast du verstanden?!«

»Ja«, bestätigte Bucklewhee, wobei er majestätisch den Flügel hob, »wir, äh … überaus hurtig.«

Primus war platt von so viel Frechheit. Sprachlos stand er neben Plim und sah zu, wie sie den schwerhörigen Wächter bearbeitete.

Schon wenig später hatte dieser genug. Er kratzte sich im Ohr und gab den Weg frei. Erhobenen Hauptes spazierten die drei Freunde daraufhin durch das Tor. Bucklewhee strahlte vor Stolz. So wichtige Titel wie heute hatte das kleine Hühnergerippe noch nie verliehen bekommen. Also wirklich, noch nie.

Zu allen Seiten ragten ehrwürdige Häuser auf, als Primus und Plim durch die Gassen der Hauptstadt schritten. Wie überall in Hohenweis waren die Wege sauber gekehrt, und es herrschte allerlei Trubel. Im Ostteil der Stadt befand sich der Handwerksbezirk mit all seinen Werkstätten, Künstlerateliers und Gildehäusern. Namhafte Tuchmacher hatten dort ihre Geschäfte, ebenso wie Kerzenzieher, Seifensieder, Buchbinder und die besten Glasmacher des Landes. Was das Handwerk betraf, so war man hier richtig. Und dementsprechend geschäftig ging es auch zu.

Fuhrwerke schoben sich, mit Steinen und Kisten beladen, zwischen den Leuten hindurch. Die Kutscher feixten und plapperten. Und ständig mussten Primus und Plim aufpassen, dass sie nicht versehentlich über einen Kobold stolperten, der ihnen vor die Füße lief.

Plim ging voraus. Ortskundig zwängte sie sich durch das Gewühl.

»Wir müssen da rüber«, rief sie, wobei sie den Arm ausstreckte. »An den Steinmetzen vorbei und dann einfach nur die Straße runter. Ich weiß schon, wo wir sind. Es ist nicht mehr weit.«

»Gut«, sagte Primus, »ich bin gleich hinter dir.«

Plim sicherte ihre Handtasche. Sie hielt das Arztköfferchen in die Höhe und begann, sich Platz zu schaffen. Dabei redete sie lautstark auf die Leute ein. Sie brabbelte etwas von Alchemisten, von Sondergesandten und von Sprengstoff, warnte vor Explosionsgefahr und verscheuchte jeden, der ihr in die Quere kam. Dabei wurde sie von Bucklewhee tatkräftig unterstützt. Das kleine Gerippe nickte zustimmend bei jedem ihrer Sätze, wiederholte den Unfug höchst notariell und hatte es ausgesprochen wichtig. Ein Sondergesandter wollte Bucklewhee schon immer sein. Dieser Titel hatte ihm in seiner Sammlung noch gefehlt. So schoben sie sich, Stück für Stück, durch die Menge.

Dann, nach einigen hundert Schritten, erreichten sie schließlich den Rand des Künstlerviertels, und der Trubel nahm ein Ende. Zum Glück. Primus und Plim atmeten auf. Nach der anstrengenden Rempelei hatten sie von dem Tumult wirklich genug. Erleichtert klopfte sich Primus den Staub vom Frack und rückte seinen Zylinder zurecht. Und auch Miss Plim ordnete, etwas außer Puste, ihr Kleid. Sie hatte kleine Sägespäne in den Haaren, die ihr Primus mit leichtem Grinsen abzupfte. Daraufhin ging es weiter die Straße entlang. Eine Straße, die immer enger, verlassener und dunkler wurde.

Hoch waren die Häuser im Herzen von Hohenweis, mit kunstvollen Fresken und glänzenden Dächern. Die mächtigen Türme mit ihren schwindelerregenden Verbindungsbrücken rückten nun deutlich näher, als die drei Reisenden durch die Gasse gingen. Weit oben, in luftiger Höhe, thronten die teuflischen Wasserspeier mit ihren spitzen Ohren und den schauderhaften Gesichtern.

Bucklewhee zog den Kopf ein. Er schielte zu den steinernen Untieren hinauf, deren Blicke nicht mehr von ihm abweichen wollten, und verkroch sich tief in der Handtasche. Diese Gesellen dort oben gefielen ihm ganz und gar nicht, stellte er fest. Äußerst beunruhigend, sozusagen. Wer hatte die dort nur angebracht?

Und auch Primus blickte sich immer häufiger um, während er verwundert die Lippen rollte. Allerdings lag sein Unwohlsein nicht an den unheimlichen Steinfiguren, sondern daran, dass sie immer weniger Leute trafen. Das war doch seltsam, so beschlich es ihn. Vor einigen Augenblicken steckten sie noch im dichtesten Gedränge fest, und nun waren er und Miss Plim die einzigen, die durch diese Straße liefen. Fürwahr, damit hatte er nicht gerechnet. Wachsam ging er weiter und hielt die Augen offen.

Da tauchte, ein Stück die Gasse runter, plötzlich eine Absperrung auf.

Primus blieb stehen. Er runzelte die Stirn und blickte zum Ende des Weges.

»Was ist denn das?«, fragte er verwundert.

»Was denn?« Plim hob die Augenbrauen.

»Na, das dort hinten«, antwortete er. »Verbauen die uns etwa den Durchgang?«

Er deutete auf eine kleine Truppe von Kobolden, die mit Schaufeln und Eimern bewaffnet das Pflaster bearbeiteten. Einer der Kobolde hatte eine Schubkarre und brachte eilig die Erde beiseite.

»Das ist die Bergwerksgilde«, erklärte Bucklewhee. »Was haben die denn hier zu suchen?«

»Keine Ahnung«, brummte Primus.

»Ach was, Bergwerksgilde«, winkte Plim ab. »Das ist doch kein Problem. Da quetschen wir uns einfach vorbei.«

Primus schärfte seinen Blick.

»Sieht mir aber ganz danach aus, als würden wir nasse Füße bekommen«, murmelte er. »Offenbar ist dort irgendetwas ausgelaufen. Da schwimmt ja alles.«

»Echt?«, erkundigte sich Bucklewhee. »Vielleicht ein Rohrbruch?«

»Könnte sein«, räumte Primus ein. »Das werden wir gleich erfahren.«

Und sie setzten sich wieder in Bewegung.

Nach und nach kamen sie der Baustelle näher. Primus ergriff das Wort.

»Heda«, rief er den Kobolden zu, »lasst euch nicht stören. Wir müssen nur kurz vorbei.«

Doch so einfach sollte es nicht werden.

»Oh, nein«, rief einer der Kobolde und stellte sich den dreien in den Weg. »Kein Durchgang. Dieser Abschnitt ist für Passanten gesperrt. Hier ist alles überflutet. Ihr müsst eine andere Route nehmen.«

Der Kobold hatte eine Schürze um den Bauch gebunden, trug lederne Stiefel und eine spitze Haube. Auf seiner Halskette prangte das Wappen der Bergwerksgilde, wie Bucklewhee es vermutet hatte.

»Überflutet?«, fragte Primus. »Wie kann das sein?«

»Ganz einfach«, antwortete der Kobold. »Hier hat es geregnet wie aus Kübeln. Und das Wasser läuft einfach nicht ab. Irgendetwas ist hier verstopft, allem Anschein nach.« Er wedelte mit der Hand. »Und euch können wir hier bestimmt nicht gebrauchen«, fügte er hinzu. »Wir reißen jetzt nämlich die Straße auf. Also, Schluss, weg und fort mit euch. Aber schnell.«

»Moment«, rief Primus, »einen Augenblick. Wie war das? Es hat geregnet? Wann?«

»Nun, das wissen wir auch nicht so genau«, antwortete der Kobold. »Möglicherweise gestern Abend oder heute Morgen. Auf jeden Fall wird hier gearbeitet, und ihr könnt nicht vorbei.«

Mit so einer Aussage kam er Plim gerade recht. Zähneknirschend beugte sie sich zu dem Kobold hinunter.

»Jetzt hör mir mal zu«, knurrte sie, wobei sie auf seine Nase deutete. »Du weißt wohl nicht, wen du vor dir hast?! Wir sind äußerst wichtige Persönlichkeiten. Das kannst du mir glauben.«

Und sie fing an, auf ihn einzureden. Genau wie zuvor log Plim das Blaue vom Himmel und holte sogar noch weiter aus. Sie erfand staatliche Missionen, in denen sie unterwegs waren, sprach von höchsten Ämtern und verlieh dem Huhn die gewaltigsten Titel, die Bucklewhee jemals gehört hatte. Dem Gockel kamen beinahe die Tränen vor Glück. Sprachlos hörte er sich all seine Auszeichnungen an, wobei er nur noch zustimmend nicken konnte. Bucklewhee war längst die Spucke weggeblieben.

Aber dennoch, beim Pflichtbewusstsein der Bergwerksgilde biss Plim auf Granit. Kerzengerade stand der Kobold auf seinem Platz, wobei er stur die Arme verschränkte. Da war offenbar nichts zu machen.

Unterdessen suchte Primus nach einem Ausweg. Diese Unterhaltung brachte sie nicht weiter, befürchtete er. Da mussten sie sich wohl oder übel etwas anderes einfallen lassen. Er stützte sich auf Plims Besen und dachte nach. Kurz zuvor hatten sie doch noch eine Abzweigung passiert, erinnerte er sich. Genau. Wenn ihn nicht alles täuschte, dann waren das eigentlich nur wenige Schritte die Straße hinunter. Möglicherweise konnten sie auf diese Art die Baustelle umgehen.

Suchend drehte er sich um.

Und tatsächlich, bemerkte er. Da war wirklich ein Weg, der zwischen den Häusern hindurchführte. Dieser käme ihnen doch gelegen. Das war gewiss besser, als stundenlang mit dem störrischen Kobold zu streiten. Dieser Weg war außerdem auch um Einiges heller als die dunkle Gasse, in der sie sich befanden. Und nasse Füße würden sie dort auch nicht bekommen. Sehr gut, dachte er, das passte doch bestens.

So wandte er sich wieder Miss Plim zu und wartete darauf, dass sie endlich eine Atempause einlegte. Doch wie sich herausstellte, konnte das wohl noch eine Weile dauern. Plim war richtig in Fahrt. Mit Händen und Füßen redete die Hexe auf den Bergwerkskobold ein, sodass Primus gar nicht zu Wort kam.

Da fiel sein Blick plötzlich auf die dunkle Wasseroberfläche, die vor ihm in der Gasse ruhte. Primus merkte auf. Ihm war nicht klar, woran es lag, aber irgendetwas an dieser Pfütze erregte seine Aufmerksamkeit. Er überlegte und schlang fröstelnd die Arme um sich. Mit diesem Wasser stimmte etwas nicht, beschlich es ihn. Oder war es gar die finstere Gasse, die ihm Gänsehaut bereitete? Äußerst seltsam. Primus zwinkerte und neigte den Kopf. Nein, entschied er, es war eindeutig das Wasser, das ihm Unbehagen bereitete. Aber warum?

Die Kobolde stapften mit ihren Stiefeln immer wieder durch die Pfütze, spritzten mit ihren Schaufeln und Hacken darin umher und schoben eilig die Schubkarre hindurch. Aber sobald das Wasser einmal für kurze Zeit zur Ruhe kam und die Wellen sich legten, wurde es klarer. Primus lief ein Schauder über den Rücken. Er konnte es nicht richtig deuten. Aber irgendwie hatte er den Eindruck, dass ihn jemand aus dem Dunkel des Wassers heraus die ganze Zeit über mit bösem Blick anstarrte.

Nervös tippte er Plim auf die Schulter.

»Komm«, sagte Primus, »lass uns verschwinden.«

»Gleich«, erwiderte sie. »Ich bin sofort fertig.«

»Nein«, drängte Primus, »das führt doch zu nichts. Wir gehen einfach da hinten lang. Da ist schließlich auch noch ein Weg.«

»Meinetwegen«, keifte Plim, wobei sie den Kobold anknurrte, »aber ich werde veranlassen, dass du strafversetzt wirst. Hörst du? Du und deine Kollegen, ihr werdet Ärger bekommen. Dafür wird dieser Professor, äh, wie heißt er gleich … Dings oder so ähnlich, schon sorgen.«

Bucklewhee nickte.

»Ja«, bestätigte er. »Ich, äh … Dings. Genau.«

»Jetzt los«, sagte Primus und nahm sie bei der Hand. »Mir gefällt das hier nicht.«

Grummelnd lief Plim neben ihm her.

»Wieso hast du es denn so eilig?«, fragte sie. »Ich hätte diesen Giftzwerg beinahe weichgekocht. Der war kurz davor, uns durchzulassen.«

»Hat mir nicht so ausgesehen«, entgegnete Primus.

»Na, und ob«, verteidigte sie sich. »Das wäre überhaupt kein Problem gewesen. Noch fünf Minuten und der Bursche hätte nachgegeben.«

Primus schloss die Augen. Beschwichtigend stimmte er ihr in allem zu und ließ sie reden. Dann gingen sie den Weg wieder zurück. Sie steuerten die kleine Seitengasse an, und Primus ließ Plim den Vortritt. Irgendwie würden sie sich schon durchschlagen, dachte er. Das wäre doch gelacht. Er wies Plim den Weg, wobei er noch einmal einen flüchtigen Blick zu den Kobolden zurückwarf.

Da passierte es.

Es war nur ein kurzer Moment, in dem Primus es wahrnahm. Aber aus dem Augenwinkel heraus meinte er, die dürre Gestalt zu erkennen, die ihn tags zuvor beim Turm aufgesucht hatte. Regungslos stand sie bei den Kobolden und blickte ihnen hinterher.

Sofort fuhr Primus der Schreck in die Glieder. Blitzschnell hob er den Kopf und sah noch einmal genauer hin. Doch die geheimnisvolle Gestalt war verschwunden. Von einer Sekunde zur anderen. So, als wäre sie nie da gewesen. Primus stand der Mund offen. Hatte er sich das etwa nur eingebildet?

»Hallo«, sagte Plim und zupfte an seinem Gehrock, »was ist denn los? Du siehst ja aus, als hättest du ein Gespenst gesehen.«

Genau dasselbe ging Primus auch durch den Kopf.

»Da könntest du glatt recht haben.« Er schluckte. »Irgendwie … also, ich weiß nicht …«

»Was ist denn?« Plim zupfte Primus am Ärmel. »Nun sag schon.«

»Da war dieser Kerl«, murmelte Primus. »Kann aber auch sein, dass ich mich getäuscht habe.«

»Was denn für ein Kerl?« Sie drehte den Kopf. »Wovon redest du eigentlich?«

»Gestern war das«, begann er, »da fuhr so ein seltsamer Geselle bei mir zu Hause vor. Einer mit einem Pferdewagen.«

»Bei dir zu Hause? Am Turm?«

»Ja, genau«, bestätigte Primus. »Er sagte zu mir, er wäre ein fahrender Händler … wollte mir irgendwelche Sachen verkaufen. Kräuter und solche Dinge.« Primus zuckte mit den Schultern. »Aber was sollte ich damit anfangen? Mit Kräutern habe ich schließlich nichts am Hut. Wenn, dann wären das eher Sachen für *dich* gewesen.«

»Echt?«, fragte sie. »Und was ist dann passiert?«

»Na, der Kerl ist richtig aufdringlich geworden«, erzählte Primus. »Den wäre ich fast nicht mehr losgeworden. Er wollte sogar ins Haus hinein.«

»Ist nicht wahr.«

»Aber wenn ich es dir doch sage«, bekräftigte Primus. »Er hat mir einen riesigen Schrecken eingejagt. Dann ist er plötzlich wieder verschwunden. Hat sich auf seinen Kutschbock gesetzt und ist davongebraust. Einfach so.«

Plim reckte den Hals.

»Und den hast du gerade gesehen?«, fragte sie, wobei sie zurück zur Baustelle blickte. »Bist du dir sicher?«

Doch Primus fehlten die Worte. Er wusste selbst nicht mehr, was er glauben sollte und was nicht. Nachdenklich sah er sich um und schwieg.

»Nicht so wichtig«, sagte er schließlich. »Gehen wir weiter. Ich will mich in diesem Stadtarchiv umsehen. Wenn es irgendwo ein Meer mit Inseln gibt, dann finden wir dort vielleicht etwas heraus.«

»Vollkommen richtig«, stimmte Bucklewhee zu, »da nehmen wir dann Akteneinsicht.«

»Was für ein Ding?«, spöttelte Plim.

Aber das kleine Hühnergerippe rümpfte nur den Schnabel. Von amtlichen Behördengängen hatte Plim keine Ahnung, soviel stand für Bucklewhee fest. Pikiert guckte er aus der Tasche und winkte ab. Außerdem war er doch jetzt Professor, fiel es ihm ein. Da diskutierte Bucklewhee gar nicht lange. Würdevoll hob er den Kopf und zeigte Plim die kalte Schulter. Dann verschwanden die drei zwischen den Häusern.

Die kleine Seitengasse wurde schon nach kurzer Zeit breiter. Welch ein Glück. Nach der finsteren Straße, auf der sie sich zuvor noch befunden hatten, war das für alle Beteiligten eine wahre Erleichterung. Von den Dächern blinzelte das Sonnenlicht, spiegelte sich in den Fensterscheiben und strahlte warm auf das Pflaster.

Guter Dinge gingen Primus und Plim ihres Weges. In dieser Gegend gefiel es ihnen wesentlich besser, soviel stand fest. Das lag vor allem daran, dass sie nicht mehr allein unterwegs waren. Sie kamen an kleinen Geschäften vorbei, trafen auf den einen oder anderen Fußgänger und wurden auch nicht mehr von Baustellen oder störrischen Kobolden aufgehalten. Das lief doch prächtig. Allerdings, und das sei zu erwähnen: Den Marktplatz hatten sie bislang noch immer nicht erreicht. Und wo sie sich befanden, das wussten sie inzwischen auch nicht mehr.

Primus versuchte, sich zu orientieren.

»An der nächsten Gasse müssten wir eigentlich nach rechts«, sagte er und spähte aus. »Fragt sich nur, wann die endlich einmal kommt.«

»Also, wenn du mich fragst, dann müssten wir schon längst da sein«, stöhnte Plim. »Und wenn das so weitergeht, dann kann ich mir die Wurzeln, die ich einkaufen wollte, allesamt aus dem Kopf schlagen. Der Markt ist um dreizehn Uhr beendet.«

»Es ist jetzt genau Viertel vor zwölf«, gackerte Bucklewhee.

»Woher willst du denn das wissen?«, blaffte Plim.

Primus hob die Schultern.

»Mit so etwas kennt er sich aus«, antwortete er. »Sitzt seit Jahren in meiner Uhr.«

»Völlig richtig«, bestätigte das Huhn. »Ich habe sogar ein Diplom in dieser Disziplin. Genau genommen bin ich ein staatlich geprüfter Diplomweckvogel.«

»Ja, ja.« Plim wedelte mit der Hand. »Ist schon recht. Erzähl mir bloß keine Geschichten. Also, ich für meinen Teil, ich gehe jetzt in den nächstbesten Laden und erkundige mich, wo wir sind. Das wäre ja gelacht.«

Schnell drehte sie sich um.

»Hier«, sagte sie und deutete auf ein Geschäft, »da haben wir ja schon einen. Und wie spät es ist, das können mir die Leute da drin auch gleich erzäh…«

Plim verstummte.

Wie angewurzelt blieb sie stehen. Sie ließ das Kinn hängen und betrachtete das Ladenschild, das über der Eingangstür baumelte. *Nesselschaums Einkaufsparadies* stand in großen Lettern darauf geschrieben.

Fassungslos schüttelte Plim den Kopf.

»Der hat mir gerade noch gefehlt«, murmelte sie. »Das wird ja immer besser. Das Fundbüro des Abfalls. Und ich stehe direkt davor. Das darf doch nicht wahr sein.«

Primus trat vor das Geschäft. Er betrachtete das vergilbte Schaufenster, das bis oben hin mit alten Haushaltswaren verrammelt war, und lugte hinein.

»Kennst du diesen Laden etwa?«

»Natürlich«, rief sie. »Der gehört diesem Schlitzohr.«

»Hä?«, fragte Primus. »Wem?«

»Diesem Lumpensammler«, antwortete sie. »Dem durchtriebenen Kerl, der Chuck die Lockenwickler, den Spucknapf und den ganzen anderen Plunder angedreht hat.« Wütend warf sie die Hände über den Kopf. »Und das ist auch kein Laden«, fügte sie hinzu. »Das ist eine Zumutung. Das sieht man doch schon von Weitem.«

»Moment mal«, sagte Primus, »jetzt mal langsam. Du meinst also, dass das ganze Zeug, das bei dir in der Hexenküche herumsteht, aus diesem Laden stammt? Von diesem Herrn Nesselschaum?«

»Ja, genau.« Sie nickte. »Waldemar Nesselschaum schimpft er sich. Eine furchtbar lästige Person. Der geht mir gerade einmal bis zur Hüfte und redet, dass einem die Ohren bluten. Der geborene Verkäufer. Und der liebe Chuck ist neuerdings sein allerbester Kunde.«

Aber Primus wollte auf etwas ganz anderes hinaus.

»Also, dann kommt das Gemälde mit dem Häuschen auf der Waldlichtung auch von diesem Händler?«

»Pfff«, sagte Plim, »mit ziemlicher Sicherheit. Würde mich zumindest nicht wundern.«

»Tja, dann gehen wir doch einmal hinein«, schlug Primus vor. »Vielleicht kann uns dieser Nesselschaum ja erzählen, von wem er das Bild erstanden hat.«

Das gefiel Plim überhaupt nicht.

»Ich will da nicht hinein«, maulte sie. »Dieser Kerl ist schlimmer als Taddel und Mills, wenn sie in Hochform sind. Der schwatzt dir alles auf, was nicht niet- und nagelfest ist. Du hast keine Ahnung, mit wem du dich da einlässt.«

»So schlimm wird es schon nicht werden«, sagte Primus und schritt auf die Tür zu. »Das will ich jetzt wissen.«

Sofort kam Bucklewhee aus der Tasche geschlüpft. Er setzte sich auf den Tragegriff und reckte den Hals. Diese

Sachen wollte er sich auch ansehen. Das war ja fast wie in einem Antiquitätengeschäft. Oder noch besser: wie in einem Archiv. Sehr interessant.

Ein helles Bimmeln ertönte, als Primus die Tür aufzog, und der Geruch von alten Möbeln, Firnis und modrigen Teppichen strömte ihnen entgegen.

Primus blies die Backen auf.

»Ufff«, schnaufte er, »dicke Luft.«

Das sah Plim genauso.

»Was habe ich dir gesagt?«, flüsterte sie ihm ins Ohr. »Eine Zumutung. Aber du glaubst mir ja nichts.«

Da kam ihnen auch schon der Hausherr entgegen. Freudestrahlend flitzte Nesselschaum aus dem Gerümpel hervor und streckte die Arme in die Höhe.

»Willkommen, willkommen«, jauchzte der Kobold. »Immer hereinspaziert. Nur keine Scheu. *Einkaufstraum bei Nesselschaum* heißt die Devise. Hier gibt es alles. Alles und noch viel mehr. Kommt nur näher.«

Plim warf Primus einen verzweifelten Blick zu.

»Jetzt sitzen wir in der Falle«, quetschte sie zwischen ihren Zähnen hindurch, wobei sie Nesselschaum höflich anlächelte. »Und du bist schuld. Immer dasselbe mit dir.«

Waldemar rückte in Position.

Genau wie beim letzten Mal, hatte der Kobold ein Paar hautenge Bundhosen an, trug ein weißes Hemd mit Fliege, und in seinem Mund steckte eine dampfende Pfeife. Nesselschaum war nicht zu verkennen. Bloß anstelle des Hutes hatte er dieses Mal eine Filzmütze auf dem Kopf.

Er verrenkte seine dürren Beinchen und machte eine Verbeugung. Dabei zog er die Mütze zum Gruß. Glänzend kam seine Glatze zum Vorschein.

»Was verschafft mir die Ehre, werter Herr?«, fragte er Primus. »Womit kann ich Euch dienen? Vielleicht darf ich

Euch und Eure bezaubernde Gemahlin einmal herumführen? Das wäre mir eine ganz besondere Freude.«

Plim verschränkte die Arme.

»Ich bin nicht seine Gemahlin.«

In diesem Moment fiel es Nesselschaum wie Schuppen von den Augen.

»Aber ja!«, schrie er freudig. »Natürlich! Wie konnte ich das vergessen?! Frau Nachbarin!«

Plim bekam einen roten Kopf.

»Geht das jetzt schon wieder los?«, schimpfte sie. »Von wegen Nachbarin. Du hast mir auf dem Marktplatz beinahe die ganze Sicht versperrt.«

»Aber das soll uns doch jetzt nicht mehr betrüben«, summte Nesselschaum. »Dafür bekommt Ihr heute bei mir viel mehr zu sehen.« Er zupfte an seiner Fliege und streckte sein Bäuchlein hervor. »Also, ich sage Euch, Frau Nachbarin, im hinteren Teil meines Einkaufsparadieses, also praktisch im *Westflügel*, da findet Ihr die vortrefflichsten Artikel. So wahr ich hier stehe. Da müsst Ihr unbedingt …«

»Wir interessieren uns vor allem für Bilder«, unterbrach ihn Primus. »Genau genommen, für ein ganz bestimmtes Bild.«

»Äh, wie war das?« Nesselschaum paffte mit seiner Pfeife. »Ihr sucht ein Bild? Nun, Bilder findet Ihr bei mir selbstverständlich auch. Hier drüben etwa. Da habe ich zum Beispiel eines. Das muss ich Euch unbedingt zeigen.«

»Nein«, wandte Primus ein, »verzeiht. Wir wollen kein Bild erstehen. Es geht vielmehr um das Bild, das Ihr neulich auf dem Markt mit Euch geführt habt. Ihr wisst schon. Das kleine Gemälde mit dem Haus auf der Waldlichtung.«

»Ein Haus auf einer Waldlichtung?« Waldemar zog die Stirn in Falten. »So genau weiß ich das gar nicht mehr. Ich habe so viele Dinge verkauft an jenem Tag.«

Er rieb sich die Hände.

»Aber gewiss ist es ein sehr schönes Werk«, setzte Nesselschaum nach. »Ganz große Klasse. Was ist denn damit? Wollt Ihr es etwa zurückgeben?« Er wedelte mit dem Finger. »Das geht aber nicht.«

»Aber nein«, beschwichtigte Primus. »Wo denkt Ihr hin? Mit dem Bild sind wir völlig zufrieden. Wir wollen vielmehr herausfinden, woher dieses Bild stammt. Oder habt Ihr vielleicht eine Idee, wer es gefertigt haben könnte?«

»Puh«, seufzte Nesselschaum, »da muss ich erst einmal überlegen.« Er schmatzte an seiner Pfeife und blickte ins Leere. »Sprecht Ihr etwa von so einem kleinen Bild, das in einem Holzrahmen gesteckt hat? Einem geschnitzten Rahmen mit kleinen Blättern?«

»Genau!«, riefen Primus und Plim wie aus einem Mund.

»Wo kam dieses Bild her?«, fragte Primus. »Könnt Ihr uns das möglicherweise sagen?«

Nesselschaum starrte zu Boden.

»Nun«, sagte er kopfschüttelnd, »jetzt, wo Ihr mich danach fragt. Das weiß ich offen gestanden nicht.«

»Wie?«, staunte Primus. »Ihr wisst es nicht?!«

»Nein«, antwortete Nesselschaum, »ich kann mich nicht daran erinnern. Sehr seltsam. Wo kam dieses Bild her?«, murmelte er nachdenklich. »Eine gute Frage. Ich glaube nämlich nicht, dass ich es irgendwo gekauft habe. Das hätte ich gewiss nicht vergessen. Ich vergesse nie eine Transaktion. Dieses Bild muss irgendwo dabei gewesen sein, wie mir scheint. In irgendeinem Stück, das ich von meinen Reisen mitgebracht habe. Aber was das gewesen sein könnte?« Er schaute durch sein vollgestopftes Lager und überlegte. »Vielleicht in einem Koffer? In einer Kiste oder in einer Kommode? Tut mir leid«, bedauerte er. »Ich fürchte, da kann ich Euch nicht behilflich sein.«

»Ach, nicht so schlimm«, sagte Plim und klatschte in die Hände, »dann können wir ja wieder gehen. Wir haben nämlich noch wichtige Dinge zu erledigen.«

Doch so einfach ließ Nesselschaum seine Kunden nicht ziehen.

»Aber werte Dame«, rief er. »Warum denn diese Eile? Entspannt Euch. Mindestens einmal am Tag sollte man sich etwas Gutes tun.«

Da war Plim ganz seiner Meinung.

»Genau das mache ich«, stimmte sie ihm zu. »Ich werde schleunigst von hier verschwinden.«

Sprach's, und machte auf dem Absatz kehrt.

Plötzlich ertönte aus dem hinteren Teil des Ladens ein Surren. Das Geräusch von Ketten setzte ein, Zahnräder fuhren ineinander, und lautstark schlug eine Uhr. Jetzt war es Mittag.

Sofort fuhr Bucklewhee in die Höhe.

»Hervorragend geeicht«, urteilte das kleine Hühnergerippe. »Mein Kompliment. Das scheint mir ein überaus präzises Modell zu sein.«

Nesselschaum strahlte.

»Oh«, staunte er, »da haben wir wohl einen Fachmann unter uns. Das ist ja schön. Was ist?«, fragte er das Hühnergerippe. »Möchtet Ihr das Gerät einmal in Augenschein nehmen? Ich kann Euch jetzt schon versichern: Ihr werdet begeistert sein.«

Allein das Wort *Fachmann* war Musik in Bucklewhees Ohren. Und der Rest natürlich auch. Mit einem Satz sprang das Hühnergerippe von der Handtasche.

»He«, rief Plim, »hiergeblieben. Wo willst du denn hin?«

»Ich will nur das Gerät überprüfen«, erläuterte Bucklewhee. »Bin gleich wieder da. Das ist lediglich eine Routinekontrolle.«

Voller Vorfreude hüpfte er hinter Nesselschaum her durch den Laden.

»Also, hat man Töne«, sagte Plim und ließ die Schultern hängen. »Der lässt uns einfach hier stehen.«

Primus schmunzelte.

»Natürlich«, antwortete er. »Das ist nun mal sein Spezialgebiet. So etwas lässt er sich doch nicht entgehen.«

Er stellte den Rennbesen neben die Tür und versuchte, Plim zu besänftigen.

»Sei nicht so«, sagte er, »gehen wir mit. Das kann schließlich nicht so lange dauern.«

»Wenn du meinst«, lenkte Plim ein. »Von mir aus.«

Die beiden zwängten sich durch den Laden und gingen Bucklewhee hinterher.

Je weiter sie in Nesselschaums traumhaftes Einkaufsparadies vordrangen, desto enger wurde es. Primus und Plim konnten sich kaum mehr bewegen. Sie quetschten sich an wackeligen Schränken vorbei, schlüpften unter Bilderrahmen und rostigen Lampen hindurch und zogen die ganze Zeit eine Bahn klebriger Spinnweben hinter sich her. Es war ein Wunder, dass Nesselschaum sich in diesem Durcheinander überhaupt noch auskannte.

Allerdings wussten Primus und Plim genau, wo sie langgehen mussten. Das Geplapper von Bucklewhee und Nesselschaum war nicht zu überhören.

»Oh«, rief das Huhn, »das ist ja ein ganz außergewöhnliches Stück. Wahrlich geniös. Und die Gestaltung des Ziffernblatts. Sehr originell.«

So ging es die ganze Zeit, und der Lobgesang schien kein Ende zu nehmen. Bucklewhee war voll in seinem Element. Er schwärmte von Drahtfedern, beurteilte die Gewichte und die Zahnräder und erstellte ein fachmännisches Gutachten nach dem anderen. Nesselschaum glänzten die Augen. Endlich hatte er einmal einen Kunden, der seine Ware zu schätzen wusste. Ein echter Glückstag für ihn.

Anders verhielt es sich bei Miss Plim. Denn im Gegensatz zu Nesselschaum, schien sie alles andere als glücklich zu sein. Gelangweilt lehnte sie an einem Regal und blies sich die Staubflocken aus dem Gesicht.

»Wie lange soll denn das noch dauern?«, murrte sie. »Das ist doch bloß eine Uhr.« Sie blickte zu Primus, der neben ihr stand und eine Reihe Bücher unter die Lupe nahm. »Und eine Luft ist das hier«, stöhnte sie. »Wie im Schuppen von meiner Großmutter.«

Primus grinste. Gebückt stand er vor dem Regal und betrachtete die Lederbände.

»Und bestimmt ist es dort auch genauso dunkel«, vermutete er. »Ich kann die Titel fast nicht erkennen.«

»Und wenn schon«, sagte Plim. »Wozu auch? Du willst doch diese Wälzer nicht etwa bis nach Hause schleppen. Ich bitte dich. Mir tun auch so schon die Füße weh.«

Sie schaute sich um.

»Was meinst du?«, fragte sie Primus. »Ob ich mich hier auf diese Kiste setzen kann? Die ist wenigstens bequem.«

Plim zeigte auf einen kleinen Kasten, über dem eine dicke Wolldecke hing.

»Warum nicht«, erwiderte Primus. »Kommt ganz darauf an, wie stabil das Ding ist.«

Er lupfte die Decke und begutachtete das Möbelstück, das darunter zum Vorschein kam. Dann stockte er.

»Jetzt warte mal«, flüsterte er. »Was ist denn das?«

»Wieso?«, fragte Plim. »Was denn?«

Primus sah genauer hin.

»Das kann ich nicht glauben«, hauchte er. »Kann denn das die Möglichkeit sein?«

Neugierig ging Primus in die Hocke. Er hielt die Luft an und betrachtete das kleine Schränkchen, das vor ihm zwischen dem Gerümpel stand.

Offenbar handelte es sich bei dem Objekt um ein altes Medizinkästchen. Genauer gesagt, ein Apothekerschränkchen, das man an der Wand befestigen konnte. Es war aus feinem Holz gefertigt und aufwändig verziert.

Primus strich über das Schnitzwerk, das auf der Vorderseite der Tür prangte und biss sich auf die Lippen. Im schwachen Licht des staubigen Ladens, erkannte er die Silhouette eines mächtigen Baumes, um den eine Gruppe Mädchen stand. Sie hielten sich an den Händen und blickten andächtig zur Baumkrone empor. Außen, um das Bildnis herum, waren Blätter zu sehen, die wie eine Borte aus dem Holz geschnitzt waren. Und diese Blätter, so leuchtete es Primus ein, trugen eine unverkennbare Handschrift.

»Jetzt sieh dir das an«, sagte er. »Wenn das nicht dieselben Hände gefertigt haben, die auch den Bilderrahmen geschnitzt haben.«

Nun beugte sich auch Plim hinunter.

»Stimmt«, sagte sie, »das sind eindeutig die Kräuter von der Waldlichtung. Donnerwetter.«

»Herr Nesselschaum«, rief Primus. »Bitte seht doch mal her. Was ist das für ein Schränkchen, das hier steht?«

»Hm? Was?« Nesselschaum war schwer beschäftigt.

»Dieses Kabinett«, rief Primus. »Wo habt Ihr es her?«

Nesselschaum sah zu ihnen herüber.

»Ach, hier steht das gute Stück«, frohlockte er. »Vorzüglich. Das habe ich schon so lange gesucht. Wie habt Ihr das bloß gefunden?«

»Das war nicht schwer«, antwortete Plim. »Da musste man bloß die Decke hochheben.«

Weitere Kommentare sparte sie sich.

»Woher stammt das Stück?«, fragte Primus erneut und deutete auf das Kästchen. »Von wem habt Ihr es?«

»Oh, das habe ich von einem Apotheker«, erinnerte sich Nesselschaum. »Einem älteren Herrn aus der Ginsterklause*. Er hat es angeblich selbst gefertigt.«

Dann ging Nesselschaum ein Licht auf.

»Und *da* war auch das kleine Gemälde drin, von dem Ihr gesprochen habt«, rief er. »Jetzt weiß ich es wieder!«

»Ginsterklause?« Primus merkte auf. »Von diesem Ort habe ich ja noch nie gehört. Wo ist das?«

»Das ist ein kleines Dorf, am Fuße der Bleiberge«, mischte sich Bucklewhee ein. »Das weiß ich aus dem Atlas im Keller. Die haben in dieser Gegend sogar noch Sanduhren. Völlig veraltet, die Technik.«

»Ganz recht«, bestätigte Nesselschaum. »Das Dorf liegt am Pass zu den Steilhängen. Ein finsterer Landstrich.«

Primus sah sich das Schnitzwerk an.

»Was sind das für Mädchen, die um den Baum herumstehen?«, fragte er. »Diese Szene kommt mir bekannt vor. Das habe ich schon einmal gesehen.«

»Gut möglich«, warf Nesselschaum ein. »Das ist eine Stelle aus einem Märchen. Ein Bild aus einer alten Legende, die sich die Leute im Gebirge erzählen.«

»Eine Legende?« Plim horchte auf. »Und wovon handelt sie?«

»Tja«, überlegte Nesselschaum, »soweit ich mich entsinne, handelt sie von einem kleinen Mädchen. Einem Mädchen, das heimlich eine Gruppe von Elfen bewundert und unbedingt so sein möchte wie sie.«

»Das sind Elfen?«, entfuhr es Plim. »Diese jungen Mädchen, die sich an den Händen halten?«

»So ist es«, bestätigte Nesselschaum. »Und diese Mädchen bleiben auch für immer jung, wie man sich erzählt. Sie

* Klause = enge, steile Schlucht

werden nicht älter. Und eben das möchte das kleine Mädchen auch erreichen.«

Primus und Plim hingen an seinen Lippen.

»Und was passiert dann?«, fragte Primus gespannt. »Was geschieht mit dem kleinen Mädchen? Und was hat es mit diesem Baum hier auf sich?«

»Also«, brummte Nesselschaum, »Ihr stellt vielleicht Fragen. So genau weiß ich das nicht. Ich habe diese Geschichte vor sehr langer Zeit gehört.«

Nachdenklich strich er sich über die Stirn. Er nahm einen Zug aus seiner Pfeife und versuchte, sich zu erinnern.

»Der Baum ist angeblich eine Linde«, sagte Nesselschaum. »Eine Linde, die vermutlich von den Elfen behütet wird.« Er zuckte mit den Schultern. »Diese Naturgeister stehen doch immer mit einem Baum, einer Quelle oder einer Grotte in Verbindung. So wird es hier wahrscheinlich auch sein.«

Blitzschnell streckte er den Finger in die Höhe.

»Aber wenn mich nicht alles täuscht, dann war da noch jemand im Spiel.«

»Noch jemand?« Primus wurde hellhörig.

»Sehr wohl«, sagte Nesselschaum. »Denn irgendjemand hat diesem kleinen Mädchen erzählt, dass sie auch zu einer Elfe werden kann. Sie müsse nur das Wasser trinken, das von den Zweigen des Baumes tropft.«

Daraufhin verfinsterte sich Nesselschaums Miene.

»Aber das stimmte nicht«, knurrte er. »Das war gelogen. Denn dadurch passierte ein großes Unglück, und das ganze Reich ging zu Grunde. Kein Stein blieb auf dem anderen.«

Das war das Stichwort.

»Reich? Was soll denn das für ein Reich gewesen sein?«, hakte Primus nach. »Wo spielt denn diese Geschichte?«

Nesselschaum lachte.

»Auf irgendwelchen geheimnisvollen Inseln, die es gar nicht gibt«, antwortete er. »Das ist schließlich alles nur ein Märchen.«

Doch Primus, Plim und Bucklewhee gingen beinahe die Augen über.

»AUF INSELN???!!!«, riefen alle drei gleichzeitig im Chor. »Aber wo …?«

Doch weiter kamen sie nicht. Just in diesem Moment hörten sie die Türglocke bimmeln.

»Oh«, jauchzte Nesselschaum, »wie schön. Da kommt schon wieder ein Kunde. Was ist denn heute bloß los? Das ist ja vortrefflich. Ich bitte die Herrschaften, mich zu entschuldigen. Muss nur kurz meine Aufwartung machen. Bin gleich wieder zur Stelle.«

Er machte eine tiefe Verbeugung, zupfte an seiner Fliege und flitzte zum Eingang. Die drei Reisenden blieben mit fragenden Gesichtern zurück.

Primus warf Plim einen verschwörerischen Blick zu.

»Das ist kein Märchen«, sagte er verbissen. »Diese Inseln, von denen er spricht, gibt es wirklich. Die haben wir auf den Glaswürfeln gesehen. Fragt sich nur, wo dieses Gebiet zu finden ist.«

Dann deutete Primus auf das hölzerne Kästchen.

»Ein Apotheker aus der Ginsterklause hat das also geschnitzt«, sagte er. »Und den Bilderrahmen, vom Gemälde der kleinen Hütte im Wald, hat er demzufolge auch gemacht. Das hätte ich nicht vermutet.«

»Wieso?«, fragte Bucklewhee. »Was ist denn daran ungewöhnlich? Dann ist das eben ein geschickter Apotheker. Kann doch sein.«

»Ja, das ist möglich«, erwiderte Primus. »Aber das Häuschen hat einst im Finsterwald gestanden. Und der ist meilenweit von dieser Ginsterklause entfernt.«

Grüblerisch neigte er den Kopf.

»Hat Nesselschaum gesagt, dass jemand das kleine Mädchen beschwatzt hat, damit sie das Wasser des Baumes trinkt?«

»Habe ich so verstanden«, bestätigte Plim.

Und auch Bucklewhee nickte.

»Fürwahr«, gackerte das Huhn. »Das hat er gesagt.«

»Soso«, brummte Primus, »aha.«

»Was soll denn das heißen?«, fragte Plim. »Was meinst du mit *soso* und *aha*?«

»Das heißt, dass ich das alles noch nicht so richtig verstehe«, räumte Primus ein. »Da sind mir noch so manche Dinge schleierhaft.«

Er stützte sich gedankenversunken auf das Kästchen.

»Und ganz besonders würde mich interessieren, wer dieser geheimnisvolle *Jemand* war, von dem Nesselschaum gesprochen hat.« Primus zuckte mit der Augenbraue. »Oder besser noch«, fuhr er fort. »Wer dieser geheimnisvolle Jemand *ist*.«

»Hhhh«, schnaufte Plim. »Du meinst …?«

»Genau das meine ich«, sagte Primus. »Ich glaube, dass es diese Person noch immer gibt. Und je mehr ich darüber nachdenke, desto sicherer bin ich mir dabei. Das wäre vielleicht das Puzzlestück, das wir suchen. Hier passieren schließlich noch immer äußerst seltsame Dinge.«

Miss Plim sah Primus schweigend an. Die ganze Sache gefiel ihr zusehends weniger.

»Das ist mir wiederum völlig egal«, erwiderte sie. »Ich hole mir jetzt die Wurzeln, und dann will ich nach Hause. Mir wird diese Geschichte nämlich langsam unheimlich.«

Sie griff sich ihre Tasche.

»Los«, sagte sie, »gehen wir.«

Doch da meldete sich Bucklewhee zu Wort.

»Äh«, wandte er ein, »einen Moment noch.«

Er deutete in die Richtung der Uhr, die er mit Nesselschaum unter die Lupe genommen hatte.

»Das solltest du dir unbedingt einmal ansehen«, sagte er zu Primus. »Diese Uhr zeigt nämlich auch die Mondphasen an.«

»Ehrlich? Das ist ja toll.«

»Mhm«, beteuerte das Huhn. »Komm doch mal mit.«

»He«, rief Plim, »was soll denn der Unfug?«

»Nur einen Augenblick«, bat Bucklewhee. »Das ist eine wahrlich raffinierte Mechanik. Die muss man unbedingt gesehen haben.«

»Dauert das etwa länger?« Sie stöhnte und verschränkte die Arme. »Seid ihr bald fertig?«

»Ja, ja«, kam es gegackert. »Nur ganz kurz. Dauert nicht lange.« Und Bucklewhee flitzte zur Standuhr zurück.

Genervt saß Plim zwischen den Möbeln. Sie ließ die Beine baumeln und richtete ihr Haar. Geister, Spuk und alte Legenden, dachte sie. Jetzt reichte es aber. Und was wäre, wenn dieser Kerl bei ihr zu Hause auftauchen würde? Diese Gestalt, die bei Primus vorgefahren war? Sie schauderte. Da war man ja seines Lebens nicht mehr sicher. Vielleicht brauchte sie ein neues Türschloss oder einen Abwehrzauber? Als selbständige Hexe, so einsam im Wald, musste man praktisch auf alles gefasst sein.

Plim wischte sich den Schmutz von den Händen. Missmutig guckte sie sich um. Meine Güte, dachte sie, dieser Laden war noch unordentlicher als die Rumpelkammer in der Hexenschule. Wahrscheinlich liefen hier sogar die Holzwürmer davon.

Still hockte sie da und wartete darauf, dass Primus und Bucklewhee endlich zurückkommen würden. Der Markt hatte schließlich nicht ewig auf.

Da bemerkte sie plötzlich ein Geräusch.

Zuerst war es noch ganz leise, fast wie ein leichter Windhauch. Doch dann wurde es nach und nach deutlicher. Plim spitzte die Ohren. Still saß sie da, ohne sich zu bewegen. Das war kein Wind, stellte sie fest. Das war ein Atmen. Ein Atmen, das auf bedrohliche Weise hinter ihrem Rücken hervorkam.

Plim hielt die Luft an. Sie blickte zur Seite und biss sich auf die Lippen.

Dann passierte es. Und nie sollte Plim diesen Moment je wieder vergessen.

»Da bist du ja endlich«, kam es flüsternd aus der Dunkelheit. »Hast dich vor mir versteckt, nicht wahr?«

Plim wurde weiß wie die Wand. Schlagartig sprang sie auf und kreischte, dass die Fensterscheiben vibrierten.

»ZUM TEUFEL NOCHMAL«, brüllte sie, »WAS BIST DU DENN FÜR EINER?«

Mit gefletschten Zähnen wirbelte sie herum.

»KOMM HER«, schrie sie, »JETZT LERNST DU MICH KENNEN!«

Das verhieß nichts Gutes. Wie von Sinnen schwang die Hexe ihre vollgestopfte Handtasche und ließ sie wie einen Morgenstern durch die Luft sausen. Doch weder konnte Plim jemanden sehen, noch traf ihre Handtasche das vermeintliche Ziel. Im Gegenteil. Mit einem Krachen schlug das Arztköfferchen gegen den nächstbesten Schrank, dass der Laden erzitterte. Dann ergriff Plim die Flucht. Blindlings stieß sie durch die grauen Staubwolken, stürmte durch das Gewühl aus Tischen und Schränken und rannte zum Schluss auch noch den ahnungslosen Nesselschaum über den Haufen. Letzteres tat ihr natürlich ausgesprochen leid, aber der stand ihr einfach im Weg. Um den konnte sie sich jetzt wirklich nicht kümmern.

Kurz vor dem Ausgang legte Plim eine Vollbremsung ein. Sie streckte den Arm aus und griff nach ihrem Besen. Den würde sie doch in diesem Müllberg nicht zurücklassen. Rasend stürmte sie ins Freie. Primus und Bucklewhee eilten ihr hinterher.

»Was ist denn los?«, rief Primus. »Bleib doch da.«

»Das kannst du dir aus dem Kopf schlagen, mein Lieber«, kreischte sie. »Hier stimmt etwas nicht. Ich will sofort nach Hause. Wo sind wir da bloß reingeraten?«

»Aber…«

»Nichts aber«, schrie Plim. »Weg hier.«

Da war jede Diskussion überflüssig.

Miss Plim sprang auf den Besen und warf den Motor an. Primus und Bucklewhee kamen in letzter Sekunde dazu. Flink verkroch sich das Hühnergerippe in der Handtasche, während Primus sich wie immer am Tragegriff festhielt. Plim ließ den Motor aufheulen. Sie beugte sich über den Lenker und die drei schossen auf dem Besen aus der Stadt. Ihre Kunden waren Plim mittlerweile völlig egal. Sie wollte nur noch auf und davon.

In der Geisterwarte

Wie der Wind sauste Plim mit ihrem Hexenbesen über die Felder. Der Schreck saß ihr noch immer tief in den Knochen. Sie ließ den Mondwassersee zu ihrer Linken liegen und steuerte schnurstracks den Finsterwald an. Für Umwege hatte sie keine Zeit. Nun hieß es, die kürzeste Strecke wählen.

Misstrauisch drehte Plim sich um. Was, wenn ihr jemand folgte? – ging es ihr durch den Kopf. Bei allen blubbernden Brühen, das fehlte gerade noch. Ungebetene Besucher, wie solche von gerade eben, konnte sie ganz und gar nicht gebrauchen. Miss Plim musste sich schützen. Aber wie? Fieberhaft dachte sie nach. Als erstes würde sie den Kessel anheizen und eine wahrlich grässliche Sicherheitsvorrichtung kochen. Genau, so beschloss sie, das wäre gut. Nur, wie sollte diese aussehen? Keine leichte Aufgabe. Aber es musste etwas ganz Übles sein, soviel stand fest. Etwas, bei dem jeder Schurke Hals über Kopf die Flucht antreten würde. Vielleicht konnte sie für diese Mixtur ja endlich einmal Taddel und Mills verwenden, fiel es ihr ein. Aber ja, warum nicht?! Die Vorrausetzungen wären gegeben. Ein Mittel aus den beiden würde stinken wie die Pest. Es würde jucken, es würde kleben und das Beste: Man würde es nie wieder abwaschen können.

Mit einem breiten Grinsen malte sich Plim alles aus. Die beiden Taugenichtse schienen für so einen Zweck geradezu wie geschaffen zu sein. Außerdem würde ein Gebräu aus Taddel und Mills garantiert dafür sorgen, dass der Halunke niemals wiederkommen würde. Den wäre Plim für immer los. Und noch etwas: Nach einer kräftigen Taddel-und-Mills-Dosis könnte er sich für den Rest seines Lebens auch sonst nirgendwo mehr blicken lassen. Jeder würde einen Bogen um ihn machen. Eine tolle Nebenwirkung. Plim war hocherfreut. Das würde sie gleich ausprobieren, sobald sie wieder zu Hause wäre.

Nun aber spähte sie aus. In der Ferne konnte sie bereits die Stelle erkennen, an welcher der Kräutersteig aus dem Wald herausführte. Großartig, freute sie sich, dann war es auch nicht mehr weit bis zu ihrem Häuschen. Mit Vollgas preschte sie dahin.

Währenddessen wurde es Primus vorn auf dem Lenker zu bunt. Fragend sah er zu Plim auf, wobei ihm der Fahrtwind um die Ohren pfiff.

»Jetzt warte doch mal«, rief er ihr zu. »Dürfte ich vielleicht erfahren, was eigentlich los ist?«

Plim zog den Kopf ein. »Da war wieder diese Stimme«, schrie sie.

»Eine Stimme?«

»Ja«, rief sie, »eine Stimme. Und wenn du es genau wissen willst: Es war dieselbe Stimme, die ich vorgestern im Wald gehört habe. Die erkenne ich sofort.«

»Echt? Kein Wunder, dass du die Flucht ergreifst.«

Plim nickte. »*Habe ich dich endlich*, hat der Kerl zu mir gesagt. *Hast dich vor mir versteckt*. Was glaubt der eigentlich, wen er vor sich hat?«, schimpfte sie. »Ich verstecke mich vor gar niemandem.«

Sie umkrallte den Lenker, dass ihr die Fingerknöchel weiß wurden. »Da ist jemand hinter mir her«, knirschte sie. »Da bin ich mir sicher. Und zwar muss das derselbe Kerl sein, der auch bei *dir* neulich aufgekreuzt ist. Du hast ihn schließlich in der Stadt gesehen, nicht wahr? Das war doch kein Zufall! Ich glaube, der ist mir auf den Fersen. Und das kommt alles nur wegen dieses dämlichen Gemäldes.«

Wütend rümpfte sie die Nase. »Aber mit diesem Burschen werde ich schon fertig«, brummte sie. »Der soll nur kommen. Für den habe ich mir etwas ganz Besonderes ausgedacht. Der wird sein blaues Wunder erleben, hihi. Das wird ein Spaß.«

Primus saß auf der Tasche und schwieg. Er starrte auf den düsteren Waldrand, der mit jeder Sekunde näher und näher rückte, und überlegte. Vielleicht hatte Miss Plim ja recht mit ihrer Vermutung, dämmerte es ihm. Vielleicht war diese Gestalt wirklich hinter *ihr* her. Schließlich hatte der geheimnisvolle fahrende Händler neulich mehrmals gefragt, ob sich noch jemand oben im Haus befinden würde. Hatte diese Gestalt etwa gedacht, dass *Miss Plim* in Ulmes altem Turm wohnen würde – und nicht Primus?! Verflixt, durchzuckte es ihn, das wäre zumindest eine Erklärung. Er musste sie warnen. Und zwar schnell.

»Bieg sofort ab!«, rief er aufgeregt. »Flieg nicht zu dir nach Hause!«

»Was?«

»Lass uns erst nochmal über alles sprechen.«

»Einen Teufel werde ich tun«, entgegnete Plim, wobei sie weiter auf den Finsterwald zusteuerte. »Ich braue mir jetzt eine Schutzwolke und hülle damit das Haus ein. Und zwar eine ganz besonders üble. Eine, die das Taddel-und-Mills-Aroma besitzt. Das ist wie ein Fluch. So etwas tut sich keiner freiwillig an.«

Primus ruderte mit den Flügeln. »Aber noch weiß dieser Kerl nicht, wo du wohnst!«

»Hä?« Plim konnte nicht so ganz folgen.

»Wenn du recht hast, und es wirklich dieselbe Gestalt ist, die auch bei mir vorgefahren ist, dann denkt er, du würdest oben im Turm wohnen«, rief Primus. »Nur deshalb war er bei mir.«

Plim sah ihn mit großen Augen an.

»Verstehst du???!!!«, schrie er. »Wenn du weiterfliegst, zeigst du ihm den Weg! Bieg ab, schnell!«

In Plims Kopf rumorte es. Sie blickte zu Primus und überlegte. Dann sah sie wieder auf den dunklen Waldrand, hinter dem ihr Hexenhäuschen lag. Wenig später riss sie den Lenker herum. Sie machte einen Bogen, drosselte den Motor und folgte dem Mondwassersee in Richtung Süden. Primus fiel ein Stein vom Herzen.

»Und wo sollen wir jetzt hin?«, fragte sie, während sie ziellos mit dem Besen umherschlenkerte. »Ich kann doch nicht ewig so durch die Gegend fliegen. Irgendwann muss ich schließlich nach Hause.«

»Aber noch nicht jetzt«, vertröstete Primus sie. »Vorher sollten wir zur Ginsterklause fliegen und diesen Apotheker aufsuchen.«

»Bis zu den Bleibergen?« Plim pustete. »Das ist doch nicht dein Ernst, oder?«

»Doch«, entgegnete er, »da führt kein Weg daran vorbei. Denn der Apotheker kennt offenbar die Legende, von der wir vorhin erfahren haben. Mit dem müssen wir reden. Er hat dieses Motiv geschnitzt. Bestimmt weiß er mehr darüber. Und vielleicht kann er uns auch sagen, wer dieser Kerl ist, der hinter dir her ist. Der hat schließlich etwas mit der Geschichte zu tun.«

»Bist du sicher?«

»Aber ja«, nickte er. »Der Bursche ist nämlich erst aufgetreten, als wir dieses rätselhafte Gemälde und den Keller im Wald untersucht haben. Sachen, die auch mit dem Apotheker in Verbindung stehen. Seit jenem denkwürdigen Tag ist diese Gestalt hinter dir her.«

»Aber, was will der Kerl von mir?«, fragte Plim. »Wieso verfolgt er mich?«

»Das wüsste ich auch gerne«, schnaufte Primus. »Keine Ahnung. Aber mit irgendetwas musst du offenbar seine Aufmerksamkeit erregt haben.«

Mit einem fordernden Blick sah Primus zu ihr auf. »Denk doch mal nach«, rief er. »Hast du in der letzten Zeit etwas Ungewöhnliches gesagt oder getan?«

»Nicht, dass ich wüsste«, grübelte sie. »Es war eigentlich alles wie immer. Habe die Wäsche gemacht, habe ein paar Wurzeln geklau… äh, besorgt, und habe Chuck nebenbei bei seinen Wehwehchen geholfen. Alles ganz normal.«

»Und sonst nichts?«

Sie schüttelte den Kopf. »Äh, äh.«

»Na gut«, sagte er, »vielleicht ist das jetzt auch gar nicht so wichtig. Lass uns erst einmal zur Ginsterklause fliegen. Wenn wir wissen wollen, wer dieser Bursche ist und wie wir ihn wieder loswerden, dann finden wir die Antworten am ehesten dort. Denn da kommt schließlich auch das Märchen her.«

»Dieses Märchen«, wiederholte Plim. »Eine Geschichte von Elfen und einem kleinen Mädchen.«

»Ganz genau«, bestätigte Primus. »Und von einer unbekannten *weiteren* Person. Einer Person, die das Mädchen angeblich belogen hat, und die für den ganzen Schlamassel verantwortlich ist. Diese Person sollten wir auf keinen Fall vergessen.«

Plim zuckte zusammen. »Du«, sagte sie, »vielleicht ist *das* sogar dieser Kerl, der hinter mir her ist. Vielleicht ist er dieselbe Person, von der in dem Märchen die Rede ist. Könnte doch sein, oder?«

»Ja, schon möglich«, antwortete Primus. »Oder aber der Bursche ist jemand, der mit dieser geheimnisvollen Person in Verbindung steht. Einer, der für jemand anderen die Augen offenhält und fleißig Bericht erstattet. Das wäre nämlich auch denkbar.«

»Ein Kundschafter?«

»Oder ein Kurier«, knurrte Primus. »Diese Bezeichnung ist vielleicht zutreffender. Denn all die Dinge, die verschwunden sind, werden nicht nur von jemandem aufgespürt, sie werden auch fortgeschafft. Fortgeschafft auf ein Inselreich, von dem niemand weiß, wo es liegt und von dem nur noch ein altes Märchen berichtet.«

Das gab Plim natürlich zu denken. Sie wischte die Gläser der Rennfahrerbrille ab und kombinierte. Wenig später kam ihr ein Gedanke.

»Und ihr zwei meint also, fortgeschafft wird alles mit diesem sagenhaften See, den ihr mir heute Morgen auf den Glaswürfeln gezeigt habt?«

Primus und Bucklewhee nickten.

»Das wäre ja raffiniert.« Sie pfiff durch die Zähne. »Respekt, so etwas muss man sich erst einmal einfallen lassen.«

In Primus' Augen blitzte es. »Ganz meine Meinung«, stimmte er ihr zu. »Genau das ist der springende Punkt. Deswegen glaube ich auch nicht, dass dieser fahrende Händler die gesuchte Person aus dem Märchen ist. Nein, nein. Vielmehr muss hier ein wahrer Meister dahinterstecken. Ein Hexenmeister, der auf fantastische Weise sein Handwerk beherrscht.«

Spöttisch verdrehte Primus die Augen. »Und so einer fährt gewiss nicht auf einem Pferdekarren durchs Land und klopft bei wildfremden Leuten an der Haustür.«

»Oder plaudert mit dicken Kürbissen, die nebenan auf dem Komposthaufen sitzen«, krächzte Bucklewhee.

Plim wandte sich noch einmal um. Sie blickte zur Stadt zurück, um sicherzugehen, dass ihr niemand folgte.

»Und was machen wir jetzt?«, fragte sie. »Da wird mir ja noch viel unheimlicher zumute, als es mir ohnehin schon war. Und außerdem«, fuhr sie fort. »Bei einem Hexenmeister von so einem Kaliber hilft gewiss auch keine Schutzwolke aus dicken faulen Kröten. Das interessiert den doch nicht die Bohne.«

»Kann ich mir auch nicht vorstellen«, musste Primus gestehen.

»Pah«, schnaufte sie, »dann werde ich eben etwas anderes zusammenmischen. Das wäre ja noch schöner. Irgendetwas fällt mir schon ein.«

Da war Primus allerdings skeptisch.

»Gib dir keine Mühe«, wandte er ein. »Gegen so jemanden kann man nicht einfach mit Tricks und Zaubermitteln aus dem Hexenhandbuch antreten.«

»Du machst mir Spaß«, blaffte sie. »Und was denkst du, sollte ich dann tun?«

»Wir müssen diesen fahrenden Händler unschädlich machen«, antwortete er. »Das ist die einzige Lösung. Denn wenn das wirklich ein Kundschafter ist, dann darf er auf keinen Fall herausfinden, wo du dich aufhältst.«

Aber da gab es noch etwas. Aufgeregt wedelte Primus mit dem Flügel. »Und eine Sache ist ganz besonders wichtig«, warnte er. »Das müssen wir unbedingt beachten: Dieser Kerl darf nicht das Geringste über dich an seinen Meister weitergeben, hörst du?! Solange *der* nichts von dir weiß, bist du in Sicherheit. Denn wenn ich richtig liege, dann *wartet* der nur darauf. Wir müssen also schnell sein, bevor etwas zu ihm durchsickert.«

Das sah Plim ein. Sie starrte auf die finstere Bergkette und wandte sich an Bucklewhee.

»Weiß denn der Herr Professor, wo es langgeht?«, fragte sie das Hühnergerippe.

»Sehr wohl«, krähte er, »selbstverständlich. Ich habe den Kartenausschnitt sozusagen im Kopf. Wir müssen einfach nur am Finsterwald entlang nach Süden fliegen, bis wir zum Gebirge kommen. Von dort aus geht es weiter in Richtung Südwesten. Die Ginsterklause ist ein steiler Einschnitt zwischen den Felswänden. Nicht zu übersehen.«

»Gut«, sagte Plim, »das finde ich.«

Bei diesen Worten krallte Primus sich fest. Bucklewhee zog den Kopf ein, und Plim ging in Position. Dann schossen die drei auf die Bergkette zu. Sie hofften, dass es noch nicht zu spät war.

In rasender Geschwindigkeit flog die Hexe nach Süden. Ganz wie Bucklewhee es vorgeschlagen hatte, folgte sie zunächst dem Uferstreifen des Mondwassersees an der Ostseite des Finsterwaldes, bevor es geradewegs zu den Nebelfeldern ging. Schon bald tauchten die ersten Hügel unter ihnen auf. Bucklewhee schob sein Köpfchen aus der Handtasche. Angestrengt versuchte er, irgendwo in der Ferne den alten Turm zu erkennen. Doch leider gelang es ihm nicht. Er vermisste seine Pendeluhr und sehnte sich nach seinem Uhrkasten. Mit schwerem Herzen musste er an all die schönen Zahnräder denken, die er so liebevoll justiert hatte und die zu Hause auf ihn warteten. Wehe, jemand würde in der Zwischenzeit daran herumspielen, dachte er, wehe.

Doch auch Primus behielt die Augen offen. Er richtete sich auf und spähte aus. Allerdings galt seine Aufmerksamkeit weniger der hübschen Hügellandschaft, als vielmehr dem Himmel über den Bleibergen. Dort machte er dunkle Wolken aus, die von Süden heraufzogen und sich zusehends verdichteten.

»Schaut doch mal«, rief er und deutete geradeaus. »Das da hinten gefällt mir überhaupt nicht. Bekommen wir jetzt etwa schlechtes Wetter?«

Bucklewhee und Plim schauten nach oben.

»Ach, du Schreck«, durchzuckte es Plim. »Da braut sich etwas zusammen. Und so wie es scheint, ist das ausgerechnet da, wo wir hinmüssen.«

Schützend beugte sie sich über ihre Handtasche. »So ein Ärger«, jammerte sie. »Am Ende werden wir noch nass. Da hätte ich mich gar nicht schminken müssen.«

Primus betrachtete die pechschwarzen Wolken und legte die Stirn in Falten. »Das geht doch nicht mit rechten Dingen zu«, sagte er misstrauisch. »Damit habe ich überhaupt nicht gerechnet. Schließlich hatten wir bis vor Kurzem noch strahlenden Sonnenschein.«

»Korrekt«, vermerkte Bucklewhee, »aber im Gebirge kann man nie wissen. Da geht das schneller, als einem lieb ist.« Er schüttelte seinen Hahnenkamm. »Vielleicht haben wir aber Glück, und das Wetter zieht an uns vorüber.«

Primus nickte. Dem war nichts entgegenzusetzen. Mit ein bisschen Glück war schließlich alles möglich.

So flogen sie weiter auf das Gebirge zu, während die Landschaft um sie herum immerzu schroffer und der Himmel über ihnen dunkler und dunkler wurde. Was aber das *Glück* betraf, so konnte davon schon bald nicht mehr die Rede sein.

Denn als die drei Reisenden endlich die Bleiberge erreichten, gingen Donnerschläge durchs Land, dass um sie herum die Felswande bebten. Es blitzte und zuckte, lärmte und krachte, und im geisterhaften Licht ragten die Berggipfel auf. So ein Unwetter hatte keiner erwartet.

Mit größtem Fingerspitzengefühl steuerte Plim an den Berghängen entlang, wobei sie sich krampfhaft am Lenker des Rennbesens festhielt. Es glich einem Wunder, dass die junge Hexe den Besen bei diesem Sturm überhaupt in der Luft halten konnte. Der Wind zerrte am Besen, riss ihn empor und drückte ihn im nächsten Moment wieder nach unten.

Bucklewhee hatte sich längst tief in der Tasche verkrochen. Neugierig spitzelte er unter dem Tragegriff hervor und lauschte. Da waren Stimmen in der Luft, stellte er fest. Ein leises Geflüster, das sich mit dem Heulen des Windes vermischte. Es war gruselig. Doch so sehr er sich auch bemühte, er konnte keines der Worte verstehen.

Dagegen machte Plim sich umso deutlicher bemerkbar.

»WO MÜSSEN WIR DENN LANG?«, schrie sie gegen den Wind. »ICH KANN JA ÜBERHAUPT NICHTS MEHR SEHEN!«

»Flieg einfach weiter«, antwortete Primus und hielt seinen Zylinder fest. »Immer geradeaus. Und bleib von der Felswand weg. Es kann nicht mehr weit sein.«

Der Wind heulte von den Berghängen.

»Das stellst du dir so einfach vor«, beklagte sich Plim. »Steuere du doch mal dieses Ding durch den Sturm. Das ist nicht gerade ein Kinderspiel.«

Bucklewhee lugte aus der Handtasche. »Ach was«, gackerte er. »Ich finde, es könnte schlimmer sein.«

Aufgebracht verzog Plim das Gesicht. »Na, wunderbar«, zischte sie. »Immer dieser Schlauberger. Was könnte es bitte noch Schlimmeres geben, hä?«

Der Gockel zuckte mit den Schultern. »Nun, es könnte zum Beispiel regnen.«

Sprach's, und ein Donnern ging durchs Land. Der Himmel öffnete seine Pforten, und wie auf Bestellung prasselte der Regen hernieder.

Plim war außer sich. »KANNST DU VIELLEICHT MAL DEINEN SCHNABEL HALTEN?!«, brüllte sie, während ihr die Schminke vom Gesicht lief. »DU KLAPPRIGES DÜRRES HUHN!«

Sie schoss an den Felsen vorbei.

»Wie sehe ich denn jetzt aus?!«, schimpfte sie und wischte sich das Wasser von der Brille. »So kann ich doch nicht unter die Leute gehen.«

»VORSICHT!«, schrie Primus. »Jetzt langsam!«

Zu ihrer Linken tat sich das Bergmassiv auf.

Eine sehr breite Einbuchtung klaffte zwischen den Felsen und führte geradewegs in das Bergmassiv. Dort wurde die Schneise enger. Es sah so aus, als hätte ein riesiger Keil die Felswände gespalten und mit aller Kraft zur Seite gedrückt. Kleine Wiesen bedeckten den Boden, der sich weiter nach Südosten erstreckte.

Aufgeregt wedelte Primus mit dem Flügel. »Ich glaube, hier müssen wir abbiegen«, rief er und deutete nach links. »Das muss die Ginsterklause sein.«

Plim reagierte sofort. Sie beugte sich zur Seite und flog um die Kurve. Dann versuchte sie, sich bei all dem Regen zu orientieren. Im Tiefflug folgte sie einem kleinen Bachlauf, wich Bäumen und Heuballen aus und kämpfte sich immer weiter voran. Nach einiger Zeit erkannte sie die ersten Häuser.

Ein kleines Dorf lag eingebettet und verschlafen zwischen den Bergen. So, als hätte der Rest der Welt es schon lange vergessen. Der Regen trommelte auf die Dachpfannen, und der Wind rüttelte an den knarzenden Fensterläden.

Ohne klares Ziel flog Plim durch die Gassen.

»Wo ist denn nun diese Holzschnitz-Apotheke?«, rief sie Primus zu. »Kannst du sie irgendwo sehen? Ich will jetzt endlich ins Trockene.«

Primus stierte durch den Regen. »Keine Ahnung«, entgegnete er. »Ich bin auch noch nie hier gewesen.«

»Na gut«, sagte Plim, »dann fragen wir uns eben durch. Irgendjemand wird uns schon helfen.«

Mit diesen Worten ging sie zur Landung über. Plim drosselte den Besen, flog ein Stück tiefer und setzte wenig später inmitten der regennassen Gasse auf. Völlig durchnässt stellte sie sich auf die Zehenspitzen und schaute sich um.

Da klappte ihr plötzlich der Kiefer runter.

Was hatte denn das zu bedeuten? – staunte Plim, wobei sie zum Ende der Gasse blickte. So etwas hatte sie ja noch nie gesehen. Sprachlos legte sie den Kopf in den Nacken und ließ ihren Blick langsam entlang der Gebirgsspalte nach oben wandern. Das war ja ungeheuerlich.

Ein gewaltiges Tor steckte eingekeilt zwischen den Felswänden und versperrte den weiteren Weg durch das Bergmassiv. Die schwarzen Torflügel waren schmal und ragten empor wie zwei mächtige Türme. Daneben, kurz vor dem Tor, befand sich ein Gasthaus, aus dem flackerndes Licht drang. Oder war das gar eine Wachstation? Plim war überwältigt.

»Ich werd' verrückt«, hauchte sie. »Wer, um alles in der Welt, hat denn dieses enorme Tor hier aufgestellt? Und wozu ist das gut?«

Primus segelte vom Lenker und nahm seine menschliche Gestalt an.

»Das frage ich mich auch«, antwortete er, während er die mächtigen Scharniere wahrnahm. »Aber es sieht mir nicht danach aus, als hätte man es erst vor Kurzem errichtet. Dieses Tor muss uralt sein.«

»Von mir aus«, bibberte Plim. »Das ist mir jetzt aber auch völlig egal. Ich bin klatschnass, und mir ist kalt. Wir gehen am besten kurz in dieses Gasthaus, oder was das dort drüben auch immer darstellen soll, und fragen nach der Apotheke. Die wissen bestimmt, wo sie ist. Außerdem haben die Leute da drinnen gewiss nichts dagegen, wenn ich mich kurz ans Feuer setze. Ich habe schon Eiszapfen an den Händen.«

»Das machen wir«, sagte Primus. »Los, komm. Schnell hinein.«

Eilig stapften die zwei durch die Gasse. Sie gelangten zu einem Garten, gingen über eine Wiese und erreichten schließlich das Haus neben dem Tor.

Es war ein zweistöckiges Gebäude, das erhöht auf einem Felsvorsprung erbaut worden war. Eine Treppe führte hinauf zur Eingangstür, über der ein schmiedeeisernes Schild prangte. Primus hielt schützend die Hand über die Augen und starrte durch den Regen. *Geisterwarte* las er die Aufschrift, wobei er unschlüssig einen Nasenflügel hochzog. Er konnte sich beim besten Willen nicht vorstellen, was damit gemeint sein konnte. Eine Herberge war das jedenfalls nicht, soviel stand fest.

Direkt neben der Treppe stand ein kleiner Holzschuppen, vor dem sich zahlreiche Blumentöpfe und Pflanztröge stapelten. Kerzenlicht schimmerte durch die Ritzen der Bretter, und aus dem Inneren des Schuppens erklang das klirrende Geräusch von Flaschen und Gläsern. Es hörte sich beinahe so an, als würde jemand den Abwasch tätigen.

Primus und Plim gingen am Schuppen vorbei, der sogar einen eigenen Schornstein besaß, und stiegen die Stufen zur Geisterwarte hinauf. Oben angekommen, traten sie vor die Eingangstür.

»Hallo?«, rief Primus und betätigte den Klopfer. »Werte Leute! Ist jemand da?«

Nichts passierte.

Primus klopfte erneut.

»Hallo!«, schrie er. »Bitte aufmachen!«

Es dauerte einen Moment. Dann näherten sich endlich Schritte. Allerdings ging daraufhin nicht die Tür auf, sondern eine Sichtluke wurde geöffnet. Prüfend hielt ihnen jemand eine Öllampe ins Gesicht, wobei Primus, Plim und Bucklewhee kritisch gemustert wurden.

»Geistervolk oder Wandergesellen?«, ertönte von drinnen die Frage.

Geblendet wandte Plim sich ab.

»Hör mal«, rief sie und bedeckte die Augen, »was ist denn das für ein Empfang? Wir sind gar edle Bürger und auf der Durchreise.«

Das konnte Bucklewhee nur bestätigen. »Sehr wohl«, gab er zum Besten. »Sehr edle Bürger.«

Plim legte die Arme um ihren Körper und fing an zu zittern.

»Außerdem ist uns anständig kalt«, fügte sie kleinlaut hinzu. »Also, mir zumindest. Dürften wir vielleicht hereinkommen und uns ein wenig ans Feuer setzen? Wäre das möglich?«

Von der anderen Seite der Tür ertönte ein Brummen. Daraufhin wurde die Sichtluke wieder geschlossen. Die drei konnten hören, wie der Riegel zur Seite geschoben wurde, bevor kurz darauf die Tür aufging.

»Gut«, sagte ein hagerer Mann mit einem struppigen Schnauzbart, »so tretet denn ein. Mein Name ist Tock. Ich bin der Wächter des Bergpasses.«

Er streckte den Arm aus der Türöffnung und zeigte auf das Tor zwischen den Felsen. »Aber der Zugang zum Geisterpass ist geschlossen«, fügte er hinzu. »Dort könnt ihr heute nicht lang, verstanden?«

Tock trug eine Pförtneruniform, die ihm entschieden zu groß war, und eine Brille auf der Nase. Hinter seinem rechten Ohr klemmte ein Schreibgriffel.

Plim nahm die Einladung ohne Umschweife an. Da wurde gar nicht lange diskutiert.

»Ja, ja«, antwortete sie und schlüpfte an dem Pförtner vorbei. »Ist recht. Der Pass interessiert uns überhaupt nicht. Wir wollen nur kurz ans Feuer.«

Wie der Wind flitzte sie durch den Raum.

Das Zimmer sah beinahe aus wie eine kleine Taverne. Zwei Tische mit Stühlen standen darin. Es gab Regale mit Büchern und Krügen sowie ein Schreibpult. Plim aber steuerte schnurstracks den Kamin an. Sie stellte ihre Handtasche auf den Boden und setzte sich ans Feuer. Dort kauerte sie sich zusammen.

»Brrrr«, schlotterte sie, »ist das kalt. Da holt man sich ja den Tod.«

Nach ihr trat auch Primus ein. Der Pförtner zog die Tür hinter ihm zu, hielt aber noch einmal kurz den Kopf nach draußen.

»Tahmo«, rief er in die Richtung des kleinen Schuppens. »Hallo, Tahmo!«

Wenig später ging unten am Schuppen die Brettertür auf.

»Ja, Vater«, hörte Primus eine jugendliche Stimme antworten. »Was ist denn?«

Tock hob die Laterne. »Bring uns noch ein wenig Holz herauf«, sagte er. »Hier sind Reisende aus dem Hinterland. Denen ist kalt.«

Plim schüttelte den Kopf. »Wie war das?«, sagte sie empört. »Was glaubt der eigentlich? Ich wohne in der Nähe der Hauptstadt.«

Primus setzte sich neben sie. Er nahm den Zylinder ab und strich sich durch die Haare. Mit so einer mühevollen Anreise hatte er beileibe nicht gerechnet. Sie konnten von Glück sagen, dass sie nicht weggeweht oder vom Blitz getroffen worden waren.

Wenig später gesellte sich auch Tock dazu. Der Pförtner trat an den Kamin und zupfte an seiner Uniform.

»Wohin des Wegs?«, fragte er. »Wollt ihr nach Norden?«

»Genau da kommen wir doch her«, knurrte Plim. »Aus dem *Hinterland.*«

Doch Primus winkte ab. »Wir sind auf der Suche nach einer Apotheke, die es hier im Ort geben soll«, erklärte er. »Sie wurde uns empfohlen. Könnt Ihr uns vielleicht sagen, wo sie zu finden ist?«

»Aber natürlich«, antwortete Tock. »Hier gibt es weit und breit nur *eine* Apotheke, und an dieser seid Ihr gewiss vorbeigelaufen.«

»Ach, wirklich?«

»In der Tat«, sagte Tock. »Sie ist in der anderen Richtung. Einfach die Straße hinunter.«

»Großartig«, freute sich Primus, »dann müssen wir da sofort hin.«

Plim pustete in ihre Hände. »Von wegen«, sagte sie fröstelnd, »erst muss ich mich aufwärmen.«

Just in diesem Moment ging die Tür auf. Ein Junge von etwa fünfzehn Jahren betrat den Raum und brachte Feuerholz. Der Knabe war in etwa so groß wie Primus, hatte helles Haar und trug eine grüne Schürze. Schnell kam er herein und warf die Scheite in den Kamin. Dann nickte er Primus und Plim höflich zu, drehte sich um und machte sich wieder aus dem Staub.

»Kinder.« Tock lächelte. »Haben immer etwas Besseres zu tun.« Er sah Tahmo hinterher, schloss die Tür und schob den Riegel vor.

Da ergriff Primus das Wort.

»Uns ist übrigens eine Geschichte zu Ohren gekommen«, sagte er zu Tock, »ein altes Märchen. Man munkelt, es käme aus der Ginsterklause.«

»So, so«, bemerkte Tock interessiert. »Was denn für ein Märchen?«

»Es handelt von einem Baum«, sagte Primus. »Von einer mächtigen Linde und einem kleinen Mädchen. Kennt Ihr diese Geschichte zufällig?«

Ruckartig richtete Tock sich auf. »Nein«, antwortete er, »keineswegs. Davon habe ich noch nie etwas gehört.« Mit einem prüfenden Blick sah er zum Fenster. »Und diese Geschichte soll man sich *hier* angeblich erzählen?«, murmelte er. »Das glaube ich nicht.«

Primus und Plim blickten sich verwundert an.

»Das haben wir so vernommen«, bekräftigte Primus. »So wird es berichtet.«

Doch Tock gab sich abweisend. »Nein«, sagte er, »diese Geschichte kenne ich nicht. Tut mir leid.«

Er drehte ihnen den Rücken zu und ging zum Schreibpult hinüber.

Primus stand auf. »Einen Augenblick noch«, rief er Tock hinterher. »Verzeiht, aber ich habe da *noch* eine Frage. Der Pass, von dem Ihr gesprochen habt …«

»Der Geisterpass«, verbesserte ihn Bucklewhee.

»Genau«, stimmte Primus dem Hühnergerippe zu, »der Geisterpass. Wo führt er hin? Und wofür ist dieses riesige Tor da draußen gut?«

Tock wandte sich um. »Damit niemand versehentlich den Pass betritt«, antwortete er. »Diese Route ist allzu gefährlich, müsst Ihr wissen. Geister und Gespenster treiben dort ihr Unwesen. Ganz besonders nachts und bei Stürmen wie diesem.«

Mit einer mahnenden Geste zog Tock den Griffel hinter dem Ohr hervor. »Und meine Aufgabe ist es, das Geistervolk fernzuhalten und jeden zu warnen, der dort langgehen möchte«, unterstrich er. »Durch diese Pforte kommt niemand hindurch, versteht Ihr? Da passe ich immer schön auf. Für die Durchreise braucht man zuerst eine Genehmigung.«

Dann verwies Tock auf das Schreibpult, auf dem ein riesiger, ledergebundener Wälzer lag. »Jeglicher Verkehr entlang des Geisterpasses, ob zu Fuß oder in der Luft, wird von mir erfasst und säuberlich in dieses Buch geschrieben. So machen wir das schon seit Hunderten von Jahren.« Stolz hob er den Kopf. »Wir sind da nämlich sehr genau.«

Bucklewhee begann zu strahlen. »Ein Melderegister«, schmachtete er. »Das finde ich geniös.«

Doch Primus war noch nicht fertig.

»Aber, was ist das für ein Pass?«, hakte er nach. »Wo führt er hin?«

»Na, also«, brummte Tock, »Ihr stellt vielleicht Fragen. Woher soll *ich* denn das wissen?«

»Wie bitte?«, staunte Primus. »Ihr wisst es nicht?«

Und auch Plim schüttelte fassungslos den Kopf.

»Nein«, bestätigte Tock. »Woher auch? Denn ich gehe gewiss nicht dort lang. Ich bewache lediglich den Zugang. Genau wie mein Vater, mein Großvater und mein Urgroßvater.« Er zuckte mit den Schultern. »Und von denen hat sich auch nie einer in diese Richtung begeben. Das ist viel zu gefährlich. Wir bleiben lieber hier.«

Mit diesen Worten setzte Tock sich an das Pult. Er wandte Primus und Plim den Rücken zu und putzte seinen Schreibgriffel.

Plim sah zu Primus auf. »Und wir wohnen im *Hinterland*«, tuschelte sie. »Der ist mir genau der Richtige.«

Primus schmunzelte.

»Du, das meine ich ernst«, betonte sie. »Der ist bestimmt noch nie weiter gekommen als bis zum Dorfbrunnen. Denn am Ende spukt es dort auch.« Sie kicherte leise. »Hat ihm wahrscheinlich sein Großvater erzählt, höhö.«

Dann zog Plim die Beine an. Sie legte den Kopf auf die Knie und genoss die Wärme des Feuers. Primus setzte sich neben sie. So saßen die beiden für eine Weile schweigend da und sahen in die Flammen.

Das Feuer knisterte.

Plim vergrub den Kopf zwischen den Schultern. Ihre langen silbrigen Haare schimmerten im Licht des Feuers und legten sich sanft um ihren Hals. Sie nahm einen tiefen Atemzug. Dann schloss sie die Augen und gab ein Seufzen von sich.

»Langsam wird mir wärmer«, flüsterte sie. »Aber nur ganz langsam.«

Primus verharrte. Er biss sich auf die Lippen und überlegte. Sollte er, oder sollte er nicht? – ging es ihm durch den Kopf. Primus war sich nicht sicher, ob er es wirklich wagen konnte.

Dann aber nahm er all seinen Mut zusammen. Er drehte sich zu Miss Plim und strich ihr sanft über den Rücken, um sie zu wärmen.

Plim öffnete die Augen. Sie schenkte Primus einen tiefen Blick.

»Du hast ja eiskalte Hände«, hauchte sie. »Frierst du etwa nicht?«

»Nein«, antwortete Primus, »ganz und gar nicht.«

Plim machte ihre Augen wieder zu. »Fühlst dich aber so an«, sagte sie leise. »Eiskalt bis auf die Knochen. Auf dich muss ich aufpassen, dass du dich nicht erkältest.« Sie klimperte mit den Wimpern. »Wenn wir jetzt bei mir zu Hause wären, würde ich dir einen Tee kochen.«

Still saßen die beiden anschließend da und lauschten dem Knistern des Feuers. Die Sekunden vergingen für Primus wie eine Ewigkeit.

Dann schreckte Plim auf einmal auf. »Du, wie sehe ich eigentlich aus?«, fragte sie und deutete auf ihr Gesicht. »Ist mit meinem Make-up noch alles in Ordnung?«

Er sah Plim verzückt an und lächelte. »Siehst hübsch aus«, sagte er leise. »Sehr hübsch.«

»Nein«, fuhr sie auf, »das glaube ich dir nicht! Einen Moment, das haben wir gleich.«

Errötet und ein wenig durcheinander öffnete Plim ihre Handtasche. Sie packte das Hühnergerippe, scheuchte es davon und fing an zu wühlen. Anschließend durchsuchte sie ihre Schürze. Eilig holte die Hexe ihr Schminkzeug hervor und breitete es vor sich auf dem Boden aus. Lippenstifte, Puder und jede Menge Duftwässerchen. Dabei kam ihr auch der kleine Stein zwischen die Finger, den Chuck von dem Waldgeist erhalten hatte. Achtlos sortierte sie diesen aus und legte ihn Bucklewhee vor die Füße. Dann begann sie, sich zurechtzumachen.

Da klopfte es plötzlich erneut an der Tür, zackig und mit kräftigen Schlägen.

Primus und Plim drehten sich um. Und auch Tock blickte erstaunt von seinem Schreibpult auf.

»Was ist denn heute bloß los?«, wunderte er sich. »So einen Trubel hatten wir schon lange nicht mehr.«

Er erhob sich und ging zum Eingang. Dort blickte er wieder durch das Sichtfenster nach draußen. Genau wie zuvor bei Primus und Plim, hielt er die Öllampe in die Höhe und fing an, mit jemandem zu reden.

Die kleine Gesellschaft vor dem Kamin horchte auf. Still saßen sie da und spitzten die Ohren. Doch leider konnte keiner der drei vernehmen, wer sich auf der anderen Seite der Tür befand.

Kurze Zeit später schloss Tock das kleine Fenster. Er zog den Riegel zurück und trat zur Seite. Dann öffnete er die eichene Tür.

Im prasselnden Regen standen zwei Männer vor ihm, hochgewachsen und in lange Mäntel gehüllt. Mit wachsamen Augen traten sie ein. Die beiden waren so groß, dass ihre Köpfe beinahe die Decke berührten. Langsam schritten sie über die knarzenden Dielen, griffen nach zwei Stühlen und setzten sich an einen der Tische. Das Wasser troff von ihren Kleidern.

Nachdem sie es sich bequem gemacht hatten, zog einer der Männer seinen Mantel beiseite. Ein hoher, gläserner Behälter, den der Fremde unmerklich unter seinem Arm getragen hatte, kam zum Vorschein. Dieser war versiegelt und mit einer kristallklaren Flüssigkeit gefüllt.

Primus merkte auf. Einen ähnlichen Behälter hatte auch der fahrende Händler dabeigehabt, als er Primus tags zuvor beim Turm aufgesucht hatte. Genau! Der Behälter hatte hinten auf der Ladefläche gestanden zwischen all den anderen Waren. Was da wohl drin sein mochte? Für eine Wasserflasche war das Ding ungewöhnlich groß.

Indessen rief Tock noch einmal zu Tahmo hinunter. Er bat erneut um ein paar Scheite Brennholz und ließ für den Jungen die Tür offenstehen. Anschließend wandte er sich an die beiden Herren.

»Der Regen lässt nach«, sagte er zu ihnen. »Seht nur, da hinten kommt schon die Sonne heraus.«

»Ja«, brummte der eine, wobei er seinen Blick gebannt auf Primus und Plim richtete, »so ist es. Bald wird das Gewitter vorüber sein.«

Vorsichtig lugte Plim über ihre Schulter. »Ist das etwa dieser Kerl, über den wir gesprochen haben?«, tuschelte sie. »Gibt es den jetzt doppelt?«

Primus musterte die zwei Männer. Er sah sie unauffällig an und schüttelte den Kopf.

»Nein«, antwortete er hinter vorgehaltener Hand, »keiner der beiden ist es. Der Bursche, der bei mir am Turm gewesen ist, hat anders ausgesehen. Allerdings hatte der auch so einen Glaskolben dabei. Genau das gleiche Ding stand hinten auf dem Fuhrwerk.«

»Siehst du«, raunte Plim, »das habe ich mir doch gedacht. Die zwei Ganoven stecken garantiert mit diesem Kerl unter einer Decke. Schau doch mal, wie die uns anstarren. Bei denen habe ich ein ganz mieses Gefühl. Und außerdem, wo kommen die denn auf einmal her, wenn ich fragen darf? Da war doch sonst niemand. Das weiß ich genau. Die Gassen waren menschenleer.«

»Tja«, murmelte Primus, »da ist was dran. Das kann ich mir auch nicht erklären.«

»Vielleicht hatten sie sich ja irgendwo untergestellt«, schlug Bucklewhee vor, während er hinter der Handtasche hervorschaute. »Wir haben sie einfach übersehen.«

»Ach, papperlapapp.« Plim wedelte mit der Puderquaste, dass es staubte. »Als ob man diese riesigen Burschen übersehen könnte.«

Bucklewhee zog den Kopf ein. Nachdenklich griff er sich den kleinen Stein des Waldgeistes und steckte sein Flügelknöchelchen durch das Loch. Dann rollte er das Steinchen beiläufig hin und her.

In diesem Moment kam Tahmo die Treppe hinauf. Er lief in die Stube und schleppte einen prall gefüllten Korb mit Brennholz herein. Tahmo schien durch die erneute Störung leicht verärgert zu sein. Er ging zum Kamin, stellte den Korb auf den Boden und klatschte in die Hände.

»So«, sagte er zu seinem Vater, »das dürfte dann wohl eine Zeitlang reichen, nicht wahr?«

»Ja«, überlegte Tock, »ich denke schon. Damit kommen wir eine Weile zurecht.«

»Sehr schön«, freute sich Tahmo. »Dann brauchen mich die Herrschaften ja nicht mehr. Wünsche einen angenehmen Aufenthalt.« Und er flitzte ins Freie.

In der Zwischenzeit hatte der Regen aufgehört. Die Wolkendecke brach auf, und leuchtend hell kam die Sonne heraus. Tock spazierte zum Ausgang. Er blinzelte in die Sonnenstrahlen und ließ seinen Blick durch die Talschneise wandern. Wenig später zog er die Tür hinter sich zu.

Da standen die zwei Männer plötzlich auf.

»Wir müssen weiter«, sagte der eine und griff sich den Behälter. »Vielen Dank für den Unterschlupf.«

»Oh, sehr gerne«, antwortete Tock. Er legte den Kopf in den Nacken und sah zu den beiden Männern empor. »Ich wünsche Euch noch eine gute Reise.«

Mit diesen Worten trat er zur Seite.

Primus und Plim schauten sich an. Sie waren äußerst verwundert. Keiner der beiden hatte erwartet, dass sie die zwei Männer so schnell wieder loswerden würden. Hatten diese etwa gar nichts von ihnen gewollt? – fragten sie sich. Wie man sich doch täuschen kann.

Dennoch verhielten sich Primus und Plim weiterhin unauffällig. Sie blickten ins Feuer und schenkten den beiden Gestalten keine sichtliche Aufmerksamkeit. Schließlich konnte man nie wissen.

Und selbst Bucklewhee bemühte sich, möglichst gleichgültig zu erscheinen, indem er weiterhin mit dem kleinen Stein herumspielte. Gelangweilt drehte er das Steinchen zwischen seinen Flügelknochen. Er ließ es wie einen Kreisel auf dem Boden tanzen und pustete einige Male durch das Loch in der Mitte. Wenig später guckte er hindurch. Wie mit einem Fernrohr schaute das Hühnergerippe durch das Loch an die Decke. Dann ließ er seinen Blick über die Wände gleiten und spähte schließlich auch zum Eingang, wo Tock mit den beiden Männern stand.

Da zuckte Bucklewhee plötzlich zusammen. Der Gockel machte eine kurze Pause, blinzelte einige Male und rieb sich die Augen. Anschließend blickte er noch einmal durch das Loch.

Was hatte denn das zu bedeuten? – wunderte er sich. So etwas hatte er ja noch nie gesehen. Die beiden Männer schimmerten von Kopf bis Fuß in strahlendem Blau. Wie konnte das nur möglich sein? Gebannt stierte er auf die leuchtenden Gestalten, wobei ihm der Schnabel weit offenstand. Was für ein Anblick. Und da war *noch* etwas, fiel es ihm auf. Etwas Ungeheuerliches. Denn bei genauem Hinsehen kam es Bucklewhee so vor, als könne er durch die beiden Männer hindurchsehen. So, wie durch einen Nebel oder eine milchige Flüssigkeit.

Das musste er unbedingt Primus zeigen, beschloss er, aber sofort. Doch da waren die beiden Besucher auch schon nach draußen gegangen.

Primus wurde unruhig.

»Komm«, sagte er zu Plim, »wir machen uns am besten auch aus dem Staub. Lass uns sehen, wo diese Apotheke ist. Dann kommen wir noch vor Einbruch der Dunkelheit nach Hause.«

»Ja«, stimmte sie zu, »gute Idee. Bei Nacht und Nebel will ich nicht unbedingt in dieser Gegend herumfliegen.«

Sie griff ihr Schminkzeug und stopfte es zurück in die Tasche.

Bucklewhee stand wie begossen daneben. »Äh«, gackerte er, während er Primus und Plim den Zauberstein entgegenhielt, »nur ganz kurz. Ich habe da nämlich etwas …« Er verstummte und schüttelte den Kopf. »Äh, nein«, unterbrach er sich selbst, »anders formuliert: Ich möchte an dieser Stelle bemerken, also, sofern ich darf …«

»Bitte später«, entgegnete Primus und verhinderte so den üblichen Vortrag. »Uns drängt die Zeit. Ich will unbedingt sehen, wo die beiden hingehen.«

»Das ist mir wiederum völlig egal«, wandte Plim ein. »Ich bin froh, dass die zwei Schurken weg sind.«

»Ich natürlich auch«, sagte Primus, »aber ich will verhindern, dass uns jemand bei der Apotheke zuvorkommt. Das könnte nämlich durchaus passieren. Hier ist etwas faul«, zischte er.

Er schnappte sich das Hühnergerippe, nahm den Rennbesen unter den Arm und eilte zur Tür. Plim kam ihm mit wehendem Rock hinterher.

»Habt vielen Dank für Eure Gastfreundschaft«, rief Primus dem Pförtner zu. »Es hat uns sehr gefreut. Wo, sagtet Ihr, ist die Apotheke zu finden? Am Ende der Gasse?«

»Richtig«, antwortete Tock, »nicht zu übersehen. Es ist das vorletzte Haus auf der linken Seite.«

»Das finden wir«, entgegnete Primus. »Gehabt Euch wohl und nochmals vielen Dank.«

Schnell eilten sie nach draußen.

Der Duft von Wiesen und feuchten Gräsern lag in der Luft, als wenig später die Tür hinter ihnen zufiel. Das Gewitter hatte sich aufgelöst. Funkelnd spiegelte sich die Nachmittagssonne in den Pfützen, während in den Bäumen die Vögel zwitscherten.

Primus trat an den Rand des Eingangspodestes. Suchend streckte er seinen Kopf vor und schaute die Treppe hinunter. Dann ließ er seinen Blick wachsam durch das einsame Dorf schweifen. Von den beiden Männern war keine Spur mehr zu sehen, stellte er fest. Sie waren wie vom Erdboden verschluckt.

Ratlos wandte er sich an Plim. »Kannst du mir vielleicht verraten, wo die Kerle geblieben sind?«, fragte er. »Die waren doch gerade noch hier?«

»Das weiß ich auch nicht«, antwortete Plim. »Vorausgeeilt sind sie uns auf jeden Fall nicht. Die Gassen sind leer.«

»Na, dann los«, sagte Primus. »Suchen wir die Apotheke. Sie muss irgendwo da hinten sein.«

»Und was machen wir, wenn diese Männer plötzlich auftauchen?«, fragte Plim.

»Darüber bin ich mir auch nicht im Klaren«, musste Primus zugeben. »Aber ich könnte schwören, dass wir die zwei nicht zum letzten Mal gesehen haben. Die kommen wieder. Da kannst du dir sicher sein.«

»Das glaube ich auch«, sagte sie. »Wir müssen uns vorsehen.«

Dann machten die beiden sich auf. Sie drehten der Geisterwarte den Rücken zu und stiegen die Treppe zum Garten hinab. Durch das kleine Sichtfenster der Tür schaute Tock ihnen hinterher.

Losch und Lumes

Die Stufen waren glatt und nach dem Regenguss rutschig wie ein Stück Seife. Mit gelupftem Rock ging Plim voran. Sie schüttelte verärgert den Kopf. So eine Plackerei, dachte sie. Tock und seine Vorfahren hätten ruhig ein Geländer an der Treppe anbringen können. Dieser Weg war eine Unverschämtheit. Im Zweifelsfall war diese Treppe noch weitaus gefährlicher, als der gefürchtete Geisterpass. *Davor* sollte Tock die Leute eigentlich warnen, ging es Plim durch den Kopf, und nicht vor Gespenstern. Die konnte man zur Not auch mit dem Besen verjagen. Das war überhaupt kein Problem. Das schaffte sogar Chuck. Wobei der viel lieber mit den Geistern plauderte, als sie zu verscheuchen.

Vorsichtig kletterte Plim die Stufen hinunter. Dann endlich kamen sie und Primus am Fuße der Treppe an. Bucklewhee hatte es sich auf der Handtasche bequem gemacht. Die drei Reisenden blickten über die Wiese und gingen an dem kleinen Schuppen vorbei.

Da ertönte, von der Rückseite des Schuppens, plötzlich ein Rascheln. Es schabte und klapperte, und wenig später setzte ein Klopfen ein. Primus und Plim blieben stehen. Was konnte das nur sein? Verwundert horchten sie auf. Doch das Rätsel hatte sich schon sehr bald gelöst. Genau in diesem Moment kam Tahmo hinter dem Schuppen hervorspaziert und ging um die Ecke. Er hatte einen Topf in der Hand, gefüllt mit Erde, die er offenbar zuvor aus dem Boden geholt hatte. Mit einer Kelle drückte er die Erde in das Gefäß und ging nach vorn zur Brettertür.

»Oh, hallo«, staunte er, als er die drei erblickte. »Ich habe Euch gar nicht bemerkt. Ihr reist schon weiter?«

»In der Tat«, lächelte Primus. »Wir mussten nur das Gewitter abwarten. Wir haben heute noch einen weiten Weg vor uns.«

»Korrekt«, gab Bucklewhee zum Besten. »Und es ist schon spät, möchte ich meinen.«

Tahmo horchte auf. »Einen weiten Weg?«, fragte er. »Aber Ihr wollt doch nicht etwa zum Geisterpass? So, wie ich meinen Vater kenne, ist die Route für heute geschlossen.« Er lächelte verschmitzt. »Nachts und bei Gewittern kann man schließlich nie wissen.«

In diesem Augenblick wurde Primus und Plim klar, dass der Junge weitaus cleverer war, als sie vermutet hatten. Tahmo schien aufgeweckt zu sein. Und in die Fußstapfen seiner Ahnen würde er wohl auch nicht treten. Zumindest nicht freiwillig.

»Ja«, antwortete Primus, »dein Vater hat uns bereits gesagt, dass der Pass geschlossen ist. Aber dorthin zieht es uns gar nicht. Wir haben lediglich etwas im Dorf zu erledigen. Später müssen wir wieder zurück nach Norden.«

»Tatsächlich?«, rief Tahmo. »Nach Norden? Kommt Ihr etwa aus der Hauptstadt?«

»Nicht direkt«, antwortete Primus, »wir …«

»Ich schon«, rief Miss Plim und band sich die Haare zurück. »Direkt aus Hohenweis. Also, fast. Bin geschäftlich unterwegs. Komme zwar nicht häufig hierher, muss mich aber um ein paar Kleinigkeiten kümmern.«

Primus drehte sich zu ihr um. Er war sprachlos von so viel Unverfrorenheit.

Anders erging es Tahmo. Beim Stichwort *Hauptstadt* schien sein Herz Purzelbäume zu schlagen.

»Meine Güte«, jubelte er, »das finde ich großartig. Ich würde auch gerne einmal nach Hohenweis. Das muss eine unglaubliche Stadt sein. Von der habe ich schon so viele Geschichten gehört.«

»Genau wie wir von der Ginsterklause«, erwiderte Primus scherzhaft. »Die Geschichte von dem Baum und dem kleinen Mädchen finden wir am besten.«

Er war noch immer enttäuscht, dass Tock über das Märchen nicht Bescheid gewusst hatte. Da waren noch so viele Fragen offen.

Doch im Gegensatz zu seinem Vater reagierte Tahmo völlig anders.

»Ja, ja«, lachte er, »die Geschichte kenne ich natürlich. Die hat man mir schon als kleiner Junge erzählt.«

Er stellte den Topf auf den Boden und wischte sich die Hände an seiner Schürze ab.

Primus aber zuckte zusammen. »Wie bitte?«, rief er. »Du kennst dieses Märchen?«

»Aber sicher«, bestätigte Tahmo. »Das ist doch nichts Besonderes. Diese Geschichte kennt hier jeder.«

Also, das waren ja ganz neue Töne.

»Den Eindruck hatten wir nicht«, knurrte Plim, wobei sie zur Geisterwarte hinaufsah. »Da gibt es Leute, die haben davon nicht einmal den blassesten Schimmer.«

Und auch Bucklewhee gab sich empört.

Aber Primus kam gleich zur Sache. »Wenn du diese Geschichte kennst«, hakte er nach, »dann weißt du vielleicht auch, wo dieses Inselreich liegt, von dem in dem Märchen die Rede ist?« Aufgeregt deutete er auf das Tor zwischen den Felswänden. »Liegt das etwa in dieser Richtung? Am Ende des Geisterpasses?«

Tahmo schaute Primus verwundert an. »Was meint Ihr mit *wo dieses Inselreich liegt*?«, fragte er. »Dieses Land gibt es doch nicht wirklich. Das ist doch nur eine Geschichte. Ein Märchen für kleine Kinder.« Verwundert hob Tahmo die Augenbrauen. »Oder etwa nicht?«

»Nun«, musste Primus gestehen, »das wissen wir nicht so genau. Eben das versuchen wir ja herauszufinden.« Er wedelte mit dem Finger. »Aber nochmal zurück zu diesem Märchen«, sagte Primus. »Da interessiert mich noch etwas anderes. Hast du vielleicht eine Ahnung, wer diese geheimnisvolle Person sein könnte, von der in der Geschichte berichtet wird? Du weißt schon. Diejenige, die dem Mädchen eingeredet hat, dass es das Wasser des Baumes trinken soll?«

»Natürlich«, antwortete Tahmo, »das war die Zofe. Die Dienerin des Hauses. Zumindest sagen das die Leute hier in der Gegend.«

»Die Zofe?!« Das hatte Primus nicht erwartet. »Du meinst also, wir haben es mit einer Frau zu tun?«

Und auch Plim und Bucklewhee horchten auf.

»Aber ja doch«, nickte Tahmo. »Sofern man den Erzählungen der Leute glauben kann. Es war die Zofe. Eine bitterböse Hexe mit magischen Kräften. Eine Zauberin. Genau wie das Mädchen wollte sie für immer jung bleiben. Und da die Zaubertränke der Alten ständig ein Fehlschlag waren, wollte sie wissen, ob das Wasser der Linde möglicherweise Wirkung zeigte.« Tahmo schnippte mit dem Finger. »Und genau das hat die alte Hexe an dem Mädchen ausprobiert. Haarsträubend, nicht wahr? Sie hat die Kleine so lange beschwatzt, bis das Mädchen endlich von der Linde getrunken hat.« Er breitete die Arme aus. »So besagt es jedenfalls die Geschichte. Und was dann passiert ist, das wisst ihr ja wohl.«

In diesem Augenblick konnte Primus hören, wie sich oben an der Geisterwarte etwas regte. Das musste Tock sein, ging es ihm durch den Kopf. Und den konnte er jetzt ganz und gar nicht gebrauchen. Denn wenn Tock ihnen diese Geschichte verschwiegen hatte, würde er bestimmt nicht wollen, dass sein Sohn sie ihnen brühwarm auf die Nase band. Jetzt musste es schnell gehen.

»Nein«, entgegnete Primus, »das wissen wir eben nicht. Wir haben keine Ahnung, was dann passiert ist. Und genau das wäre nämlich auch meine nächste Frage gewe…«

Doch weiter kam Primus nicht. Es geschah, wie er erwartet hatte. Schon im nächsten Moment schallte die Stimme von Tock durch den Garten.

»Tahmo!«, rief er von oben. »Komm bitte herauf. Wir haben hier einiges zu tun.«

Der Junge machte einen Schritt zurück. »Ja, Vater.«, antwortete er. »Ich komme gleich.«

»Nein«, bekräftigte Tock, »nicht *gleich*. Du kommst sofort. Es ist wichtig.«

Mit einem vorwurfsvollen Blick schaute Tock zuerst zu Primus und dann zu Miss Plim. Anschließend sah er sich nach allen Seiten um. Es schien, als ob er sicherstellen wollte, dass nicht *noch* jemand anwesend war. Die Unterhaltung aber hatte ein Ende.

»Wohlan denn«, sagte Tahmo, wobei er sich dem Schuppen zuwandte. »Dann wünsche ich Euch noch eine gute Reise.« Er schenkte Plim ein Lächeln und verbeugte sich. »Und grüßt mir die Hauptstadt«, sagte er zu ihr. »Eines Tages komme ich und werde die Akademie besuchen. Darauf freue ich mich schon. Wartet nur ab, Ihr werdet bestimmt noch von mir hören.«

Flink öffnete Tahmo die Brettertür. Er bückte sich und stellte den Topf mit Erde in den Schuppen.

Primus reckte den Hals. Für einen kurzen Moment konnte er einen Blick ins Innere des Häuschens werfen, das ganz offensichtlich weder für die Gartenarbeit, noch für die Hausarbeit gedacht war. Er stellte sich auf die Zehenspitzen und spähte hinein. Ein Regal stand darin, auf dem sich zahlreiche Gläser befanden. Primus erkannte einige Bücher, sah Schrifttafeln und Pergamente und nahm schließlich auch eine seltsame Apparatur wahr, an der ein großes Handrad befestigt war.

Mehr aber konnte Primus in der kurzen Zeit nicht erkennen. Bereits im nächsten Augenblick zog Tahmo die Brettertür wieder zu. Der Junge hatte es eilig. Er verabschiedete sich von den Reisenden, wandte sich um und erklomm die Treppe zur Geisterwarte. Primus, Plim und Bucklewhee blieben mit fragenden Gesichtern zurück.

Nach einer Weile fand Plim wieder zu Worten. Der Teil der Geschichte über die Zofe hatte sie völlig aus dem Konzept gebracht.

»Eine Hexe …«, murmelte Plim. »Eine Hexe steckt also dahinter. Nicht zu fassen. Das ist ja eine Schande für unsere Zunft.«

Dann hob Plim schnell den Finger. »Aber gefährlich«, fügte sie mit ein klein wenig Stolz hinzu. »Hexen sind furchtbar gefährlich. Merkt euch das, ihr zwei. Hexen darf man auf gar keinen Fall unterschätzen, verstanden?« Sie warf Primus und Bucklewhee einen warnenden Blick zu und lächelte.

»Ja, ich weiß«, antwortete Primus. »Die können beißen.«

»Na, und ob«, bestätigte Plim. »Und wie.« Frech grinste sie ihn an und klapperte dabei mit den Zähnen.

Anschließend machten sie sich auf den Weg. Primus und Plim schritten durch den Garten und ließen die Geisterwarte hinter sich. Wenig später erreichten sie die Gasse.

Ein letztes Mal noch blieb Primus stehen. Er hob den Kopf und blickte zurück. Zu schade, dachte er, dass sie nicht mehr herausgefunden hatten. Was für ein Pech.

Doch da erblickte er plötzlich Tahmo, wie dieser die Treppe wieder heruntergelaufen kam. Der Junge ging auf den Schuppen zu, öffnete die Brettertür und spazierte hinein. Daraufhin ging die Tür des Häuschens wieder zu.

Nachdenklich starrte Primus über die Wiese. Was Tahmo wohl in diesem Schuppen tat? Den Abwasch tätigte er nicht, soviel stand fest. Doch was machte er dann? Zu dumm, dass Tock dazwischengekommen war. Primus hätte Tahmo gern danach gefragt.

Dann wanderten er und Miss Plim, mit dem gewaltigen Tor im Rücken, durch das Dorf. Bucklewhee krallte sich auf der Handtasche fest. Von den rätselhaften Gestalten aber, die kurz vor ihnen die Geisterwarte verlassen hatten, fehlte weiterhin jegliche Spur.

Die Sonne funkelte in den zahllosen Wassertropfen, die das Gewitter auf den Gräsern hinterlassen hatte. Mit Plims Besen auf der Schulter schritt Primus voran. Nach dem heftigen Unwetter war die Gasse immer noch leer und verlassen. Aufmerksam ließen die drei ihre Blicke schweifen. Dieses Örtchen war schnuckelig, stellten sie fest. Mit vielen Höfen und bezaubernden Läden. Die Leute, die hier wohnten, mussten ganz offensichtlich geschickte Handwerker sein. Es gab eine Schneiderwerkstatt, eine Tischlerei, zwei Buchbinderwerkstätten und sogar eine Sichelschmiede. Nur einen Uhrmacher konnte Bucklewhee nicht entdecken. Der fehlte hier noch.

Miss Plim betrachtete das kunstvolle Schild, das an der Hauswand der Sichelschmiede prangte und zog respektvoll die Mundwinkel herab.

»Hui«, staunte sie, »jetzt schaut euch das mal an. Da beherrscht aber einer sein Handwerk. Das Amulett auf dem Schild ist fantastisch. Stellt euch mal vor, das würde es aus Gold geben.«

»Ja«, sagte Primus, »nicht schlecht. Der Bursche fertigt gewiss nicht nur Sicheln an.«

»*Meister Niffel*«, las Plim das Ladenschild. »Aha. Ich glaube, den werde ich mir merken.«

»Das sind hier alles begabte Künstler, wie mir scheint«, bemerkte Primus. »Da wundert es mich nicht, dass selbst der Dorfapotheker schnitzt wie ein wahrer Könner. Dieser Ort ist faszinierend.«

Primus und Plim gingen weiter. Sie kamen an kleinen Gärten mit Bienenkörben vorbei, entdeckten Durchgänge zu verborgenen Hinterhöfen und fanden schließlich auch die gesuchte Apotheke, wegen der sie solche Anstrengungen auf sich genommen hatten.

Beeindruckt betrachteten Primus und Plim das Gebäude. Es bestand überhaupt kein Zweifel, dachten sie. Hier waren sie richtig.

Die Balken des Hauses waren über und über mit Schnitzwerk versehen, das unverkennbar dem des Bilderrahmens entsprach. Dasselbe galt natürlich auch für die Eingangstür, die Fensterläden sowie die Blumenkästen. Aus allen Brettern und Balken waren die Formen von Kräutern herausgearbeitet, wie man es liebevoller nicht hätte bewerkstelligen können. Die Apotheke sah beinahe aus wie ein hölzernes Pflanzengebinde.

Plim war überwältigt. Die Schnitzereien waren so detailliert ausgeführt, dass sie die Gattung der Kräuter problemlos bestimmen konnte.

»Meine Güte«, murmelte sie, »der Mann vermag zu schnitzen. Das ist ja nicht zu fassen.«

Sie trat näher an die Schnitzereien heran und beäugte die Darstellungen. »Also, das hier ist Rostlauch«, sagte sie und deutete auf eines der Blätter. »Erkenne ich sofort. Hilft gegen Juckreiz und Mückenstiche. Gekocht und richtig zubereitet wird dann Rostgrütze draus. Auch nicht schlecht. Das zerfrisst beinahe jedes Türschloss.« Sie kicherte. »Habe ich auch immer dabei.«

Gebannt suchte sie weiter.

»Hhhh«, schnaufte sie anerkennend, »und hier drüben haben wir Dünkelblatt. Und gleich daneben Hexenfarn. Und das da«, rief sie, »das ist Nachtfeder. Das kenne ich, das Zeug wächst bei mir hinter dem Haus.« Sie streckte die Hand aus und zupfte an einem der Blätter. »Verflixt«, zischte sie, »wenn die Sachen nicht aus Holz wären, würde ich gleich alles mitnehmen.«

Primus lehnte den Besen gegen die Wand. »Lasst uns reingehen«, sagte er. »Mal sehen, was wir herausfinden.«

Er drückte die Klinke und zog die Tür auf. Sofort ertönte ein Klingeln. Dann wehte ihnen auch schon der Geruch von Salben, Wurzeln und Heilkräutern entgegen. Gespannt traten sie ein.

Der Verkaufsraum der Apotheke entpuppte sich als klein und behaglich. Es war ein quadratisches Zimmer, in dem ein wuchtiger Tresen stand. Warm schimmerte das Sonnenlicht durch die gelben Butzenglasfenster und spiegelte sich im Lack der zahlreichen Kräutertöpfe. Diese standen aufgereiht und säuberlich beschriftet in einem Regal, das die gesamte Wand ausfüllte.

Bucklewhee hob den Schnabel. Er starrte auf das Regal und war begeistert von so viel Systematik. Das hier war ganz nach seinem Geschmack.

Direkt hinter dem Tresen, dicht bei der Kurbelkasse, gab es eine Tür. Diese war nur angelehnt und führte allem An schein nach in einen Nebenraum. Allerdings, das Geschäft war verlassen.

»Also, hier ist niemand«, stellte Primus fest. »Zu schade. Wir müssen wohl warten, bis jemand kommt.«

Doch Plim kam das wie gerufen. Sofort roch die Hexe eine Gelegenheit, etwas einzustecken.

»Halb so schlimm«, entgegnete sie. »So eilig haben wir es auch nicht. Dann schaue ich mir in der Zwischenzeit einfach an, was es hier so alles gibt. Die Sachen sehen ja verlockend aus.« Sie rieb die Fingerspitzen aneinander. Flinken Fußes trippelte sie zum Regal.

»Du bleibst hier«, flüsterte Primus. »Wehe, du klaust etwas.«

»Reg dich nicht auf«, gab sie zurück. »Ich will ja nur kurz gucken.«

»Ja, ja«, brummte Primus, »das kenne ich schon. *Nur kurz gucken.*«

Lautlos ging Plim hinter den Tresen.

Da gab sie plötzlich ein Quieken von sich. Sie machte einen Schritt zurück und blieb wie angewurzelt stehen.

»Meine Güte«, entfuhr es Plim, »bin ich erschrocken. Hier ist ja *doch* jemand. Bitte verzeiht«, sagte sie, »wir haben Euch gar nicht bemerkt.«

Sogleich kam Primus dazu. Er ging zu Plim auf die andere Seite des Tresens und blickte ihr über die Schulter.

Ein alter Mann saß vor ihnen und starrte schweigend ins Leere. Durch die blecherne Kurbelkasse war er völlig verdeckt gewesen.

Primus, Plim und Bucklewhee musterten den Greis. Seine Haare waren schneeweiß und die Augen hell wie klares Wasser. Es machte den Anschein, als müsste er weit über neunzig Jahre alt sein. Regungslos saß er in einem Lehnstuhl, bis zur Brust in eine Decke gehüllt.

Plim beugte sich zu dem Herrn hinunter. »Sagt«, sprach sie ihn an, »gehört Euch die Apotheke? Könnt Ihr uns vielleicht helfen?«

Aber der Mann gab keinen Laut von sich. Mit langsamen Zügen atmete er ein und aus und schenkte den beiden keinerlei Aufmerksamkeit.

Verwundert sah Plim zu Primus. »Glaubst du, er kann mich nicht hören?«, fragte sie. »Soll ich ein bisschen lauter reden?«

Doch Primus wusste auch keinen Rat.

Auf einmal öffnete sich neben ihnen die Tür. Eine ältere Frau in einem weißen Kittel eilte heraus und trat lächelnd auf die Reisenden zu.

»Seid willkommen«, sagte sie freundlich. »Was kann ich für Euch tun?« Sie strich dem alten Mann über die Schulter und zog ihm fürsorglich die Decke zurecht. »Bitte seht es meinem Vater nach, dass er Euch nicht begrüßt hat«, sagte sie. »Er findet nur noch schwerlich zu Worten. Das Alter macht ihm sehr zu schaffen.«

»Oh«, erwiderte Primus, »das ist Euer Vater? Dann seid Ihr vermutlich die Apothekerin?«

»So ist es«, lachte die Frau, »mein Name ist Alina. Und das ist mein Vater Losch.«

Primus zog den Hut. »Freut uns«, entgegnete er höflich.

Dann stellte er sich, Miss Plim und auch Bucklewhee der Dame vor.

»Wir kommen von weit, weit her«, berichtete er. »Aus der Nähe der Hauptstadt.«

»Wie schön«, nickte Alina. »Dort bin ich schon lange nicht mehr gewesen. Aber sprecht, was führt Euch hierher?«

»Das ist eine lange Geschichte«, setzte Primus an. »Wo soll ich da beginnen? Also, meine Freundin hier«, er deutete auf Miss Plim, »hat vor einigen Tagen auf dem Markt von

Hohenweis ein Bild erstanden. Es ist ein kleines Gemälde, das in einem Holzrahmen steckt. Dieser ist mit geschnitzten Kräutern verziert.«

»Ach, ja?« Alina war ganz Ohr.

»Mhm«, bestätigte Plim, »das Bild habe ich von einem Lumpen… äh, Kunstsammler bekommen. Ein echter Kenner der Materie. Er sagte zu uns, es stamme aus der Ginsterklause.«

»Wirklich?«, staunte Alina. »Das ist aber ein Zufall. Und was ist auf dem Bild zu sehen?«

Daraufhin versuchte Plim, es zu beschreiben. Zumindest, so gut es ging.

»Nun«, erklärte sie, »das Bild zeigt ein kleines Haus.«

»Ein Gartenhaus«, mischte sich Bucklewhee ein.

»Bist du vielleicht mal still«, schimpfte sie. »Da kann ich mich ja überhaupt nicht konzentrieren.«

Bucklewhee zog den Kopf ein.

»Also«, fuhr Plim fort, »auf dem Bild sieht man ein kleines Gartenhaus, das inmitten einer Waldlichtung steht. Ein Mann steht abseits bei einem Schild oder irgendeinem Holzgestell, und im Hintergrund, also über den Bäumen, da ist ein Kirchturm zu sehen.«

Primus stimmte ihr zu. Das hätte man nicht treffender in Worte fassen können.

»Oh«, rief Alina, »natürlich. Das Bild kenne ich. Es hat einmal meinem Vater gehört und hing bei uns im Haus.« Sie beugte sich zu dem alten Mann hinunter, der zwischen ihr und den Reisenden saß, und strahlte ihn an. »Hast du das gehört, Papa? Dein Bild hängt jetzt in der Hauptstadt. Ist das nicht großartig? *Dein* Bild, das du einmal gemalt und dem kleinen dicken Herrn gegeben hast.«

Primus merkte auf. »Moment«, unterbrach er sie. »Einen Augenblick bitte. Verstehe ich das richtig? Euer Vater hat also nicht nur den Rahmen geschnitzt? Er hat auch das Bild gemalt?«

»Aber ja«, bestätigte Alina. »Doch das ist schon sehr lange her. Das war noch in seiner Jugend. Später hat er dann nur noch geschnitzt und sich um die Medizin gekümmert.«

»Euer Vater ist wahrlich geschickt«, bekundete Plim. »Was der alles beherrscht.«

Und auch Bucklewhee nickte respektvoll.

»Ja«, lachte Alina, »das liegt wohl in der Familie. Sein Bruder war mindestens genauso begabt wie er. Nicht wahr, Papa? Erinnerst du dich noch?« Sie griff nach der Hand des alten Mannes. »Wobei du immer der Meinung gewesen bist, Onkel Lumes hätte besser mit dem Pinsel umgehen können als du.«

Losch saß schweigend da und blickte weiterhin ins Leere. Doch nach einiger Zeit zeichnete sich auf seinem Gesicht ein leichtes Lächeln ab.

Dann wandte sich Alina wieder an die Besucher.

»Aber bitte«, sagte sie, »erzählt. Was ist denn nun mit dem Bild? Ist damit etwas nicht in Ordnung?«

»Nein«, beruhigte Primus sie, »das Bild ist in einem tadellosen Zustand. Uns beschäftigt vielmehr das Motiv.«

»Das Motiv?«

»Ja«, erwiderte Primus, »denn das Haus, das auf dem Gemälde abgebildet ist, existiert in Wirklichkeit gar nicht. Wir haben die Lichtung gefunden und nachgesehen. Sie liegt im Finsterwald, unweit von Klettenheim. Das Haus aber ist nicht da.«

»Tja«, räumte Alina ein, »darüber weiß ich nichts. Ich bin noch nie im Finsterwald gewesen. Mein Vater und sein Bruder waren seinerzeit dort. Sie haben einst in Klettenheim gelebt. Aber nachdem Onkel Lumes plötzlich verschwunden war, hat mein Vater den Ort verlassen.«

»Wie bitte?«, rief Primus. »Euer Onkel ist verschwunden?«

»Spurlos«, sagte Alina. »Von einem Tag zum anderen. Und er ist auch nie mehr aufgetaucht. Keiner weiß, wo er geblieben ist oder hat jemals wieder von ihm gehört. Ich selbst habe ihn nie kennengelernt.«

Primus und Plim sahen einander an.

»Und *wann* ist das passiert?«, fragte Primus. »Wann hat man Euren Onkel zuletzt gesehen?«

Alina nahm einen tiefen Atemzug. »Das ist schwer zu sagen«, schnaufte sie. »Aber das muss vor über sechzig Jahren gewesen sein. Lange, bevor ich geboren wurde. Mein Vater würde das vielleicht noch wissen. Doch wie Ihr seht, wird er uns leider nichts darüber berichten können. Er spricht nur noch ganz selten.«

»Ja«, gab Primus zu, »das ist bedauerlich.«

Er betrachtete den alten Mann, der starr vor ihm im Stuhl saß und senkte den Kopf.

Doch Alina gab sich wissbegierig. »Aber warum interessiert Euch das?«, fragte sie aufmerksam. »Gibt es dafür einen Grund?«

»Das könnte man so sagen«, antwortete Plim, »denn seitdem wir auf dieser lauschigen Lichtung gewesen sind und nach dem Haus gesucht haben, passieren seltsame Dinge.«

Gespenstisch wedelte Plim mit den Fingern und kniff ein Auge zusammen. »Da tauchen auf einmal so merkwürdige Gestalten auf«, erzählte sie. »Zwielichtige Kreaturen mit seltsamen Wassergläsern. Ich glaube, die sind hinter uns her. Wisst Ihr vielleicht etwas darüber?«

Der alte Mann begann zu zucken.

Sogleich strich ihm Alina übers Haar. »Ich bin ja hier, Papa«, flüsterte sie ihm zu. »Es ist alles in Ordnung.« Dann schaute sie zu Miss Plim und schüttelte den Kopf. »Nein«, antwortete sie ihr. »Gestalten mit Wassergläsern? Das wäre mir neu.«

Wieder gab Losch ein Zucken von sich.

Alina nahm sich seiner an. Sie legte die Arme um ihren Vater und versuchte, ihn zu beruhigen.

Doch Primus wurde neugierig. Die Erzählungen von Alina beschäftigten ihn. Und ganz besonders gab ihm dabei dieser Onkel Lumes zu denken. Was es mit dem wohl auf sich hatte?

»Ach, bitte gestattet mir die Frage«, sagte Primus. »Was könnt Ihr uns von Eurem Onkel erzählen? Ich meine, hat Euch Euer Vater vielleicht etwas über ihn berichtet?«

»Hin und wieder«, antwortete Alina, »als ich noch klein war. Doch viel weiß ich leider nicht über ihn. Das ist alles schon sehr lange her. Onkel Lumes war, soweit ich weiß, ein wenig älter als mein Vater. Er konnte ausgesprochen gut malen und war ein schlauer Kopf.«

»Ein schlauer Kopf?«, fragte Primus. »Was meint Ihr damit?«

»Nun, er war sehr belesen«, erklärte Alina. »Ganz besonders, was die magische Pflanzenkunde betraf.« Sie hob die Schultern. »Zauberkräuter und solche Dinge eben.«

Dann fuhr sie fort. »Und obwohl Onkel Lumes damals noch sehr jung war, muss er schon ein wahrer Meister beim Anbau von Zauberkräutern gewesen sein. Neben der Malerei war das seine größte Leidenschaft. Mein Vater hat immer gesagt, niemand hätte diese Kunst besser beherrscht als sein Bruder. Aus diesem Grund haben Onkel Lumes und Papa ja angeblich auch das Gewächshaus errichtet, das auf dem Bild zu sehen ist. Damit sie beide zusammen ihre eigenen Kräuter züchten konnten.«

Da ging Primus plötzlich ein Licht auf. Nun wurde ihm einiges klar.

»Sieh mal einer an«, bemerkte er, »ein Meister der Zauberkräuter.«

Er zwinkerte Plim zu. »Kommt uns das nicht irgendwie bekannt vor?«, fragte er sie. »Kennen wir das nicht von irgendwoher, hm?«

»Wie meinst du das?« Miss Plim war ein wenig überrumpelt. »Sprichst du etwa von mir? Ich baue überhaupt nichts an, hörst du?« Schnell verschränkte sie die Arme und starrte unschuldig zur Decke. »Weiß überhaupt nicht, wovon du redest.«

Doch zum Glück wollte Primus gar nicht auf die versteckten Zauberkräuter hinaus, die Miss Plim heimlich hinter ihrem Haus anbaute. Vielmehr dachte er dabei an jemand anderen.

»Von deiner Ur-Ur-Ur-Ur-Ur-Großtante rede ich«, erklärte er. »Von deinem Kringeltantchen. Ich könnte schwören, dass die gute Frau etwas Ähnliches beherrscht hat wie Onkel Lumes. Denn wie ich schon sagte, es hat gewiss nicht an der Pfeife gelegen, dass plötzlich Bilder aus der Vergangenheit hervorgeflogen sind. Nein! Dafür war das Kraut verantwortlich, das deine Tante in die Pfeife gestopft hat. Daher weht der Wind.«

»Glaubst du wirklich?«

»Aber ja«, sagte Primus. »Da bin ich mir sicher. Und dieses Kraut hat das liebe Tantchen garantiert selbst gezüchtet. Das war *sie*. Denn von so einem Superkraut habe ich bislang noch nie etwas gehört.«

Primus schaute zu Bucklewhee und breitete fragend die Arme aus.

»Ich auch nicht«, bestätigte der Gockel.

»Na also«, brummte Primus.

Das gab Plim nun wahrlich zu denken. Sie verstummte und grübelte.

Plim dachte an das geheime Kräuterlager, das sie und Primus am Rand der Lichtung gefunden hatten, und musste an den betörenden Duft der Pflanzen denken, die noch heute in der Lichtung wuchsen. Wer auch immer dafür verantwortlich war, überlegte Plim, er hat sein Handwerk beherrscht. Soviel stand fest.

Anschließend erinnerte sie sich an die Geschichte über Kringeltantchen und ihren rätselhaften Pfeifenzauber. Genau wie Onkel Lumes war auch sie plötzlich verschwunden und wurde nie wieder gesehen. Das alles passte zusammen.

Nach einer Weile blickte sie Primus zustimmend an.

»Du könntest richtig liegen«, flüsterte Plim. »Da ist was dran. Es waren allesamt Meister der Zauberkräuter, die verschwunden sind. Und eine gewisse Person, die offensichtlich jede Menge Dreck am Stecken hat, sammelt nach und nach diese Leute ein.«

»Und bringt sie fort«, sagte er. »Fort zu einem verborgenen Ort, um sich mit deren Geheimwissen weiterhin jung und frisch zu halten.«

Er gab ein Pusten von sich. »Und angesichts der vielen Jahre, in denen das schon so vor sich geht, scheint ihr das auch noch ziemlich gut zu gelingen.«

Unterdessen stand Alina da und wusste überhaupt nicht, wovon die beiden redeten. Staunend lauschte sie der Geschichte, während Losch zitternd im Stuhl saß und mit den Zähnen knirschte. Er hätte Primus und Plim zu gern gesagt, dass sie mit allem recht hatten.

Plötzlich wurde Plim mulmig zumute. »Das ist ja zum Fürchten«, entfuhr es ihr. »Wie soll man so einer Person bloß beikommen? Einer Zauberin? Mit der ist bestimmt nicht gut Kirschen essen.« Sie warf Primus einen verängstigten Blick zu und schlang die Arme um sich. »Denkst du, sie will auch *mich* holen?«

»Gut möglich«, antwortete Primus. »Ihre Häscher waren jedenfalls schon in der Nähe. Und die kommen bestimmt wieder.«

Plim schnappte nach Luft. »Aber wie kann das alles nur sein?«, rief sie. »Keiner hat gewusst, dass wir zur Ginsterklause fliegen. Das ging doch alles viel zu schnell. Das mit dem Burschen in Nesselschaums Rumpelkammer, das sehe ich ein. Der ist uns durch die Stadt gefolgt. Aber die beiden oben in der Geisterwarte?« Sie warf die Hände über den Kopf. »Wo kamen die so plötzlich her? Das gibt es doch gar nicht, oder?«

»Ich kann mir das auch nicht erklären«, musste Primus zugeben. »Es ist mir ein Rätsel.«

Er wandte sich an Alina. »Bitte denkt noch einmal nach«, bat er sie. »Könnt Ihr uns vielleicht noch etwas sagen? Hat Euer Vater vielleicht einmal etwas Wichtiges erwähnt, das mit dem Bild zusammenhängt? Oder hat er von ungebetenen Besuchern berichtet, die ihn und seinen Bruder einst aufgesucht haben?«

Alina schüttelte den Kopf. »Nicht, dass ich wüsste«, antwortete sie. »Davon höre ich zum ersten Mal.«

»Aber da *muss* es etwas geben«, drängte Primus. »Das weiß ich genau. Irgendeine Kleinigkeit haben wir übersehen.«

Primus war ratlos. Er ließ die Arme hängen, blickte zum Ausgang und rückte seinen Zylinder zurecht.

»Eine letzte Frage habe ich noch, bevor wir gehen«, sagte er. »Könnt Ihr uns vielleicht noch etwas über Onkel Lumes erzählen? Gibt es hierbei etwas, das uns helfen könnte?«

»Nein«, erwiderte Alina, »es tut mir leid. Alles, was ich über ihn weiß, habe ich Euch bereits mitgeteilt. Und wie er ausgesehen hat, kann ich Euch auch nicht sagen. Auf dem Gemälde ist er schließlich nur schwer zu erkennen.«

»Auf dem Gem…«

Primus verstummte. Wie vom Blitz getroffen starrte er Alina an.

»Was soll das heißen, *auf dem Gemälde ist er nur schwer zu erkennen*? Auf welchem Gemälde?«

»Na, auf dem Gemälde, das mir eure Freundin gerade beschrieben hat«, erklärte Alina. »Sie hat doch selbst gesagt, dass ein Mann im Hintergrund zu erkennen ist. Das ist Onkel Lumes. Und das ist übrigens auch kein Schild, neben dem er steht. Das ist eine Staffelei. Eine Staffelei mit einer Leinwand darauf. Das wollte ich Euch eigentlich vorhin schon sagen.«

»Eine Staffelei?« Primus hielt inne.

»Natürlich«, bestätigte Alina, »so ein Gestell, das Maler benutzen. Onkel Lumes hat schließlich auch ein Bild von der Lichtung gemalt. Er war doch, was die Malerei betraf, noch viel begabter als mein Vater.«

Sie deutete auf die Tür. »Was ist?«, fragte sie. »Wollt Ihr das Bild einmal sehen?«

Primus und Plim hatte es die Sprache verschlagen. Wie gebannt standen sie da und gaben keine Antwort.

Doch Alina redete weiter. »Aber bestimmt wollt Ihr es sehen«, sagte sie. »Einen Augenblick, ich hole es. Bin gleich wieder da.«

Sie zog die Tür auf und eilte hinaus. Primus und Plim blieben neben dem alten Mann stehen und warteten.

»Jetzt bin ich aber wirklich neugierig«, flüsterte Primus, wobei ihm das Herz bis zum Hals schlug. »Denn wenn Lumes auch ein Bild von der Lichtung gemalt hat, dann sehen wir das Haus darauf von der *anderen* Seite. Lumes hat Losch damals gegenübergestanden.«

»Ja, und?«, tuschelte Plim. »Was ist denn auf der anderen Seite?«

»Eben das will ich wissen«, flüsterte Primus und dachte dabei an den merkwürdigen Schornstein, der hinter dem Haus hervorragte. »Da war nämlich etwas. Und dieses Etwas müsste zum Vorschein kommen, sobald wir das Haus von der Rückseite sehen.«

Nun wurde es mucksmäuschenstill in der Apotheke. Primus und Plim wagten kaum mehr zu atmen. Sie konnten hören, wie Alina eine Holztreppe in den oberen Stock emporstieg und durch das Haus ging. Aufgeregt blickten sie zur Decke. Die Bodenbretter über ihren Köpfen knackten. Lautlos verfolgten sie, anhand der Geräusche, Alinas Weg durch das Obergeschoß.

Alina öffnete eine Tür und ging durch ein Zimmer. Feiner Staub rieselte von der Decke, als sich ihre Schritte schließlich der Außenwand näherten. Dort blieb sie stehen. Ein kratzender Laut war zu hören, als Alina etwas von der Wand zu nehmen schien. Dann kam sie wieder zurück.

Primus war zum Zerreißen gespannt. »Jetzt erfahren wir es gleich«, hauchte er. »Ich will wissen, was hinter dem Gartenhaus war.« Er zog die Augen zu zwei Schlitzen zusammen und blickte zu Plim. »Aber was das für Kerle sind, die uns an den Fersen hängen, das werden wir wohl nicht herausfinden. Leider.«

Da passierte es!

Und Plim gab vor Schreck einen Aufschrei von sich.

Denn wie aus dem Nichts heraus wurde Primus plötzlich bei der Hand gepackt und nach unten gezogen. Der alte Mann starrte ihn an. Mit weit aufgerissenen Augen saß Losch in seinem Stuhl, wobei er mit aller Kraft versuchte, den Mund zu öffnen und zu sprechen.

»Wasser…gei…r«, presste Losch unter größter Anstrengung zwischen seinen Zähnen hervor. »W…ssergeis…ter aus … dem … Meer.«

Primus war völlig aus der Bahn geworfen. »Wassergeister?«, rief er und schnappte nach Luft. »Was denn für Wassergeister?«

Aber Losch war noch nicht fertig.

»Salz…wasser«, stammelte er. »Es ist Salzwasser.«

Seine Stimme klang heiser.

»Sie haben es immer da…bei«, keuchte er. »Um feste Gestalt anzu…nehmen. V…stehst du, Junge? Sie stehen unter ihrem Bann.«

Völlig verwirrt suchte Primus nach Worten. Er wollte gerade noch etwas sagen, doch da sackte Losch auch schon vor Erschöpfung zusammen. Ermattet schloss der Mann seine Augen.

In diesem Moment ging die Tür auf. Alina kam zum Vorschein und betrat den Raum. Voller Stolz hielt sie ein Gemälde in den Händen.

»Hier ist es«, sagte sie. »Das hat Papas Bruder gemalt. Ist das nicht wundervoll? Oh«, bemerkte sie, »Papa ist schon eingeschlafen. Nun gut, es ist ja auch schon spät. Aber hier, bitte. Seht es Euch an.«

Und sie zeigte den dreien das Bild.

Dieses war eine Handbreit größer als das, welches Plim von Nesselschaum erhalten hatte. Doch steckte es nicht in einem so kunstvollen Rahmen wie das von Losch. Lediglich ein paar einfache Leisten fassten es ein. Und die waren schmucklos und unbehandelt.

Aber das sollte die Qualität des Bildes nicht mindern, im Gegenteil. Denn das Gemälde, das Onkel Lumes erstellt hatte, war geradezu atemberaubend.

Mit feinsten Pinselstrichen hatte Lumes das Häuschen in Szene gesetzt, die Farben gemischt und den Moment eingefangen. Dieses Bild war kein Vergleich zu der einfachen Malerei seines Bruders. Überall waren Blumen zu sehen,

Blätter und dünne Gräser. Selbst kleine Tiere waren zu erkennen, während durch die Baumkronen die Sonnenstrahlen auf die Lichtung fielen. Fast konnten Primus und Plim den Duft des Waldes riechen.

Gegenüber, auf der anderen Seite der Lichtung, erkannten sie Losch, wie er als junger Mann ebenfalls neben einer Staffelei stand und den Pinsel hielt. Die beiden Brüder, dachte Plim, sie hatten wirklich alles gemeinsam getan.

Primus aber betrachtete die Mitte des Bildes. Die Stelle, wo der blecherne Schornstein prangte. Nun sah er endlich, was sich hinter dem Häuschen verbarg, und fragend runzelte er die Stirn. Es war eine Maschine, wie sich herausstellte, eine Apparatur mit einem Holzofen und einem großen eisernen Handrad.

Verwundert zeigte er mit dem Finger darauf und wandte sich an Plim.

»Dieses Ding hier«, fragte er sie, »was ist das?«

Plim zog die Nase kraus. »Keine Ahnung«, musste sie zugeben, »so etwas kenne ich nicht.«

Anders Bucklewhee. Der meldete sich sofort zu Wort: »Ich schon«, plapperte das Hühnergerippe. »In einem Buch, bei uns im Keller. Das habe ich mir vor einiger Zeit einmal angesehen.« Er zappelte aufgeregt hin und her. »Und ich weiß auch genau, was das ist.«

»Dann raus mit der Sprache«, drängte Primus. »Na los.«

»Das ist eine Essenzpresse«, erklärte das Huhn.

»Eine was?«

»Eine Essenzpresse«, wiederholte Bucklewhee. »Völlig veraltet, diese Technik. Das hat man früher benutzt, um verborgene Wirkstoffe aus Kräutern zu isolieren. Habe ich alles gelesen.«

Er tänzelte mit erhobenem Flügel über den Boden und begann seinen Vortrag. »Heutzutage geht das natürlich viel einfacher«, sagte er. »Aber früher nicht. Da musste man zuerst ein Holzfeuer entfachen, und dann …«

Doch Primus hörte längst nicht mehr zu.

»So ein Ding steht bei Tahmo im Schuppen!«, rief er außer sich. »Das habe ich gesehen. Jetzt weiß ich, was der Junge in seinem Häuschen treibt.«

Plim schreckte auf. »Du meinst, er arbeitet heimlich an Zaubermitteln?«

»Da kannst du Gift drauf nehmen«, platzte es aus ihm heraus. »Deshalb lagen da auch die vielen Pflanzentöpfe herum. Tahmo experimentiert!«

Plim wurde kreidebleich. Sie riss die Augen auf und begann zu verstehen.

»Dann waren die zwei Kerle vorhin gar nicht hinter *mir* her.« Sie schluckte.

»Nein«, schrie Primus und stürzte zum Ausgang. »Die holen sich den Jungen!«

In Windeseile riss er die Tür auf und hastete auf die Straße. Er hoffte, dass es noch nicht zu spät war.

»Schnapp dir deinen Besen und komm nach«, rief er Plim zu, »sonst schaffen wir es nicht. Ich fliege voraus. Aber mach schnell.«

Er verwandelte sich, breitete seine Flügel aus und flatterte davon.

Geister, Elfen, dunkles Wasser

Die Sonne war bereits hinter den Bergen verschwunden, als Primus mit wackelndem Zylinder durch die Gasse flog. Wahrlich, so fieberte er, jetzt war Eile geboten. Er und Miss Plim hatten schon viel zu viel Zeit verloren. Bei genauerer Überlegung war es doch von Anfang an ersichtlich gewesen, dass die beiden Gestalten in der Geisterwarte kein Interesse an ihnen gehabt hatten. Warum war ihnen das nicht schon früher aufgefallen? – ärgerte er sich. Dafür hatten sich die zwei Männer viel zu wenig mit ihm oder Miss Plim beschäftigt. Und als die zwei Gestalten dann auch noch kurz nach Tahmo den Raum verlassen hatten … spätestens da hätte ihm auffallen müssen, dass sie offenbar etwas ganz anderes im Schilde führten, als Miss Plim zu verfolgen. Jetzt leuchtete Primus alles ein. Wie hatte er nur so blind sein können?! Doch für ein schlechtes Gewissen oder gar Schuldgefühle blieb keine Zeit. Jetzt musste es schnell gehen.

Dämmrig wurde es nun in der Ginsterklause, kalt und beklemmend. Wie ein eiskalter Hauch kroch die Luft des frühen Märzabends in die Talspalte und pirschte sich schleichend an. Primus merkte auf. Die Luft strömte von den Felswänden herab, vom östlichen Massiv der Bleiberge. Das war verdächtig. Da konnte etwas nicht stimmen. Beinahe erschien ihm der Lufthauch wie eine unsichtbare Hand. Eine Klaue, die sich zu einer bestimmten Stelle im Dorf bewegte, um nach dieser zu greifen. Da halfen weder ein Tor noch ein Wächter, dachte er. Sollte dies eine Form von Magie sein, dann war das eine ganz ausgefeilte. So etwas konnte keiner aufhalten. Da blieb nur eines: Primus musste ihr zuvorkommen.

Aus dem Hintergrund konnte er nun auch das Knattern von Plims qualmendem Rennbesen hören. Sie hatte soeben den Motor angeworfen und startete durch. Nicht mehr lange, dann würde sie ihn eingeholt haben.

Wie der Wind flatterte Primus über die moosbedeckten Dächer. Er wich kleinen Erkern, Schornsteinen und Rauchwolken aus, während die Dorfbewohner unter ihm ihre Fensterläden zuzogen. Niemand war mehr in den Straßen unterwegs oder ging vor die Tür. Die Leute bereiteten sich auf den Abend vor.

Aufmerksam stierte Primus zum Ende der Klause. Dort, wo die Felswände beinahe zusammenstießen, konnte er die Geisterwarte erkennen, wie sie erhaben und wachsam auf dem Felsvorsprung thronte. Das Tor zwischen den Bergen war immer noch verschlossen. Dafür hatte Tock wohlweislich gesorgt.

Primus flog ein Stück höher. Endlich konnte er auch den Zugang zur Treppe erblicken, wo Tahmos kleiner Schuppen stand. Welch ein Glück, das wackelige Häuschen befand sich an Ort und Stelle. Keiner hatte sich dessen bemächtigt oder es samt Inhalt verschleppt. Erleichtert atmete Primus auf. Vielleicht hatten er und Miss Plim sich ja zu Unrecht Sorgen gemacht. Hier bei der Geisterwarte schien alles in Ordnung zu sein.

Dennoch, so beschloss Primus, sobald er gelandet wäre, wollte er Tahmo aufsuchen. Er musste mit ihm sprechen. Die Gefahr war schließlich nicht gebannt. Die Häscher würden bestimmt eines Tages zurückkehren.

Im Sinkflug streckte Primus seine Flügel aus und segelte auf den Garten zu.

Da bemerkte er plötzlich einen Lichtschimmer.

Es war ein bläuliches Glühen, das sich inmitten des Gartens ausbreitete, und das zunehmend heller und heller wurde. Zuerst traute Primus seinen Augen nicht. Was war hier bloß los? – ging es ihm durch den Kopf. Wo kam dieses Licht her? Er starrte gebannt auf die Wiese. Doch schon im nächsten Augenblick wurde ihm klar, was hier passierte. Primus wusste Bescheid. Es war haargenau, wie er angenommen hatte. *Jetzt* war es soweit. *Jetzt* passierte es: Der magische See tauchte auf. Und das Schauspiel ließ Primus den Atem stocken.

Kreisförmig und genau aus dem Zentrum des blauen Lichts heraus, trat der Teil eines fremden Landes in Erscheinung. Etwas Vergleichbares hatte Primus noch nie zuvor gesehen. Es passierte ganz sachte, lautlos und schleichend. Die Wiese und alles, was dazu gehörte, verschwand und wurde im selben Moment durch das mysteriöse Gewässer ersetzt. Es war fantastisch mitanzusehen. Die letzten Sonnenstrahlen spiegelten sich auf der dunklen Wasseroberfläche und glitten auf den Wellenkämmen wie kleine Sternchen dahin. Primus war überwältigt.

Doch genau genommen war es nicht nur der See, der Primus ins Staunen versetzte, sondern auch das, was *in* diesem lag. Eine Insel ragte aus seiner Mitte hervor, auf der ein riesiger Baum stand. Dieser war knorrig, blattlos und offenbar so alt wie die Zeit. Seine Wurzeln glichen gespenstischen Fingern, die sich in das Erdreich gruben und sich mit aller Kraft festhielten. Ein Steinblock schaute darunter hervor, der mit seltsamen Schriftzeichen versehen war.

Der Baum war eine Linde. Eine zerfurchte, steinalte Linde, die sich aus dem Herzen der Insel erhob. Das Märchen war also wahr, schluckte Primus. Die Linde gab es wirklich. Und sie sah genauso aus, wie Losch sie auf der Holztür des Kästchens abgebildet hatte.

Aber da war noch etwas. Eine Erscheinung, die ebenfalls mit dem Märchen übereinstimmte und die dieser Szenerie einen unaussprechlichen Zauber verlieh: Um die Linde herum stand ein Reigen von Mädchen.

Primus flog einen Bogen. Er segelte um den geisterhaften Baum und starrte nach unten. Vor ihm tat sich ein Bild auf, das an Anmut und Eleganz kaum zu überbieten war. Er war gänzlich verzückt.

Sieben Mädchen zählte er. Sieben zierliche Mädchen, die mit bloßen Füßen um die Linde herumstanden und sich an den Händen hielten. Andächtig blickten sie zur Baumkrone empor, wobei ihre Augen vor Glanz erstrahlten. Es waren Elfen, wie Primus unschwer feststellen konnte, die Hüterinnen der Linde. Sie sorgten für den Baum und achteten darauf, dass ihm kein Leid widerfuhr. Schlank waren sie, geradezu schmächtig und dünn. Mit langen Haaren und zarten Gliedmaßen. Barfuß standen sie im Kreis, während ihre Kleidchen im Abendwind wehten.

Ergriffen schaute Primus sie an. Jedes der sieben Mädchen sah ein klein wenig anders aus. Keine war wie die andere. Die eine war hochgewachsen, die nächste wiederum etwas kleiner. Mit goldblonden Haaren oder brünett. Die Mädchen unterschieden sich alle in irgendeiner Weise. Und gleichzeitig glichen sie sich, als wären sie Schwestern.

Dann aber blickte Primus zum Ufer. Was hatte denn das zu bedeuten? – durchzuckte es ihn. Auf der Insel waren nicht nur die Elfen. Nein, da war noch jemand anderes anwesend. Eine große dürre Gestalt, die sich außerhalb des Kreises aufhielt. Sie stand dicht an der Wasserkante und stierte über den See.

Schon in der nächsten Sekunde lief Primus ein Schauder über den Rücken. Er betrachtete die riesenhafte Gestalt und begriff sogleich, wen er hier vor sich hatte. Es war Grimmhart, der geheimnisvolle Fremde, der kürzlich bei ihm zu Hause erschienen war. Darin bestand überhaupt kein Zweifel. Diese Figur würde Primus unter tausenden wiedererkennen. Wie ein giftiger Dorn ragte Grimmharts Nase unter der Kapuze hervor, während seine Augen im Abendlicht funkelten.

Primus flog ein Stück näher. Neugierig betrachtete er den zwielichtigen Gesellen, der regungslos dastand und in schützender Manier seinen Mantel zusammenhielt.

War Grimmhart etwa kalt? – fragte sich Primus. Oder hatte diese seltsame Haltung andere Gründe? Er sah ein wenig genauer hin. Im Bereich von Grimmharts Hüfte zeichnete sich eine Beule ab. Ein dicker Überstand war zu erkennen. Das war verdächtig.

Doch schon im nächsten Moment fiel bei Primus der Groschen. Der Kerl hält etwas unter seinem Mantel versteckt, schoss es ihm durch den Kopf. Er verbarg etwas.

Wachsam hob Grimmhart das Haupt und spähte zum gegenüberliegenden Ufer. Es war sonnenklar, worauf der Unhold aus war. Er hatte Tahmos kleine Hütte im Visier. Wie angewurzelt stand er da und wartete. Aber worauf?

Schließlich geriet Primus die äußere Kante des Sees ins Blickfeld. Das war also der Grund, leuchtete es ihm ein. Jetzt wusste er, worauf Grimmhart wartete. Der See hatte noch nicht sein volles Ausmaß erreicht. Schleichend wurde das Gewässer größer, ersetzte das Gras und breitete sich langsam im ganzen Garten aus. Nicht mehr lange, so wurde es Primus klar, dann würde das Wasser auch Tahmos kleinen Schuppen erreicht haben. Dann wäre es zu spät. Es fehlten nur noch wenige Ellen.

Jetzt oder nie!

Im Sturzflug schoss Primus vom Himmel. Er zischte durch den Kreis der Elfen, flog haarscharf an Grimmhart vorbei und sauste über das Wasser.

Die Elfen, die vorher noch im Kreis zusammengestanden hatten, stoben auseinander. Ängstlich gingen sie in Deckung, zogen die Köpfe ein oder schmiegten sich schützend an den Baum.

Anders dagegen Grimmhart. Voller Zorn stampfte dieser mit dem Fuß.

»Du elende Nebelkrähe«, schrie er der Fledermaus hinterher, »weg mit dir. Und lass dich hier nicht noch einmal blicken.« Er ballte die Fäuste.

Und offensichtlich hatte Grimmhart dafür auch allen Grund. Denn das Wasser, das sich kurz zuvor noch in alle Richtungen ausgebreitet hatte, war in der Zwischenzeit wieder zurückgegangen. Das war bemerkenswert. Es war just in jenem Moment geschehen, in dem die Elfen den Kreis aufgelöst hatten. Die Magie war durch die Störung unterbrochen worden.

Und selbstverständlich war das überhaupt nicht im Sinne von Grimmhart, ganz im Gegenteil.

»Stellt euch sofort wieder auf!«, brüllte dieser, wobei er die Mädchen zurück auf ihre Plätze scheuchte. »Los, hierher, sonst mach ich euch Beine.«

Diese Drohung zeigte Wirkung. Hastig und eingeschüchtert kamen die Elfen wieder zusammen. Sie bildeten den Kreis, fassten sich an den Händen und umschlossen erneut die Linde. Sofort gewann das Wasser wieder an Fläche. Der See, der Baum und die Elfen hingen allem Anschein nach zusammen.

Doch Primus konnte sich jetzt nicht um die Hintergründe des Elfenzaubers kümmern. Dafür blieb ihm keine Zeit.

Primus war längst bei Tahmos kleinem Schuppen angekommen und schlug Alarm. In Panik versuchte er, auf sich aufmerksam zu machen. Er rief und trat mit den Füßen gegen die Tür.

»TAHMO«, schrie er, »DU MUSST HIER WEG! Sieh zu, dass du verschwindest.«

Er blickte über seine Schulter und schaute zum See. Erschüttert beobachtete er, wie das Wasser immer näher und näher rückte.

»Hörst du mich?«, rief Primus. »Komm aus dem Haus heraus und lauf weg. Schnell!«

Grimmhart fauchte. Jetzt kam es drauf an. Voller Ungeduld starrte der Bösewicht auf die Wasserkante, die nun endlich den Schuppen erreicht hatte. Ein teuflisches Grinsen überzog sein Gesicht. Seine Zähne blitzten, und siegessicher rieb er sich die Hände.

Da ging auf einmal die Brettertür auf. Ein wenig verdutzt und mit einem Buch in der Hand, stand Tahmo im Türrahmen. Der Junge wusste überhaupt nicht, was hier gespielt wurde. Bis vor Kurzem hatte er noch bei Kerzenschein über seinen Experimenten gebrütet, und plötzlich setzte hämmernder Lärm ein. Was hatte das zu bedeuten? Auch wusste er nicht, dass es sich um Primus handelte, dem er gerade gegenüberstand. Fragend starrte er auf die merkwürdige Fledermaus, die einen zerknautschten Hut trug und laut schreiend vor ihm durch die Luft flatterte. Den Baum oder gar den magischen See hatte Tahmo in der kurzen Zeit erst recht nicht bemerkt.

Doch da war es auch schon um ihn geschehen. Tahmo machte einen Schritt nach draußen. Er riss die Augen auf als er merkte, dass er ins Leere trat.

Primus konnte noch sehen, wie Tahmo vor Entsetzen mit den Armen ruderte, bevor dieser das Gleichgewicht verlor und nach vorn überkippte. Mit einem Schrei stürzte Tahmo in den See.

Grimmhart stand der Triumph ins Gesicht geschrieben. Wie eine Spinne im Netz betrachtete er seine Beute, die wild umherstrampelte und nach festem Boden suchte. Doch es war vergebens. Da war kein Boden in Reichweite. Der See hatte seine maximale Ausdehnung noch immer nicht erreicht und fiel an dieser Stelle senkrecht in die Tiefe. Schließlich war die Transformation des Gewässers weiterhin im Gange, und der äußere Uferstreifen fehlte noch. Prustend schwamm Tahmo im Wasser.

Primus setzte zur Landung an. Er segelte ins Innere des Schuppens, wo er seine menschliche Gestalt annahm. Dort hielt er sich am Türrahmen fest. Verzweifelt streckte er die Hand nach Tahmo aus.

»HIER!«, schrie Primus. »NIMM MEINE HAND!«

Tahmo aber rang nach Luft. »Ich ka… ni…«, hustete er, wobei er sich immer weiter von Primus entfernte. »Etwas zieht mi…«

»KOMM SCHON«, rief Primus. »Zusammen schaffen wir das!«

Er beugte sich, soweit es nur ging, über das Wasser und versuchte, Tahmo zu erreichen. Doch so sehr er sich auch anstrengte, es hatte keinen Zweck. Aus irgendwelchen unerklärlichen Gründen, trieb der Junge immer weiter von ihm ab. Primus wusste weder ein noch aus.

Schließlich aber wurde ihm klar, woran es lag, und Primus standen vor Schreck die Haare zu Berge. Er blickte in das finstere Wasser und erkannte in der Dunkelheit die beiden Gestalten, die in der Geisterwarte hinter ihnen am Tisch gesessen hatten. Kein Zweifel, sie waren es. Die zwei waren nicht zu verkennen, wenngleich sie nun erstmals ihre wahren Gesichter zeigten.

Durchsichtig wie dünne Nebelschwaden schwirrten sie um Tahmo herum, hielten ihn an den Beinen fest und zogen ihn langsam zur Insel hinüber. Dort wartete Grimmhart bereits und sann ihnen entgegen.

Primus war starr vor Schreck. Fassungslos schaute er in den magischen See hinunter und verfolgte das Schauspiel, das sich ihm darbot.

Plötzlich blickte einer der beiden Unholde zu ihm auf.

Voller Schadenfreude grinste ihn die schemenhafte Gestalt aus der Tiefe an, zeigte die Zähne und begann zu lachen. Primus wäre vor Schreck fast das Herz stehengeblieben. Der Anblick war schauderhaft.

Das also hatte Losch ihnen sagen wollen, fiel es Primus wie Schuppen von den Augen. Nun verstand er. Das waren Gespenster. Geister aus dem Wasserreich. Und Grimmhart war ebenfalls einer von ihnen. Aber natürlich! Deshalb hatte Primus sich in Hohenweis so gefühlt, als ob ihn jemand aus der Pfütze heraus angestarrt hätte. Das ist Grimmhart gewesen. Auf diese Weise hatte er ihnen klammheimlich durch Hohenweis folgen können, ohne dass Primus oder Miss Plim etwas davon gemerkt hatten. Das war ja teuflisch.

Gegen diese Wesen konnte Primus nur schwerlich antreten. Selbst wenn er sich wieder verwandeln und näher zu Tahmo heranfliegen würde, könnte er ihn unmöglich aus dem Wasser ziehen. Der Junge war viel zu schwer. Hilflos musste Primus zusehen, wie ihm Tahmo entglitt.

Da tauchte plötzlich Plim über ihm auf. Knatternd und polternd schoss der Rennbesen über den See. Die Elfen schrien auf. Sie reckten ihre Köpfe und wollten panisch die Flucht antreten, doch Grimmhart hielt sie zurück.

»Hiergeblieben!«, schrie er, wobei er sich zu seiner vollen Größe aufrichtete. »Ihr bleibt, wo ihr seid. Niemand rührt sich vom Fleck, verstanden?«

Aber Plim war nicht zu bremsen. Sie hatte die Situation sofort überblickt. Im Tiefflug streckte die Hexe eine Hand nach Tahmo aus. Sie hielt sich mit der anderen am Lenker fest und beugte sich seitlich über das Wasser. Bucklewhee saß vorn auf der Handtasche. Dem Gockel hatte es längst die Sprache verschlagen.

Mit einem Satz sprang Primus auf.

»LOS, SCHNAPP IHN DIR, SCHNELL!«, rief er Plim zu und riss die Arme in die Höhe. »Die holen ihn sonst. Ich kann sie sehen. Die Kerle sind genau unter dir. Da drüben, im Wasser.«

»Ich weiß«, schrie Plim. »Ich sehe sie. Nutzloses Gesindel«, schimpfte sie. »Lumpenpack! Abflussgeister!« Sie rollte mit den Augen. »Und … hässlich!« Mehr fiel ihr im Moment leider nicht ein.

Da krachte es hinter Primus. Erschrocken fuhr er herum. Das Wasser des Sees war mittlerweile bis unter das Holzhaus vorgedrungen. Knirschend und splitternd neigte sich der Schuppen nach vorn.

Primus reagierte augenblicklich. Er sprang in die Luft, verwandelte sich und flatterte über den See. Hinter ihm stürzte der Schuppen ins Wasser. Es blubberte, als die Hütte mit allem, was darin war, versank.

Unterdessen machte sich Grimmhart bereit, Tahmo in Empfang zu nehmen. Seine Brüder hatten ihn schon fast zur Insel gebracht. Mit feurigem Blick stand Grimmhart am Ufer und erwartete das neue Opfer.

Da blieb Primus keine andere Wahl. Jetzt musste er härtere Mittel anwenden.

Während Miss Plim noch immer versuchte, Tahmo aus dem Wasser zu fischen, ging Primus auf Grimmhart los. Die Fledermaus fuhr ihre Krallen aus. Wahrlich, jetzt gab es keine Gnade mehr. Schreiend flog Primus um den Unhold herum, zerkratzte ihm das Gesicht und schlug mit den Flügeln auf ihn ein. Aber es war vergeblich. Grimmhart schien das alles nicht im Geringsten etwas auszumachen. Jede Wunde, die Primus ihm zufügte, war sofort wieder verschwunden. Er konnte sprichwörtlich dabei zusehen.

Schon bald musste Primus einsehen, dass er damit nichts ausrichtete. Geister spürten keine Schmerzen.

Fieberhaft dachte Primus nach. Wie sollte er dem riesigen Burschen bloß beikommen? Allein schaffte er es nicht. Er brauchte Hilfe.

»PLIM!«, schrie er. »Worauf wartest du? Beeil dich.«

Doch Plim hatte wahrlich genug zu tun. In halsbrecherischer Schräglage hing die Hexe über dem Wasser, während sie mit aller Kraft versuchte, den Besen im Zaum zu halten. Sie bekam Tahmo einfach nicht zu fassen. Jedes Mal, wenn Miss Plim ihn beinahe erwischt hatte, zogen die Geister ihn ein Stück weiter von ihr weg.

Schließlich fasste Primus sich ein Herz. Etwas anderes blieb ihm nicht übrig. Er landete auf der Insel und nahm seine menschliche Gestalt an. Mit erhobenem Haupt trat er Grimmhart gegenüber.

Dieser zeigte sich überrascht. Er drehte sich zu Primus um und sah ihn von oben bis unten an. Nach einer kurzen Zeit begann er zu nicken.

»Schau an, schau an«, sagte Grimmhart, wobei er sich zu Primus hinunterbeugte, »wen haben wir denn da? Einen alten Bekannten, wie mir scheint. Sprich, mein Junge. Was verschafft mir die Ehre? Möchtest du vielleicht auch mitkommen? Es ist schön, dort wo wir hingehen.«

Primus stieß ein verächtliches Lachen aus. »Ach, ja?«, konterte er. »Wo geht ihr denn hin? Etwa zu einem verträumten Inselreich jenseits der Berge? Das ist doch der Zielort, nicht wahr?«

Grimmhart zuckte mit der Augenbraue. Er sah Primus mit wachsender Neugierde an, wobei ein kleiner Funken Bewunderung in seinem Blick lag.

»Bist ein cleveres Bürschchen, wie mir scheint«, erwiderte Grimmhart. »Mein Kompliment. Das hätte ich gar nicht von dir gedacht. Aber ja«, räumte er ein, »du hast recht. Ein Inselreich jenseits der Berge. Wir machen uns gleich auf den Weg dorthin.« Er zeigte mit seinen langen dürren Fingern auf Tahmo. »Und deinen Freund dort drüben, den nehmen wir auch mit«, fuhr er fort. »Er ist schon fast hier. Dann hast du Gesellschaft.«

Doch da war Primus anderer Meinung. Energisch stemmte er die Hände in die Hüften.

»Das werden wir ja sehen«, widersprach er. »Tahmo und ich gehen nirgendwohin. Da mache ich dir einen gehörigen Strich durch die Rechnung. Du und deine Bande, ihr habt schon viel zu viele verschleppt. Das hört jetzt auf.«

Und mit Bestimmtheit fügte Primus hinzu: »Du kannst deiner geschätzten *Herrin* von mir etwas ausrichten. Tahmo bleibt hier, dafür werden wir sorgen. Sag ihr das, verstanden?«

Herrin – dieses kleine Wörtchen war die Probe. Nun wollte Primus sehen, wie Grimmhart darauf reagierte.

Und siehe da, sein Plan ging auf. Denn anstatt zu widersprechen, stieß Grimmhart nur ein schallendes Lachen aus. Primus nahm es als Beweis. Die Zauberin, von der die Leute sprachen, schien es demnach wirklich zu geben, dachte er. Das war gut zu wissen. Dann hätte sich das also auch geklärt.

Doch gleich darauf verstummte Grimmharts Gelächter, und der Bösewicht senkte den Kopf.

»Ja«, fauchte er, wobei er gefährlich nahe an Primus herantrat, »das werden wir wirklich sehen. In der Tat. Aber das kannst du ihr selbst sagen, sobald du ihr gegenüberstehst, mein Junge. Pass nur auf. Denn das wird schon sehr bald der Fall sein.«

Er verzog das Gesicht zu einer grinsenden Fratze. »Ich glaube, sie freut sich schon auf dich«, zischte er. »Und ganz besonders freut sie sich auf deine bezaubernde Freundin. Die wird sie sich nämlich als Nächstes holen.«

Schlagartig riss Grimmhart die Augen auf.

»UND JETZT HER MIT DIR!!!«

Wie der Blitz streckte er seine Hände nach Primus aus. Grimmhart hob den Arm und wirbelte den Mantel um ihn. Das alles ging in Bruchteilen von Sekunden vor sich. Primus wusste überhaupt nicht, wie ihm geschah. Grimmhart schlang den Arm um Primus und presste ihn so fest an sich, dass Primus fast erstickte.

Dann wandte Grimmhart sich um. Voller Ungeduld schaute er zum See, wo seine Geisterbrüder mit aller Kraft an Tahmo zerrten.

»BRINGT MIR ENDLICH DEN BURSCHEN«, schrie er ihnen zu. »UND DANN LASST UNS VON HIER VERSCHWINDEN!«

Doch so einfach, wie Grimmhart es sich vorgestellt hatte, sollte es nicht werden. Denn just in diesem Moment gelang es Plim, Tahmo zu fassen. Grimmhart hatte seine Kumpane für kurze Zeit abgelenkt.

Geschickt erwischte Plim Tahmo am Handgelenk und zog ihn in die Höhe. Es war eine wahre Meisterleistung. Es hätte nicht viel gefehlt, dann wäre die Hexe selbst ins Wasser gefallen.

»ICH HABE IHN«, kreischte sie voller Stolz. »JETZT HABE ICH IHN! PRIMUS, SCHAU MAL HER!!!« Verwundert blickte sie sich um. »Hä?!«, rief sie. »Wo bist du denn?«

Grimmhart stieß einen wütenden Schrei aus. Er drückte seinen Mantel an sich, der plötzlich wieder leer war. Primus hatte sich längst in die Fledermaus verwandelt. Flink wie ein Wiesel hatte er sich befreien können und war an der Unterseite des Mantels herausgeschlüpft. So einfach ließ er sich nicht fangen. Erst recht nicht von Geistern.

Und außerdem, Grimmharts Angriff hatte sogar einen Vorteil gehabt, wie sich herausstellte. Denn dabei hatte Primus gesehen, was der Unhold unter seinem Mantel versteckt hielt. Sieh mal einer an, dachte er. Dort befand sich der gläserne Behälter, dieser seltsame versiegelte Wasserzylinder, den auch die beiden Schurken in der Geisterwarte mit sich geführt hatten.

In Primus' Kopf schossen die Gedanken umher. Was hatte Losch in der Apotheke gesagt? – erinnerte er sich. Wie war das? Salzwasser?

Unterdessen liefen bei Plim die Rettungsmaßnahmen auf Hochtouren. Wasserfontänen schossen durch die Luft, während der Rennbesen dröhnend über dem See hing. Plim war nass bis auf die Knochen. Doch sie und Tahmo hatten in der Zwischenzeit schon fast die Insel erreicht, und Tahmo konnte bereits stehen. Die Geister im Wasser hatten keine Chance mehr, sich seiner zu bemächtigen.

»KOMM HOCH«, rief Plim, wobei sie Tahmo auf den Besen zog. »Setz dich hinter mich.«

»Ja«, ächzte Tahmo, »ich bin schon da.«

Grimmhart fielen beinahe die Augen heraus.

»DAS WIRST DU SCHON BLEIBEN LASSEN, DU KLEINE HEXE«, schrie er aus voller Kehle. »IHR ZWEI BLEIBT HIER!«

Rasend vor Zorn trat er bis auf den letzten Zoll an die Wasserkante heran. Blitzschnell stellte er den Behälter auf den Boden und streckte den Arm nach dem Jungen aus.

»Habe ich dich!«

Und er ließ Tahmo nicht mehr los.

»PRIIIIIMUS!!!«, schrie Plim. »Wo bist du denn??? Hilf uns!«

In Windeseile schoss dieser vom Himmel herab. Er flog um Grimmhart herum, heftete sich vor dessen Kopf und versuchte, ihm mit seinen Flügeln die Sicht zu rauben. Doch es war zu spät. Grimmhart hatte Tahmo am Knöchel erwischt. Grinsend zog er den Jungen mitsamt dem Rennbesen und Miss Plim auf die Insel. Jetzt hatte er, was er wollte. Und noch dazu alles mit einem Handstreich.

Die Elfen unter der Linde waren starr vor Schreck. In ihren Gesichtern war blankes Mitleid zu lesen.

Diesmal aber ging Plim zum Angriff über. Wie eine Wildgewordene kreischte sie los. Sie schlug auf Grimmhart ein, biss und kratzte, so gut sie nur konnte, und stieß einen Fluch nach dem anderen aus. Mit vereinten Kräften gingen die drei gegen Grimmhart vor. Selbst Bucklewhee versuchte zu helfen, wobei er mit seinem Schnabel auf Grimmhart einhackte. Doch ohne Erfolg. Der Bösewicht war unverwundbar. Und er war stärker. Er riss die Fledermaus von seinem Gesicht weg und schmetterte Primus zu Boden.

»Du Ungeziefer«, zischte er. »Geh mir aus den Augen.«

Dann wandte er sich um. Eilig blickte er zu den Elfen.

»Löst den Kreis auf!«, befahl er. »Sofort!«

Die sieben Mädchen gehorchten aufs Wort. Sie ließen die Hände los, senkten die Köpfe und traten auseinander. Sogleich zog sich der See zusammen.

Aber dieser Vorgang verlief wesentlich schneller als zuvor, während der See sich ausgebreitet hatte. Von außen nach innen verschwand der See wie Butter in der Pfanne, und das Gras trat wieder hervor. Der See machte sich auf zu den Inseln.

Plim war den Tränen nahe. Sie sah die Wiese auf sich zurasen und schluchzte.

»Primus«, wimmerte sie, »tu doch was.«

Doch Primus konnte sie nicht hören. Benommen lag er am Ufer und versuchte, sich aufzurappeln. Was sollte er machen? Hastig verwandelte er sich und stellte sich auf die Beine. Dann eilte er seinen Freunden zu Hilfe.

Doch er kam nicht weit. Schon beim ersten Schritt blieb Primus an etwas hängen. Er stolperte und stürzte der Länge nach hin.

Es war der gläserne Behälter, der ihn zu Fall gebracht hatte. Der versiegelte Zylinder mit dem Salzwasser. Primus starrte auf das Gefäß.

Da wurde ihm plötzlich alles klar. In Sekundenbruchteilen begriff er, weshalb Grimmhart ihn benötigte. Der Geist brauchte das Salzwasser, um feste Gestalt anzunehmen. Dieses Objekt war die Quelle. Grimmhart und die anderen Geister kamen aus dem Meer, dem Reich der Inseln. Ihre volle Macht konnten sie nur in der Nähe ihrer Ursprungsessenz entfachen. Das war das Geheimnis.

Mit einem kurzen Blick sah Primus zu den Elfen.

Die Mädchen nickten. Sie wussten, dass Primus den Zauber durchschaut hatte.

»GRIMMHART!«, rief er und hielt den Behälter in die Höhe. »Ich glaube, du hast etwas vergessen. KOMM HER, DU SCHEUSAL, UND HOL ES DIR!«

Mit diesen Worten schmetterte er das Glas auf den Boden, dass die Scherben flogen.

Die Elfen klatschten vor Begeisterung. Darauf hatten sie schon lange gewartet.

In kürzester Zeit versickerte die Flüssigkeit im Boden der Insel, und nur die gläsernen Splitter blieben zurück. Der Zauber war gebrochen.

Grimmhart stand das Entsetzen ins Gesicht geschrieben. Rasend versuchte er noch, Plim und Tahmo festzuhalten, doch es war zu spät. Seine Gestalt verblasste, und sein Körper verlor an Festigkeit. In feine Dunstschwaden löste Grimmhart sich auf, bevor auch diese in der Abenddämmerung verflogen. Nun würde Grimmhart selbst vor seine Herrin treten und ihr Rede und Antwort stehen müssen, dachte Primus. Welch ein Pech für Grimmhart. Bei dieser Szene hätte Primus zu gerne Mäuschen gespielt.

Allerdings hatten Plim, Tahmo und Bucklewhee keine Zeit, sich zu freuen. Nun wurde es brenzlig.

Blitzschnell verwandelte sich Primus und schoss an ihnen vorbei. »Bring deinen Besen in die Luft«, rief er Plim zu, während er über das Wasser zum Garten flog. »Und mach, dass du wegkommst. Die Insel nimmt euch sonst mit.«

»Das weiß ich selbst!«, schrie Plim.

Sie drehte sich zu Tahmo, der nur wenige Handbreit hinter ihr saß, und plärrte ihm ins Gesicht.

»GUT FESTHALTEN!«, brüllte sie so laut, dass ihm beinahe schwindlig wurde. »Das könnte jetzt ein wenig holprig werden.«

»Moment mal«, schnaufte Tahmo. »Was soll denn das heißen?«

Doch Plim gab keine Antwort. Ruckartig riss sie den Lenker herum und ging in Position. Dann knatterte sie geradewegs auf die Linde zu. Jubelnd und freudestrahlend sahen ihr die Elfen entgegen. Diesen Tag würden sie wohl niemals vergessen.

Tahmo hingegen wurde beim Anblick des heranrückenden Baumes kreidebleich. »He«, schrie er, »wo fliegst du denn hin.«

»Mach dir keine Sorgen«, rief Plim. »Ich weiß schon, was ich tue. Bin Profi.«

Und sie gab Vollgas. Plim biss die Zähne zusammen, zog den Besen in die Höhe und schoss im rechten Winkel vor der Linde gen Himmel.

Gerade noch rechtzeitig. Unter ihr verschwanden die Insel, die Elfen und der mächtige Baum. Zurück blieb einzig und allein die Wiese.

Dann wurde es still.

Es dauerte einen Moment, bis Plim, Tahmo und Bucklewhee zur Geisterwarte zurückkehrten. Bei der Flucht war Plim vorsichtshalber weit nach oben geflogen. Primus konnte das Geknatter von ihrem qualmenden Rennbesen jedoch schon von Weitem hören. Aufmerksam saß er auf den Stufen und hielt Ausschau nach ihnen. Dann endlich sah er sie kommen. Plim steuerte auf das große Tor zu, machte einen Bogen und landete schließlich im Gras bei der Treppe. Klitschnass und völlig zerzaust stiegen sie und Tahmo vom Besen.

Primus erhob sich. »Da seid ihr ja«, begrüßte er sie. »Ein Glück, ihr seid wohlauf.« Er wandte sich an Tahmo. »Deine Hütte wirst du wohl neu aufbauen müssen«, sagte er, wobei er ihm auf die Schulter klopfte. »Und deine Forschungen sind auch futsch. Es tut mir leid.«

Doch Tahmo zuckte nur mit den Schultern. »Ach was«, winkte er gelöst ab, »nicht so schlimm. Ich habe alles im Kopf.«

Dann sah er Tock, der in großer Erleichterung auf seinen Sohn zugelaufen kam.

»Oh«, sagte er überrascht, »Papa …«

»Komm her, mein Junge«, rief Tock und schloss ihn in die Arme. »Ich habe alles mitverfolgt. Ich dachte schon, ich würde dich nie mehr wiedersehen.«

Er strich Tahmo übers Haar und drückte ihn an seine Brust. Dann blickte Tock zu den drei Reisenden.

»Ich danke Euch«, sprach er, wobei er Primus und Plim die Hände schüttelte. »Vielen Dank. Ihr habt meinen Sohn gerettet. Das werde ich Euch nie vergessen.«

Gelöst und überglücklich wies er zur Geisterwarte hinauf. »Kommt mit«, sagte er. »Lasst uns nach oben gehen. So nass wie ihr seid, holt ihr euch noch den Tod.«

Gemeinsam stieg die kleine Truppe die Treppe hinauf. Sie gingen ins Haus und schlossen die Tür hinter sich.

Lange Zeit saßen die fünf noch in der Geisterwarte zusammen, redeten über das, was geschehen war, und lauschten Tock, der ihnen das Märchen erstmals in allen Einzelheiten erzählte. Wie sich herausstellte, wusste er weitaus mehr darüber, als Primus und Plim angenommen hatten. Mit Staunen vernahmen sie die Stellen über die Zerstörung der Inseln, über ein rätselhaftes Tier und über das kleine Mädchen, das nie wieder jemand zu Gesicht bekommen hatte. Was wohl aus ihr geworden war? Plim standen bei der Geschichte die Tränen in den Augen.

Spät am Abend machten die drei sich auf und traten den Heimweg an.

Neues vom Zauberzirkel

Zwei Wochen später war alles wieder beim Alten. Ganz so, als wäre nie etwas Ungewöhnliches passiert. Niemand in den umliegenden Dörfern oder gar der Hauptstadt hatte Kunde davon erhalten, was in jener Nacht geschehen war, oder hatte von dem geheimnisvollen See erfahren, der für kurze Zeit aufgetaucht und wenig später wieder spurlos verschwunden war. Viel zu entlegen befand sich die Ginsterklause, als dass man den Ereignissen, die sich dort abgespielt hatten, Aufmerksamkeit geschenkt hätte. Das Leben im Land nahm seinen gewohnten Lauf.

So auch auf den Nebelfeldern. Funkelnd und glitzernd schlängelte sich der Schneckenbach zwischen den Hügeln hindurch, während Snigg schnarchend auf seinem Komposthaufen lag. Die Sonne lachte vom Himmel und strahlte auf die Schindeln des alten Turms, aus dem eifriges Geplapper drang. Bucklewhee war mächtig in Rage.

»Die lassen wir genau so liegen«, gackerte das Hühnergerippe. »Wehe, du verdrehst etwas.«

»Ich will sie ja nur ein wenig zur Seite schieben«, erklärte Primus, »damit ich die Füße auf den Tisch legen kann. Da gerät schon nichts durcheinander.«

»Oh, nein«, schallte es. »Das sind berechtigte Vorsichtsmaßnahmen. Gefahrenklasse fünf. Stell dir mal vor, die Dinger fallen herunter. Dann konnen wir wieder von vorn anfangen. Viel zu gefährlich.«

Die beiden saßen im Kaminzimmer an dem kleinen Beistelltisch, auf dem die gläsernen Würfel lagen. Bucklewhee hatte sie fein säuberlich zu einem Quadrat angeordnet und in der Mitte des Tisches platziert. Mit der Lupe zwischen den Flügelknochen hockte das Hühnergerippe vor den Würfeln und starrte sie an. Er war höchst konzentriert.

»Genau sechzehn Uhr dreißig und alles unverändert«, gab er zu Protokoll. »Keine Reaktion – Stopp – Der See befindet sich nach wie vor am Festland gegenüber den Inseln – Stopp und Ende.«

Mit den letzten Worten nahm er Haltung an und nickte zufrieden. Für einen Erbsenzähler wie Bucklewhee war diese Aufgabe geradezu maßgeschneidert.

Primus hingegen gähnte. Er lümmelte im Sessel neben dem Tisch, wobei er die Beine über die Armlehne hängen ließ.

»Aber der See ist doch schon die ganze Zeit an derselben Stelle«, bemerkte er. »Seit wir aus der Ginsterklause zurückgekehrt sind.«

»Genau deshalb führe ich ja auch diese Aufzeichnungen durch«, erklärte Bucklewhee. »Ich werte sie aus, sobald etwas geschieht. Das sind wichtige Informationen.«

»Echt?«

»Sehr wohl«, bestätigte er. »Ein zweiwöchiger Stillstand ist äußerst mysteriös. Ich möchte wissen, was da vor sich geht.«

»Das kann ich dir schon sagen«, antwortete Primus. »Die haben niemanden mehr, den sie sich als Nächstes holen könnten. Tahmo ist gewarnt, wir zwei sind keine Kräuterexperten, und wo Miss Plim wohnt, das wissen sie nicht. Dieser geheimnisvollen Zauberin gehen die Ideen aus.«

Das Hühnergerippe blickte auf. »Oder aber, Grimmhart steht seit zwei Wochen vor ihr und bekommt geschimpft«, witzelte er. »Das wäre doch auch möglich, oder? Und so lange das passiert, kann er nicht auf Dienstreise gehen.«

Eine gute Theorie.

»Haha«, lachte Primus, »das finde ich klasse. Zwei Wochen Standpauke, weil ihm Tahmo entwischt ist. Da wäre ich zu gern dabei. Grimmharts Herrin ist bestimmt stinksauer. Das hagelt Schelte.«

Die beiden prusteten los. Sie malten sich aus, wie Grimmhart den Kopf einzog, sich händeringend herausredete und eine Strafaufgabe nach der anderen bekam. Diese Vorstellung war einfach zu schön. Munter und einfallsreich ging es daraufhin weiter. Primus und Bucklewhee waren mit ihren Ideen noch lange nicht am Ende.

Nachdem die beiden eine Weile geblödelt hatten, setzte Primus sich auf. Er rutschte vor bis zur Kante des Sitzpolsters und beugte sich über die Würfel.

»Was mich allerdings vielmehr interessiert als der See«, sagte er, »das sind die geheimnisvollen Inseln.«

Aufmerksam schärfte Primus seinen Blick. Er betrachtete die Landschaft, die auf den Würfeln zu sehen war, und runzelte die Stirn.

»Es sind drei«, stellte er fest. »Drei Inseln, die dicht beieinander liegen. Eine große, eine mittlere und eine kleine. Auf einer von ihnen muss sich die geheimnisvolle Dame befinden, die hinter all dem steckt«, murmelte er. »Irgendwo hier ist sie. Das weiß ich genau.«

Dann sah er zu Bucklewhee. »Ich bin gespannt, wann wir das nächste Mal von ihr hören. Denn irgendetwas sagt mir, dass das nur noch eine Frage der Zeit ist.«

Der Gockel hob den Schnabel. »Du meinst, dass …?«

»Ganz genau«, bestätigte Primus. »Früher oder später findet sie jemanden. Da kannst du dir sicher sein. Eines Tages ist es soweit. Zack – dann schlägt sie von Neuem zu.«

Das hätte Primus nicht treffender formulieren können.

Genau in diesem Moment ertönte von draußen ein Zischen. Es folgte ein Klatschen, dann ein Schrei, und wenig später setzte mitleiderregendes Stöhnen ein.

Primus sprang auf. Er beugte sich aus dem Fenster und sah zum Garten hinunter. Mit schmerzverzerrtem Gesicht saß Snigg auf seinem Komposthaufen.

Die Monatsausgabe des Zauberzirkels war angekommen und hatte den Kürbis genau auf den Kopf getroffen. Dieses Missgeschick passierte eigentlich jedes Mal, da sich Sniggs geliebter Blätterhaufen gleich unter der alten Eiche befand. Im Astloch des Baumes hatte die Wurzelrohrpost ihr Ende, und aus dieser kam alle vier Wochen eine neue Zeitungsrolle herausgeschossen.

Sofort breitete Primus seine Flügel aus. Er schwang sich aus dem Fenster und segelte in den Garten hinunter. Wie toll, dachte er. Auf den Zauberzirkel hatte er sich schon lange gefreut.

Ganz im Gegensatz zu Snigg, der das alchemistische Magazin überhaupt nicht leiden konnte. Mit jeder Lieferung bekam er eine neue Beule und das schon seit Jahren.

»Autsch«, jammerte der Kürbis, »ich habe gerade so schön geschlafen.«

Schnell stellte sich Primus auf die Beine.

»Tut mir leid«, sagte er, wobei er Snigg freundschaftlich den Kopf tätschelte. »Ich hoffe, das vergeht bald wieder. Das hat sich diesmal aber wirklich nach einer dicken Ausgabe angehört.«

»Ziemlich dick«, bestätigte Snigg. »Wahrscheinlich eine Sonderausgabe oder so etwas Ähnliches. Hier, da ist das blöde Ding.«

Der Kürbis wippte zur Seite und präsentierte das pralle Magazin, das zwischen den Blättern steckte.

Als Primus es erblickte, blieb ihm vor Staunen die Spucke weg. Mit offenem Mund griff er sich die Zeitung und starrte auf die Titelseite. Das war ja die Höhe, durchfuhr es ihn. Was hatte denn das zu bedeuten?!

Auf dem Titelbild war niemand Geringeres als Miss Plim zu sehen. Fröhlich grinsend, perfekt geschminkt und mit einer Urkunde in den Händen, zierte sie die erste Seite.

Primus traute seinen Augen nicht.

»Ich sehe wohl nicht recht«, hauchte er. »Was hat sie denn jetzt schon wieder angestellt?«

Hastig blätterte Primus durch das Magazin. Er suchte den Artikel, klappte die Zeitschrift auf und überflog rasch die Zeilen.

»… Wettbewerb für Kräuterkunde«, las er kurz und knapp. »… wahre Meisterleistung … blablabla … erster Platz … blablabla … geht an Miss Plim, Tannenstumpf 1, Kräutersteig, im Finsterwald. Wir gratulieren.«

Schockiert starrte Primus ins Leere. »Davon hat sie mir ja gar nichts erzählt«, stammelte er.

In diesem Augenblick meldete sich Bucklewhee zu Wort.

»Primus«, tönte es aus dem Fenster, »komm mal hoch. Das musst du dir ansehen.«

Doch Primus war wie gelähmt.

Wenig später riss er den Kopf herum und blickte zum Waldrand. Jetzt wusste *jeder*, wo Plim wohnte. Das würde selbst der Zauberin nicht entgehen.

Da verlor Bucklewhee die Geduld.

»PRIMUS«, schrie er aus voller Kehle. »NUN KOMM DOCH ENDLICH! DER SEE IST WEG!«

Das war Primus völlig klar.

»NATÜRLICH IST DER WEG«, brüllte er zurück. »Und ich weiß auch genau, wo er hin ist. DIE HOLEN SICH JETZT MISS PLIM!!!«

In rasender Geschwindigkeit wechselte Primus seine Gestalt. Er flog über die Gartenmauer, presste die Flügel an seinen Körper und schoss im Sturzflug den Hügel hinunter. Voller Sorge sah ihm Bucklewhee vom Turmfenster aus hinterher.

Primus aber blieb keine Gelegenheit, sich Sorgen zu machen. Er hatte nur noch das eine Ziel vor Augen: Plims kleine Lichtung.

Jetzt kam es drauf an. Wer würde schneller sein? Er oder die Häscher der Zauberin? Es war ein Wettlauf gegen die Zeit.

Das Grasland huschte unter ihm dahin, als Primus mit wackelndem Zylinder über die Nebelfelder eilte. So ein Tempo hatte die Fledermaus, auf dem Weg nach Norden, noch nie vorgelegt. Im Tiefflug und mit sturem Blick nahm Primus den Waldrand ins Visier, der wie eine tiefschwarze Wand immer näher rückte. Vor Anspannung biss Primus die Zähne zusammen. Wahrlich, jetzt musste er sich konzentrieren. Er durfte auf gar keinen Fall die Richtung verlieren. Jede Abweichung kostete wertvolle Zeit.

Da hatte er den Waldrand auch schon erreicht.

Im rechten Winkel ging es vor den Bäumen in die Höhe, mit Schwung über die dunklen Baumkronen und anschließend wieder steil nach unten.

Das wäre geschafft. Von nun an konnte ihm nichts mehr in die Quere kommen. Primus hatte nur noch die Strecke über den Finsterwald vor sich, und die würde er sogar rückwärts und im Blindflug meistern. Also weiter.

Im dichten Abstand flatterte er über die Baumkronen, die er mittlerweile nur noch aus dem Augenwinkel heraus wahrnahm. Dunkel waren die Bäume und schwarz der Boden, der sich darunter befand.

Er dachte an Miss Plim und all die Dinge, die er mit ihr durchgestanden hatte. Was, wenn er zu spät käme? – ging es ihm durch den Kopf. Wie würde er Plim jemals zurückholen können? Weder wusste Primus, wo das geheime Inselreich lag, noch hatte er eine Ahnung, wie er dort hingelangen könnte. Nein, so beschloss er, das durfte auf keinen Fall passieren. Er musste schneller dort sein als der magische See. Koste es, was es wolle.

Im Eiltempo ging es dahin.

Da konnte er auch schon die Lichtung erkennen, auf der Plims heimeliges Häuschen stand. Es war ein heller Fleck im Dunkel des Waldes. Nicht mehr lange, dann hätte er es geschafft.

Doch herrje, was war das? Voller Aufregung hob Primus den Kopf. Er blickte in die Ferne und musterte die Bäume, die er schon seit langer Zeit kannte. Etwas stimmte nicht, fiel es ihm auf. Da gab es eine Veränderung. Plims Häuschen befand sich in einem Tannenwald. Aber das, was in der Ferne dort aufragte, das war keine Tanne. DAS WAR DIE LINDE!

Beim Anblick des Baumes stockte ihm der Atem. Er sah die geisterhafte Linde, wie sie aus der Lichtung aufragte, sah den Kreis der Elfen, die den Baum umringten, und konnte mit Schrecken auch Miss Plim erkennen, die im blauen Sommerkleid unter den Zweigen stand.

Dann zog sich der See zusammen. Er wurde kleiner, löste sich auf und verschwand.

Primus kam zu spät.

Völlig außer sich landete er auf der Wiese. Er rannte uber das Gras und schrie verzweifelt zum Himmel.

»ICH WERDE NOCH VERRÜCKT«, brüllte er. »DAS DARF DOCH NICHT WAHR SEIN! BRINGT SIE MIR SOFORT ZURÜÜÜÜÜÜÜÜCK!!!«

Wie von Sinnen riss Primus die Arme in die Höhe. Er zog den Zylinder vom Kopf und stampfte mit dem Fuß.

»NEIN, NEIN, UND NOCHMAL NEIN«, rief er. »Das gibt es doch nicht. Um Haaresbreite zuvorgekommen. Das ist doch zum … AAAAAAH!!!«

Niedergeschlagen vergrub er das Gesicht in den Händen. Nun gab es keine Rettung mehr, gestand er sich ein. Plim war verloren. Es gab nichts, was er noch für sie tun konnte. Die Geister hatten gewonnen.

Doch da, wie aus dem Nichts heraus, vernahm er plötzlich eine Stimme.

»He«, schallte es hinter ihm aus dem Hexenhaus, »was ist denn da draußen los?«

Primus fuhr herum. Er konnte es nicht glauben. Mit einem Kochlöffel in der Hand öffnete Plim die Haustür und blickte ihn fragend an.

»Was schreist du denn so?«

»Plim«, rief er erleichtert, »du bist ja hier?!«

Sie zuckte mit den Schultern. »Aber sicher doch«, erwiderte sie. »Wo soll ich denn sonst sein?«

»Aber du warst doch gerade noch …« Primus zeigte zum Garten. »Warst du nicht eben noch …?«

»Was war ich?«

»Na, du hast doch eben noch hier drüben gestanden«, beteuerte er. »Hier hinten, als der See aufgetaucht ist.«

»Der See?«

»Aber ja«, stöhnte Primus und verdrehte die Augen. »Jetzt stell dich nicht so an. Ich habe es genau gesehen. Der See war hier, mitsamt der Insel und den Elfen. Und du warst auch dabei. Hier drüben hast du gestanden. Du hattest ein blaues Kleid an.«

»Ich soll ein blaues Kleid angehabt haben?« Plim schüttelte den Kopf. »Jetzt beruhige dich doch erst einmal.«

Kurz darauf schaute sie sich verwundert um.

»Wo ist denn eigentlich Chuck?«, fragte sie.

»Na, hör mal«, rief Primus. »Was weiß denn ich, wo deine Vogelscheuche ist. Ich bin froh, dass *du* da bist.«

Plim biss sich auf die Lippen. Sie blickte durch den Garten und hielt die Luft an. Langsam begriff sie, was geschehen war.

»Und du hast diesen See wirklich gesehen?«, hakte Plim nach. »Bist du dir da sicher?«

»Na klar«, bekräftigte Primus. »Ganz deutlich.«

Plim starrte ins Leere. »Weißt du was?«, murmelte sie. »Ich glaube, die haben mich verwechselt. Chuck hat bestimmt wieder einmal meine Sachen angezogen. Wäre nicht das erste Mal. Die hatte ich ihm kurz zuvor noch zum Trocknen umgehängt.«

Primus stutzte. »*Der* zieht deine Sachen an?«

»Mhm«, nickte Plim, »das tut er laufend. Besonders, wenn sie frisch gewaschen sind. Diese Zauberin wird sich ganz schön wundern, wenn der Bursche plötzlich vor ihr steht. Damit rechnet sie bestimmt nicht.«

Dann aber verfinsterte sich Plims Gesicht. »Der arme Chuck«, sagte sie, »den müssen wir zurückholen. Wo kommen wir denn da hin? Das lasse ich nicht zu, dass man einfach meine Mitarbeiter verschleppt.«

»Wir werden uns etwas überlegen«, besänftigte Primus sie. »Und dann holen wir ihn zurück. Aber du musst von jetzt an die Augen offenhalten und gewaltig aufpassen. Sie hat *dich* ausgewählt. Vergiss das nicht. Und sie lässt bestimmt nicht locker.«

Das war auch Plim klar. Einsichtig senkte sie den Kopf.

Dann gingen die beiden über die Wiese. Sie setzten sich auf den hohlen Baumstamm und schauten in den Abendhimmel.

Nach einer Weile drehte sich Plim zu Primus. Sie sah ihn an und lächelte geschmeichelt.

»Hast dir Sorgen um mich gemacht, oder?«, flüsterte sie.

Primus errötete. Er wippte verlegen mit dem Kopf und zog die Schultern hoch.

»Natürlich«, gab er leise zu. »Ich dachte schließlich, du wärst weg.«

»Ich pass schon auf«, hauchte Plim. »Bin doch schon eine große Hexe.« Sie lehnte ihren Kopf an seine Schulter.

Dann blickte sie zum Himmel.

»Oh«, sagte sie, »schau mal. Der Mond ist schon aufgegangen. Meine Güte, der sieht ja toll aus.«

»Ja«, sagte Primus, »das tut er wirklich. Er leuchtet rot. Ein glutroter Mond.«

Plim sah ihn fragend an. »Was bedeutet das?«

»Ich weiß es nicht«, antwortete Primus. »Aber er steht doch sehr weit südlich. Vielleicht blickt er ja auf die Inseln, die dort irgendwo im Meer liegen. Und vielleicht erzählen ihm die Inseln gerade eine Geschichte.«

»Die Inseln erzählen dem Mond eine Geschichte?«

Primus lächelte. »Könnte doch sein, oder? Eine rätselhafte Geschichte. Eine Geschichte von Elfen … einem Baum … und von einem kleinen Mädchen, das für immer jung bleiben wollte.«

Er sah Plim tief in die Augen.

»Nur, wo das Mädchen geblieben ist«, fuhr er fort, »das erzählen ihm die Inseln nicht. Das verschweigen sie ihm. Aber egal. Das wird sich eines Tages vielleicht noch herausstellen. Wir werden sehen.«

Mehr von Primus und Plim?

Besuche die fantastische Spukwelt. Viele Extras und zahlreiche Bilder von Primus, Miss Plim & Co. findest Du auf www.geisterlinde.com!